刘一达

独门儿

北京出版集团公司
北京十月文艺出版社

目录

开篇话
——说说独门儿与玩儿 001

翁偶虹
——玩洋画儿的戏剧家 013

王金璐、王展云
——父子都是“戏包袱” 049

赵永祺
——能让脸谱“立”起来 081

连家父女
——说了百年京味儿评书 095

吴继传
——玩虫儿玩出个“虫圣” 111

王长友
——相声界的名罐家 131

"金针李"
——享誉京城的玩虫儿大家 155

"蝈蝈儿张"
——能让"虫儿"叫到开春 179

傅增杰
——让京城盆景走出国门 195

"核桃卢"
——在核桃上雕出大千世界 215

京城九爷
——老泡儿"套"出名种观赏鸽 263

张锠
——北京"泥人张"的第四代传人 277

"葡萄常"
——用嘴吹出来的"葡萄" 293

郝德立
——放百米"长龙"飞天 315

哈亦琦

——让老北京“沙燕儿”成国礼 325

“花儿金”

——把绢花儿做成了“鲜花儿” 339

“面人汤”

——能在核桃里塑人的汤夙国 351

“鬃人白”

——六十年独守一门儿 375

裕庸

——用草编出九龙壁 389

赵殿明

——用小木棍儿“盖”天坛 397

王文永

——把掼跤玩到了法国 407

武荣璋

——打着冰盏儿吆喝 431

开篇话

说说独门儿与玩儿

皇城根儿下

什么叫独门儿

北京话非常有意思，同样的字，加不加儿化韵，意思完全不一样，比如独门儿，您不加儿化韵，它是独立的大门，或独立的门户之意，老北京一家人单独住一个院子，叫独门独院。

但是，您说的时候带上儿化韵，意思就不一样了。独门儿，变成了一个人所独有的东西，它可以是有形的，也可以是形而上的，如本事、能耐，甚至观点和思维方式。

门儿，还有门派、门道等意思。这本书里说的独门儿，是指玩主所玩的东西是独有的，或者说别人也玩，但玩不到他的那种品位或境界。

古董和古玩

在一般人的概念中，只有玩古董的人，才有资格称为玩家。其实，这是一种误解，或者说是一种老的说法。

玩，是不分门类的。有谁规定只有玩古董的人才可以称为“玩家”？没有！也不可能有！

在北京人看来，玩，其实就是收藏。您手里不藏着几样东西，拿什么把玩？所以收藏的过程就是玩的过程，或者说玩的过程，也就是收藏的过程。因为有人把“玩家”也叫“藏家”。

古董，现在已经约定俗成统称为古玩。其实，它最早被称为“骨董”。根据老玩家赵汝珍的解释，“骨”的意思是“所存过去之精华，如肉腐而骨存”，“董”是明晓的意思。所以“骨董者，即明晓古人所遗之精华也”。

还有一说，“骨董”是“古铜”的转音。以后，骨董又叫古董。什么叫古董？按赵汝珍的说法，“古董”，“即古代遗存珍贵物品之通称”。

古玩是清朝才有的词儿，它实际上是“骨董”或“古董”的另外一种叫法，不过现在人们一般不用“古董”这个词儿，通用古玩。古玩就是古代留下来的珍玩。

古玩在学术上被称为文物。文物这个词的外延要更广一些，比如古代的建筑也可以叫文物。总之，“骨董”“古董”“古玩”“文物”这几个词的意思大致相同，区别在于不同时期、不同场合的使用。

我认为把文物称为古玩，比较贴切，为什么？因为古代留下来的珍玩，不能光摆在那儿不见天日，束之高阁，藏之密室，不与人知。而应该不时地拿出来让人欣赏、把玩。这样才能把死物变成“活物”，这也是收藏的意义所在。

雅玩与俗玩

古玩历来被人们称为“雅玩”。所谓“雅玩”，道理有三：

一是古玩是古代流传下来的珍品。许多古玩，后世难以仿造，这就决定了它的价值，不是一般老百姓能玩得起的。玩古玩得有身份有地位，当然最主要的是得有钱。

二是玩古玩得懂眼，即要有一定的欣赏力，也就是行里所说的眼力。由于古玩是历史留下来的文物，一件古玩它所包含的文化底蕴相当丰厚，没有一定的文化，玩不了古玩。因此，玩古玩得有文化。

三是古玩的价值很高，但它并没有定价。一件“上三代”的古玉或一件宋代官窑瓷器，您说它值多少钱？十万是它，百万也是它，甚至能卖到上千万。

但是您怎么能辨别出它的价值来呢？换句话说，您如果真是玩家，手里藏着一件宋代官窑瓷器，您舍得卖它吗？世上真正的玩家并不以赚钱为目的。

宝贝淘到手，很少有人舍得卖，可宝贝再是宝贝，也是身外之物，生不带来，死不带去，很多玩家到最后，往往把手里最值钱的宝贝，白送给了自己的知音，或者无偿地捐献给了国家。这叫什么？叫境界。超然于物我的境界，所以玩古玩得有境界。

这三个因素使玩古玩成为一种雅玩。

古玩的种类非常多，按一般意义来说，主要有书画、碑帖、古瓷器、陶器、青铜器、古钱币、玉器、古铜镜、古砚、古墨、古籍善本、历代名纸、邮票、古代砖瓦、佛像、印章、名石、漆器、丝绣、紫砂壶、料器、象牙、珐琅、竹刻、古典家具、扇子、法器等。其中被历代玩家所看重的是书画、古瓷器、玉器、青铜器、名石、古典家具、古钱币、邮票。目前，京城有这种“雅玩”的人不在少数。

说了“雅玩”，咱们再说“俗玩”。所谓“俗玩”，就是

"雅玩"以外的玩意儿。有些被古玩行称为杂项。

之所以说它"俗"，倒不见得是玩意儿俗，而是因为它是大众化的玩意儿，一般老百姓都能玩得起。当然"俗玩"也并非不值钱。您且记住一条，世界上的万物，均以稀为贵，凡是数量少的，绝无仅有的东西，都有很高的收藏价值。

2004年，京城的一家拍卖公司拍卖了一张早期的电影海报，居然以5000元成交。而一年后，这张电影海报卖到了3.8万元钱。

这几年，小人书即连环画的收藏成了热门，一套20世纪50年代出版的连环画《三国演义》，现在已经"炒"到了2万元。玩电影海报、玩小人书，按说都属于"俗玩"，但"俗玩"的玩意儿照样有很高的收藏价值。

"俗玩"都有哪些

"花鸟鱼虫"号称老北京的"四大玩"，这就不用说了，此外凡是人们的日常用品，吃的穿的用的，都可以成为"玩家"们收藏（玩）的对象。

前些年，钟表、自行车、烟标、烟具、算盘、钢笔、火花（火柴盒）、电话、地图、唱片、鞋、酒瓶、书报、门票、杂志、梳子、筷子等是收藏热门，有人专门出过书，办过展览，还有人办起了这些类别的收藏博物馆。

这几年，票证、票据的收藏又成热门，一张半两的全国粮票在拍卖会上能卖到2万元。而且玩到现在，人们的分类越来越细。比如纸制品的收藏，有人专门玩日记的，还有人玩笔记本的（即以前人们开会的记录），有人专收结婚证的，有人专玩离婚证的，有人专玩公园门票的，有人玩公交车票的，有人玩火车票的，有人玩公交车月票的，有人玩过去的介绍信的，有人玩过去人们的私人通信的，有人玩留言条的。您说吧，凡是您能想到的东西，都有人玩。

拥者无心，玩者有意。有些物件您看着不值钱，用过了也就随手扔掉，比如当年北京人家家户户都有的购粮本、购货本。

在物资供应紧张的时候，居民要凭本买一些吃的喝的用的。20世纪80年代取消了购货本，90年代又取消了购粮本和粮票，绝大多数家庭在搞卫生或搬家的时候，就顺手把这些过时的东西当废品卖了或当垃圾扔了。殊不知二十年过去，这些东西却成了宝贝。

您也许想象不到，当年的购货本在北京的报国寺摊儿上能卖200多元钱。时过境迁，当电脑网络主宰人们的生活时，这些纸制品无疑成了宝贝，当然它的价值还在于它是一个时代的见证物，再过几百年，这些东西自然会成为文物。

二百年以后的人要了解20世纪六七十年代北京人的生活状态，小小的购货本当然储存着大量的信息。

玩也是一种文化

从玩物本身来说，很难区分出“雅”和“俗”。我所说的“俗玩”，唯一能站得住脚的理由，就是“俗玩”是大众化的收藏品，换句话说，就是“俗玩”是一般老百姓都能玩得起的玩意儿。

就玩意儿本身的文化内涵，或者说玩意儿所具有的历史文化价值，应该说是没有“雅俗”之分的。

换句话说，一件官窑瓷器与一件民窑瓷器，所储存的历史文化信息几乎是相同的，它们都是某一朝代、某一方面工艺的见证物。但从艺术价值来说却大相径庭，官窑瓷器是给皇家烧制的，工艺自然要复杂得多，民窑瓷器是给平民百姓用的，工艺自然要粗糙一些。

这种情况，不但古物如此，现代的生活用品也是这样。古代名人用的东西，本身就有与众不同的意义。

同样是一部电话，某位领导人或某位名家使用过，当然其价值就不同，这是玩家们格外关注的事。当然，大多“俗玩”是不存在这种情况的。

许多名家是玩出来的

玩，本身就是陶冶人的性情的过程，可以说许多名人都是玩出来的。

事实上，古今中外凡是有作为的大人物，无一不喜欢玩，只不过玩的东西、玩的方式不同罢了。历史上，凡夫俗子玩成大名家的例子很多。本章所介绍的翁偶虹先生即是一个典型。

北京是六朝古都。北京人自诩“天子脚下的臣民”。既然是在皇上的眼皮子底下生活，北京人自然就会有一种优越感。其实这种优越感来自于玩。

历史上，北京是座休闲城市，休闲为玩创造了条件。而“天子脚下”，又让北京人眼皮子宽，肚子里玩意儿多，玩什么都玩出了雅致。

有一种现象，不知您注意没有？许多老北京人并没有正儿八经念过书，“四书五经”一概没读过，可是说起历史掌故，正史、野史来，门儿清，讲起文韬武略头头是道，就其肚子里的文化，大学的博士未准有他知道得多。这并非夸张，真是如此。硕士、博士读的是书本知识，有些文化在书本上找不到。

为什么老北京人这么有文化？根据我的研究，他们的文化主要来自于三个方面：

一是从戏曲中得来的。老北京人大多都爱听戏。中国的戏曲文化，可以说涵盖了许多历史故事，其中的道德伦常、历史演义，极大地丰富了北京人的知识面。

二是说唱文化，主要是说书。老北京的茶馆很多，那会儿，北京人甭管大人还是孩子，只要一得空儿，就奔茶馆听书。评书是中国民间的口头文化之一，南宋时，说书的叫“说话人”，许多后来的文学作品如“三言”“二拍”等都是根据说书人的

“书”整理出来的。

评书分为“四家”：银字儿、讲史、说经、说荤话。又分“八类”：脂粉、灵怪、公案、传奇、朴刀、杆棒、神仙、妖术。可以说无所不包。老北京人正是从这些“书”里增长了文化知识。

三是玩。如前所述，玩分“雅玩”和“俗玩”。北京人甭管玩什么都讲究要玩出名堂，玩出品位，玩出与众不同的境界来。同时也玩出了文化。

独门儿有什么

玩的过程，也是琢磨的过程，比如玩花儿，您会说，花儿谁不会养呀？可是北京人养花儿的讲究那就多了。

现在北京的新街口北大街53号是徐悲鸿纪念馆，您知道在此之前这是什么地界吗？原来它叫“潔园”。“潔园”的主人叫刘潔园，老先生玩花儿在京城有一号，尤其擅长养菊，人称“菊花刘”。

他培育的菊花品种达千余种，几乎每个品种的菊花都取了带有诗意的花名，其中“宇宙火箭”高达七尺，能结十多种姿色不同的菊花，王雪涛、于非庵、胡佩衡、汪慎生等名画家常到“园”写生，毛泽东曾三次到“潔园”赏菊，垂询老爷子培植菊花的方法。

周恩来、朱德、董必武、谢觉哉等国家领导人也先后到“菊花刘”这儿赏菊，并赋诗。您说刘澱园是不是玩菊花玩出了名堂?

他是湖北嘉鱼人，早年赴日留学，回国后参加辛亥革命，任军政府参议、民政司文化秘书兼财政科科长，后来又任中东铁路督办公署编译处编译委员。1931年九一八事变，他来到北平，购得德胜门城根儿豁口的园地六亩，蓄须闭门，读书养菊，以玩菊自乐。

其实，他以前从没养过菊，自玩菊后，认真琢磨园艺，养菊的技法不逊于专家。当然，“菊花刘”后来也成了专家，曾任北京市园林局顾问。

您看，这不是玩什么琢磨什么，琢磨什么有什么，而且还成了独门儿的典型吗?

京城人杰地灵，高人荟萃，有这种独门儿的高手很多，本书介绍的这二十多位独门儿高手，可谓“冰山一角”。但您了解了这些人的玩意儿，便可领略京城独门儿的风采。

早春圖

翁偶虹

玩洋画儿的戏剧家

搧洋画儿
洋画是大过去
大人烟盒里的小画片内容也相当
丰富有水浒 三国 红楼梦等可观
赏也可以输
赢玩耍
是当街头一景
壬辰年

老北京男孩喜欢拍洋画儿

四十岁以上的北京人对洋画儿多少都有些印象。老北京的孩子没玩过洋画儿的不多。

拍洋画儿、拍“三角儿”、弹球儿，曾被视为北京男孩子的“三大玩”。女孩儿也有“三大玩”，即跳皮筋、抓羊拐、跳房子。

“三角儿”，其实就是烟标（烟盒）。当初的香烟大都是软包装，北京孩子把烟盒叠成三角形状，在地上拍着玩。拍的时候“三角儿”分正反面，把正面拍成反面即为赢，一般是两个人玩，也可以三四个人玩。

还有一种是把烟盒叠成“三角儿”，然后手里拿着，放在背后，两个人或三个人出“三角儿”比输赢，类似打扑克牌，牌子好的为赢家。

烟盒牌子的好坏，是以烟的价格为依据，比如“中华”那会儿是九毛多一盒，“琥珀”是三毛多一盒，“烟斗”是一毛多一盒，那么“中华”就赢“琥珀”和“烟斗”。

拍“三角儿”和弹球儿，我小时候都玩过，洋画儿也玩过，洋画儿的玩法与“三角儿”大致相同，有拍与比大小论输赢等玩法。

不过，洋画儿在20世纪50年代中期就已经不出新的了，所以，我小时候玩的洋画儿一般是旧的。当时的香烟盒里已没有洋画儿，只是一些小贩单印的整版洋画儿，孩子们用剪子把它剪成单张的，拍着玩。

到20世纪60年代，洋画儿已被“三角儿”取代，北京的孩子也很少玩了，不过，老的洋画儿却成为一些玩家的收藏品。

2005年，我曾在一位玩烟标的北京人家里看到了当年“老刀”牌和“大前门”牌香烟附的整套“古人”和“水浒人物”。

这位藏家告诉我，这些藏品是他爷爷传下来的。

我试探着问他，如果这两套洋画儿出手，要多少钱？他说至少2万元人民币。当然即使有人给他2万元，他也不会卖。

按“物以稀为贵”的定律，他说出的价码儿，确也并不为奇。因为，即便在当时，集到成套的洋画儿也不容易。

翁偶虹算是老北京人，他从小玩洋画儿，并且从洋画儿开蒙，步入戏曲界，以至于成为大师级人物，应该说也是顺理成章的事儿。

洋画儿来自烟盒

洋画儿，应该叫洋烟画儿。中国人原本抽的是旱烟，也就是烟叶。烟叶晒干，简单加工以后，直接用烟袋抽。

清朝末年，卷烟被引入中国，因为生产卷烟的是外国的烟草公司，所以当时的人们把它称为洋烟，也叫洋烟卷儿。

这种洋烟卷儿，并非是在外国生产，而是外国的烟草公司在中国加工的，当时的卷烟跟现在的不一样，是十支一盒，以香烟的质量和价钱，分为上、中、下三等。

上等牌子有“老刀”“三炮台”“丁字”“顶球”“黄金龙”“白金龙”等。

中等的牌子有“大前门”“大联珠”“红锡包”“哈德门”“翠鸟”“大美丽”“金鼠”“菊牌”等。

下等牌子有“大婴孩”“小鸡”等。

当时的香烟厂家为了竞争，吸引消费者，不但讲究包装，而且在上等和中等牌子的烟盒里，附有画片儿，随烟奉送。

画片的内容有历史人物、小说人物、戏曲人物，以及风土世态、花卉翎毛、名胜古迹、成语谚语等。有的是厂商专门请画家，用工艺重彩和水彩油画来画；有的是摄影家的摄影作品，印刷十分精美，带有一定艺术性。因为那会儿香烟叫洋烟，所以这些画片儿也被称为洋画儿。

其实，真正抽烟的人，对烟盒设计的艺术性和洋画儿并不当回事，烟抽完了，烟盒和洋画儿也就随手一扔，可是这印刷精美的洋画儿，包括烟盒，却吸引了孩子们。

当时的儿童不像现在的孩子，有众多的玩具、电脑等，文化艺术生活非常贫乏，对洋画儿的喜爱也是很正常的事儿。孩子们最初是视这些画片儿为玩物，后来成了互相炫耀的“宝贝”，以至于后来成了收藏品。

商家也抓住了人们的心理，香烟所附的洋画儿成套地出，比如“丁字”牌香烟出的“水浒人物”是108张为一套。

您若想凑齐这108张，就要买108盒香烟，而每盒烟未准见得是不同的人物，所以要凑齐这一套“水浒人物”非常难。事情偏偏是越难淘换的东西越招人，于是在收藏洋画儿的人之间就出现了交易。

大约在20世纪20年代，京城出现了“集洋画”热。这种“热”，不亚于20世纪80年代，北京出现的“集邮热”。

老北京的换洋画儿集市

当时在西单十字路口的东南角，即现在“新世纪”的位置，京城的一些集洋画儿的人，自发地形成了一个互换洋画儿的集市。

每天下午两三点钟，玩洋画儿的主儿，便各自携带着放洋画儿的册子，凑到一块儿互换。当然也有买卖，一张紧缺的，能换几张“大路货”。

洋画儿跟邮集不同，虽说邮票也有“纪特”一说，可邮政部门出版的“纪特”邮票数量有限，也许一面市，市值可能就会超过面值，但邮票就是邮票，洋画儿则是香烟的附属品，而且烟商印制洋画儿的目的是推销香烟，所以给集洋画儿带来一定难度。

当时比较流行的洋画儿有：“双刀”牌的各国首都风景；“哈德门”牌的京剧题材的画片儿；华成烟草公司的100种京剧脸谱、中国风景、儿童教育画；“红锡包”的百子图、花卉禽鸟；“老刀”牌的成语故事；南洋兄弟烟草出的历代名将，《三国演义》《封神榜》《红楼梦》；品海公司出的《水浒传》等。

“南洋兄弟”在旧中国算是最大的一家烟草公司，出产的香烟牌子比较多，自然洋画儿也多。20世纪20年代出的《封神榜》人物洋画儿，把京城玩洋画儿带入高潮。

当时“南洋兄弟”出“黄金龙”“白金龙”“大联珠”三个牌子的香烟，都附有《封神榜》的洋画儿。但这三个牌子的香烟，价码儿可大不一样，按当时的牌价，“黄金龙”每包六角，“白金龙”是四角，“大联珠”却只售16枚铜板。

《封神榜》人物洋画儿有100多张，以“姜子牙”“邓九公”“龙吉公主”三张最为珍贵。次之的有“准提道人”“燃灯道人”“魔家四将”“韦护”“赵公明”，常见的有“三大士”“梅山七怪”“金吒”“木吒”等。

所谓珍贵，并不是画得好，而是厂家故弄玄虚，把这几幅画印得很少，而且放在“黄金龙”“白金龙”这种价钱比较高的香烟盒内，而一般人抽的“大联珠”牌香烟里却轻易见不到。

所以，人们为了淘换这几张稀缺的人物洋画儿，不得不以常见的人物洋画儿去交换，为的是把这套《封神榜》人物给凑齐喽。

因为不管什么题材的洋画儿，成套的才有收藏价值。于是，西单的洋画儿集市上到处可以看到互换《封神榜》人物洋画的场面。

一张“姜子牙”，能换七八张“准提道人”“燃灯道人”；一张“准提道人”，能换到四张“魔家四将”；而一张“魔家四将”能换到一般的花卉鸟虫、风景人物洋画儿五六张。

这个洋画儿集市大约在1937年七七事变以后才自动解散。

七七事变以后，抗战开始了，国难当头，北京人的玩心自然也就没了，不过洋画儿，直到20世纪50年代还有人玩。

玩洋画儿也长见识

翁偶虹从四岁就开始玩洋画儿，也许跟他的家庭有关系，他玩洋画儿，跟别的孩子不一样。

那会儿，一般孩子玩洋画儿，是用石片儿敲洋画儿论输赢，纯是一种玩。他呢？是收藏，而不去赌输赢，换句话说，他从小就把“俗玩”变成了“雅玩”。

当然，这种“雅玩”是随着年龄“走”的。也就是随着年龄的增长，他越来越把洋画儿，当成了一种艺术品，并从中得到了文化上的开蒙。

翁老爷子在一篇回忆文章中说：“我最初接触洋画儿，是在1914年，那年四岁，春秋佳日，常到外祖母家中去住。表姐韵侬，长我八龄，她虽然只有十二岁，因为发育健全，在我心目中，已是个亭亭玉立的大姑娘了。”翁偶虹的这位表姐收集了不少洋画儿，常拿出来哄他玩。

他回忆道：“第一张映入眼帘的是‘大前门’烟中的‘中国成语类’，画面上画着一棵大树，一股泉水，两个儿童，一个指着白如匹练的清泉，一个指着盘曲纠结的树根。我不懂画面的内容，表姐便指着洋画，教我认识了‘水有源头木有根’七个字。……可以说，从这张洋画儿，我开始认识了字，也开始懂得了什么叫成语，以及成语的意义。……幼年时还不懂得‘集邮’，后来才知道我的‘集洋画儿’活动，就如同‘集邮’，‘集邮’要套套齐全，张张完整。我集洋画儿，也要配全成套，力求整洁。到了高小的时候，我已集全了几套。”

这些洋画儿让翁偶虹大开眼界。我之所以要细说洋画儿，就是想以这一寻常的小画片儿，来向诸位说明“俗玩”和“雅玩”的区别。从这儿跟您聊聊北京人的玩，和一般人的玩与玩家的玩法。

那会儿，一般的孩子玩洋画儿是折着玩，看谁赢得多，谁手里的洋画儿多谁是“爷”，至于说洋画儿上画的是什么，有什么艺术性，谁也不管，也不去琢磨，心思都在“赢”字上了。

可是翁偶虹却从不去跟别的孩子赌输赢，他觉得玩，就是收藏。收藏的目的是从中可以得到某种文化熏陶和艺术上的享受。

比如他收集到“红锡包”牌的“各种禽鸟”，还有“翠鸟”牌的“上下对鸟”洋画儿以后，不但琢磨它的工笔画艺术，而且了解鸟的习性和状态。

所以，在学校上博物课（当时开的一门课程）时，教师拿出许多禽鸟样本让学生识别，大家都答不上来。翁偶虹却站起来，哪个是鹦鹉、哪个是黄鹂、哪个是沼雀、哪个是斑鸠等，说得头头是道。

同学们对此感到诧异，那个教员也以为他父亲是卖鸟的呢。当他说出是玩洋画儿得到的知识时，教员和同学们都大吃一惊。

还有一次，教员出了个作文题叫“市井”。十二三岁的孩子，哪儿懂得什么叫市井？这个作文题有点儿难为学生。

翁偶虹看到作文题，忽然想到洋画儿上的“三百六十行”，于是把那些行业的形态，照着画片儿描写了一番，想不到他的这篇作文得了全班第一名。教员的批语是：“知识丰富，眼界开阔，未易之才，前途无限。”

翁偶虹当然有些得意，把作文拿给他父亲看。他父亲问他“各行各业，你怎么知道这么多？”

他说：“是从洋画儿上得来的，并按洋画儿上的写的。”

他父亲听了哑然失笑。

洋画儿集市的常客

孩子玩什么，往往容易着迷，翁偶虹也如是。迷上洋画儿后，他成了当年西单洋画儿集市的常客。

那会儿，他正在京兆高中读书，时常从地安门的兵将局胡同，走着到西单的集市进行交换。

人们并不知道这位玩洋画儿的孩子，日后会成为戏剧大师。其实，那会儿，翁偶虹已是京剧“票友”。他千方百计地收集《封神榜》人物洋画儿，其实另有自己的考虑。

他回忆道：“我并不是单纯为了集全这套洋画儿，而是这套洋画的人物构图，取材于‘广百宋本’的《封神偶像》，形象丰富，神态生动，服装色彩鲜明，姿态接近戏曲。我已从惠亭姨父那儿学会了京剧花脸，时常在学校的游艺会上演出。从这套洋画上，我仿佛得到了启发，对花脸的造型、亮相、姿势、神气更能进一步地深入了解，这对于我以后的演出，会不知不觉地增加了营养。”

原来他对洋画儿情有独钟的原因在这儿呢。可以说，是洋画儿让翁偶虹走上了从事戏曲创作之路。

当然，这话可不是我说的，是他自己在《洋画》这篇文章里“坦白”的。

不过，在我看来，玩洋画儿更让翁先生陶冶了自己的性情，或者说玩洋画儿让其有了玩的心态，这种心态一直伴随他的生活，并成为他一生的重要内容。

翁氏三兄弟个个出息

研究北京文化和传统京剧，不能不认识一下翁偶虹。2014年6月19日，是翁偶虹去世二十周年的祭日。二十年前，老爷子因并发性感冒，在北医三院谢世。

翁先生属鸡，活了八十六岁。记得2004年6月，翁老爷子去世十周年的时候，他的弟子田有亮、张景山、张志高等人，为了纪念他，组织在京的生前好友和京剧名家，在广德楼戏园和前门老年站剧社，搞了几场经典翁剧的演出，听戏的满座儿。

这些戏迷无疑是冲着翁老爷子来的，这说明北京人没有忘记这位写了一辈子戏的老人。

记得当时翁先生的二女儿翁景昭，为参加父亲的纪念活动，专程从法国回到北京。笔者与年过花甲的翁景昭及翁氏弟子田有亮、张景山畅叙了翁老不同寻常的生平事迹，以示缅怀。

我觉得从翁先生的做人做事、道德文章、兴趣爱好、人品性格中能够体会出老北京人的生活状态。

我写过许多老北京人，翁先生可以说是熟透了的北京人，我也写过不少京城玩家，翁先生应该算是京城的一位大玩家。

翁偶虹的原名叫翁麟声，以后编京剧剧本时用的笔名是藕虹，后来因年事日增，注重文字柔雅的他觉得藕虹有些轻佻，于是用原来的字音，改为偶虹。

翁家在旗，属正白旗，算是北京的老根儿人家。翁偶虹的曾祖翁海瀚是内务府的衣裤当家。祖父翁汤洋是老北京四大药铺之一东四牌楼“天佩堂”的东家。父亲翁伯平，供职于银库，职务是笔帖式，官儿不大，但祖上留下的底子厚实，辛亥革命断了“铁杆庄稼”以后，家道也还算殷实。

老宅门的家风重视学问，翁偶虹的母亲郑英寿生了三个儿子一个女儿，都在新式学堂接受过正规的教育。

偶虹是老大，他下边有两个弟弟，大弟翁麟熙，黄埔军校第十期毕业，曾任西城区政协委员。二弟翁袖天是位画家，在原历史博物馆搞书画临摹，跟沈从文、陈大章、范曾等是同事，因在家行三，人称翁三爷。

翁袖天和沈从文都属于有个性的人，沈先生晚年弃文，从事古代服饰研究，脾气有些古怪，但跟袖天却谈得来，俩人脾气相投，成为莫逆。

袖天住的屋里，长年挂着书法名家何绍基写的一副对子：“自知性僻难谐众，且喜自闲不属人”，由此可知他的性格。

儿子给他当“秘书”

翁偶虹先生的夫人叫盛莉，是典型的老北京人，性情温和善良，相夫教子，一直照顾翁先生的生活起居，直到病故。

翁先生有二子三女，虽无高官，但个个有出息。

长女翁剑荷现已八十多岁，桂林大学教授，如今已退休。

长子翁普华，七十多岁，原椿树电器厂的高级技师，已退休。普华的儿子翁振宇曾在北京戏校学丑行，他是翁先生的长子长孙，在翁先生的后人中，只有他跟京剧结过缘。

翁先生的二女翁景昭现在法国定居。三女翁容起也七十多岁了，退休前是中国政法大学的图书馆员。

次子翁武昌，现已奔70岁，他从北京广播学院毕业后，分到房山一所中学教书，20世纪90年代初，吴江当北京戏校副校长时，把武昌调到戏校教语文，同时让他协助翁老整理剧本。

武昌颇有文才，凡是翁老写的稿子，都由武昌誊写再送到报社。翁先生写稿，一般都用钢笔，在小学生的练习本上竖着写。他文思泉涌，写得很快，也比较草，还不打底稿。涂涂抹抹，有些字一般人认不出来，武昌成了翁老的贴身“秘书”。

翁老一生过得平和散淡，不喜张扬，对子女的教育也是如此。

虽说他在戏曲界声名显赫，在中国戏剧史上也算个人物，但子女们从来不拿老父亲说事儿，而是在各自的工作岗位上默默无闻地工作，老实巴交地安分守己过日子。

翁老去世后，他们很少写回忆录和纪念文章，张扬父辈功德，要不是翁老的弟子们帮着张罗，翁先生生前的许多业绩，很有可能被湮没在历史的烟云中。这也许就是京城老根儿人家的本色。

家里好几个戏迷

翁偶虹四五岁，就随父亲到戏园子里听戏。他父亲翁伯平是位“超级戏迷”。

在翁先生的记忆中，父亲供的是闲差，只需每天上午到银座应卯（上班），午后的时间便是自己的了，所以有充足的工夫，到前三门各戏园子里听戏，风雨无阻。

翁伯平也学过小生，只是因为家规严厉，才没弃职“下海”，粉墨登场。

翁先生的祖母也是戏迷。老太太主持家政，虽说日常生活节俭，但听戏却舍得花钱。逢年过节或遇寿辰，必在家设堂会，遍请亲友，一起观赏。

老太太五十整寿时，由偶虹的姨父把当时的名角孙菊仙请来，二人合演了一出大戏《断密涧》。偶虹的姨父梁惠亭，是当时“下海”的名净，唱正工铜锤花脸，昆乱不挡，嗓音绝佳，能唱“正富调”的《芦花荡》，同时期的“铁嗓钢喉”何桂山，对梁惠亭也心悦诚服。

翁先生的父亲在当时属于思想开明的人，他看出西方科技兴国的光明大道，一心想让儿子留洋。偶虹五岁读书，父亲让他专攻英语，白天上课，晚上还要上夜学，以求深造。

谁知偶虹对洋文没兴趣，偏偏酷爱古典文学，尤好骈文，课余时间从《六朝文积》《昭明文选》背起，直到唐宋四六、清代八家，甚至蒲松龄的《聊斋志异》自序，他都背得滚瓜烂熟。

他一边诵读，一边学着作文，后来他又苦攻律赋、古赋，以及音韵方面的知识。那部《平水韵》，虽然一东二冬，三江四支，八更九青，三肴四豪，平上去入，他不甚懂，但却背得烂熟于心。

翁先生晚年回忆少年时代的学习经历时说：“幼年脑力尚健，记准一字，便是一字，到老不忘，当时认为这是个既苦且僵的功夫，而在无意之中，却打下了如何能使文字声调铿锵，音协韵妥的基础。律赋是大块文章，律赋通了，写些绝句律诗、词曲小令，在遣词用字方面，就觉得容易多了。”

这真是经验之谈，年轻父母应让孩子在儿时背些古诗文，此举让人终身受益。

为什么老一代的文化人，甭管后来是从文从武，搞理工还是搞科研，都能赋诗写文，都是儿时死记硬背古诗文打下的底子。

十五岁粉墨登场

受家庭的熏陶，翁偶虹十来岁时，就迷上了京剧。姨父梁惠亭公征得他父亲的同意，开蒙教他“铜锤”，头一出是《托兆碰碑》里的杨七郎，第二出是《二进宫》里的徐延昭。

可是翁偶虹偏喜“架子花脸”，惠亭公便带他拜了胡四爷胡子钧，白天上课，晚上学戏。到十五岁，偶虹已能在“清音桌”上，唱《盗御马》里的窦尔敦和《阳平关》里的曹操了。

1926年，偶虹十六岁从国立一中毕业，升入京兆高级中学。课余，他常和同窗好友结伴“彩唱”，除在学校游艺会上露脸外，还偷着跑到戏园子演出。“翁麟声演《连环套》《黄鹤楼》”的海报居然遍布街头。

有一次，他与“名票”纪文屏在地安门“同声”戏园演《连环套》，唱得正来劲，一抬脑袋，看见他父亲坐在台下拿眼正瞪着他，原来家父下班回家，路过地安门，顺便进了戏园子。

翁偶虹以为回家必受斥责，没想到家父却对他说：“你这出戏演得不错，可惜你姨父去世了，不然，干脆拜师下海，咱家从你这一代起，就弃仕而优吧。”

这让偶虹大感意外，以后，他的胆子壮了起来，在外演出也“名正言顺”了。他又请溥华峰、徐振芳两位先生，教他打“把子”，学了几出拿刀动枪，身段繁重的戏。

二十岁开始写小说

尽管翁偶虹十五岁就登台演戏，但他一直没“下海”，算是京城的“名票”。

为什么不“下海”呢？

一是因为他骨子里是文化人，这使他注定要吃“笔墨”这碗饭。二是由于他爱好广泛，对什么事都有一种“玩”的心态，玩什么钻研什么，所以玩什么有什么。“下海”反而会捆住他的手脚。

1929年，偶虹从京兆高中毕业。那年头，北京人念书，能读到高中已属不易，但学问越大越不好找工作，毕业也就意味着失业。

此时，翁家已然中落，托了许多关系，偶虹才在市立第二小学，找了一份当庶务的差事。学校的庶务，就是后来的总务兼会计。

他每天踩着钟点上班，繁杂的出入账目，让他感到枯燥无味，如坐针毡，而每月的薪金不过20元。

干了几个月，他思来想去，毅然辞职，决定以笔墨谋生，专意在家写作。儿时死记硬背的那些文字底子，这时派上了用场。他鼓足勇气，向报社投稿，居然被编辑选中。

小试身手后，他尝到了甜头，同时给几家报刊写长篇小说连载，所得稿费算起来，比他在小学校当庶务的薪金还多。于是，他每天上午在家写作，下午便到京城各票房过戏瘾。

自开“脑门”当名票

当时，北京的票房很多，有的票房还对外营业，如南城前门外的“第一楼”、东城东安市场的“德昌”茶楼、西城西单商场的“民生”茶社、北城义溜胡同的“通河轩”等。

翁偶虹先在小厂胡同“银库王”的儿子王瑞芝开的票房玩票儿。后来又跟杨少泉在什刹海大翔凤胡同，组织了辛未社票房玩票儿，粉墨登场的机会越来越多，以至于后来办义务戏的人唱搭桌戏，请他自开“脑门”（协助下海演员扮戏，一切开销自理），京城的许多戏园子里都曾留下过他的足迹。

由于他攻的是“架子花脸”，每次演出都自己勾脸，所以对脸谱产生了浓厚兴趣。

他喜欢什么，就废寝忘食地琢磨什么，从那时起就不惜重金，收集临摹各派的脸谱，这种嗜好一直到老未减。他收集脸谱之全，绘画脸谱之精，京城玩脸谱的没人能比。

此外，出于当时人们对京剧产生的一些偏见，他开始进行戏曲评论，不遗余力地维护京剧艺术的地位。

结识名家焦菊隐

在戏园子玩票儿的时候，翁偶虹结识了两位知音，一位是徐凌霄（凌霄汉阁主），另一位是焦菊隐。

徐凌霄先生是知名戏曲评论家，当时在天津《大公报》主编

"戏剧周刊"，并为《小京报》的"戏剧周刊"撰稿。

焦菊隐先生是著名戏剧导演和戏曲教育家、理论家。1930年在北平创办中华戏曲专科学校，自任校长，培养出大批京剧名演员。

他1935年留学法国，研究话剧，解放后历任北师大文学院院长、北京"人艺"副院长兼总导演。"人艺"的代表剧目《龙须沟》《茶馆》《蔡文姬》等均由焦先生导演。

焦菊隐比翁偶虹大两岁，他深通西剧（当时人们管话剧叫西剧），又酷爱京剧，曾向昆曲名家曹心泉和京剧名伶冯惠林学过小生。

翁偶虹与他相识后，才开始走上编剧这条人生之路。

到中华戏校当编剧

在当代中国戏剧史上，焦菊隐属于学贯中西的大学问家。京剧自"四大徽班"进京，形成雄踞剧坛的主流剧种以后，新剧目迭出。

以往的剧本，一部分是演员自己编写，另一部分是演员与文人合写。从20世纪20年代起，出现了名演员聘请文人写剧本的局面。

文人编剧一般都是根据演员的特点，量体裁衣，所以演出率较高。

焦先生在创办中华戏校的过程中，看中了翁偶虹的才华，在请翁偶虹为戏校学员编写剧本时，鼓励他学习和汲取西剧的精华与营养。

偶虹受焦先生的启发，遍读莎士比亚、莫里哀等戏剧大师的名作，加上他对传统京剧剧目的研究，逐步形成了自己的编剧风格。

他编写的第一个剧本是《爱华山》。这是九一八事变后，他受保国抗战精神的激励，取材于岳飞抗金的故事编写的一出戏。

此后，他又取材于文天祥抗元的故事，编写了第二个剧本《孤忠传》。两个剧本一直保存在焦菊隐手里，因故未能排演。

焦先生辞去中华戏校校长职务后，去了法国，继任校长金仲荪，与翁偶虹也是老相识。

一生编了118部戏

1936年，中华戏校成立戏曲改良委员会，特聘翁偶虹为主任委员，当时翁偶虹二十六岁，从此，他开始了职业编剧生涯。

翁先生晚年在总结自己五十多年编剧生涯时说，他这辈子编了100多部戏，笔名偶虹，红起红收。这是指他编的一炮走红的戏是《火烧红莲寺》，他编的最后一部戏是《红灯记》。

从数量上来说，翁先生一生共编了118部戏（包括与人合作），正式演出的有80多部，如《锁麟囊》《窦尔敦》《将相和》《窃符救赵》等，至今脍炙人口。

他编剧不是伏案执笔，编出来就大功告成了，而且还要担任没有导演职称的排戏者，为鼓师写全剧的锣鼓提纲，为舞台设计者提供全剧的检场提纲，为剧中角色设计穿戴扮相，为剧本演出而到后台把场，甚至以编剧身份组织剧团，随团到各地演出。

戏曲评论家评价他是“京剧圣手”“中国的莎士比亚”“当代的关汉卿”。这些盖棺定论并不为过，因为就编剧数量而言，在当代剧作家中找不出第二个人了。

《锁麟囊》一炮打响

著名书法家欧阳中石先生酷爱京剧，也算是位“名票”，他对翁偶虹非常推崇。

他说：“翁先生有几个第一无人可比，一是职业编剧，专吃编剧这碗饭的他是第一人；二是编剧最多；三是质量上乘。可以说他的出现，是继关汉卿、汤显祖之后中国戏曲的又一高峰。” 翁先生的编剧生涯有三次高峰：一是为程砚秋编的《锁麟囊》；二是受郭沫若的启发编的《将相和》；三是晚年编的《红灯记》。

20世纪50年代，京剧界有句话：“生净皆将相，无旦不锁麟。”可见这两出戏在戏曲界的影响。

翁先生写《锁麟囊》这部代表作时才二十九岁。他晚年出版《锁麟囊》剧单行本时，曾在扉页上写道：“予二十九岁时绣北囊，未敢以十指针巧自诩，然历数十年，彩犹炫耀，暮年对之，也可慰也。”

他编的《将相和》，最早是为袁世海、李少春量身定作的，以后又陆续给好多剧团改写过。马连良、杨宝森、谭富英、奚啸伯、李万春、徐东明（女老生）、李鸣盛、冯志孝等，都演过此剧中的蔺相如；裘盛戎、袁世海、苏维明、景荣庆、郭元汾、王泉奎、方荣翔、尚长荣等都演过此剧中的廉颇。

翁先生因人编剧，剧情不变，多少人演，就改多少次，发挥演员特点，让演员如鱼得水。比如马连良开口音好，就按发花辙改词，谭富英闭口音好，就按一七辙编词；袁世海重表演，他就增加念白；裘盛戎嗓子好，他就增加唱词。这就是翁剧的特点。

用大白话写《红灯记》

翁老的弟子张景山回忆，二十多年前的一个冬天，他去看望翁老。天很冷，八十多岁的老爷子穿着羽绒服，叼着烟，冻得直哆嗦，忽然窗外传来《红灯记》的唱腔，这是邻居家放的录音磁带。老爷子顿时来了精神，问景山："现代京剧哪出最好？"

张景山说："我认为是《红灯记》。"

翁先生微微一笑，问道："为什么？"

张景山笑着说："因为是您编的。"

翁先生沉默半晌，说道："你大概没留心过，演《红灯记》最受群众欢迎，有几个原因，一是剧组的人少，一台戏出去演出，一辆轿车就够了。演《沙家浜》，得两辆车，《智取威虎山》得用三辆车。二是因为写《红灯记》是我积几十年的戏曲经验而成，所以说它是经典之作。”

翁先生想了想，沉吟道：“我是旧中国过来的编剧，解放后，大家都认为我写不了了，思想跟不上趟儿了。景孤血（老剧作家）就因为写不了新剧而放弃了。而这部《红灯记》，证明我还能为现代人写戏。我年轻时给梅兰芳、程砚秋、金少山、马连良写戏，中年给李少春、袁世海、叶盛兰、吴素秋写过戏，到了晚年还能给冯志孝、温如华、李光他们写戏。这可以看出我戏剧创作的过程。”

翁老“始信文章老自成”，给现代人写戏，他已经由早年的追求文字浮华，归于平淡。

《红灯记》的许多词都是信手拈来，用的全是白描。如李玉和的开场：“手提红灯四下看……，等车就在这一班。”词都归于简单朴素，平淡无奇，唱起来上口，好学好记。

而《沙家浜》和《智取威虎山》在遣词造句上，还停留在翁先生当年写《锁麟囊》的水平上，绞尽脑汁，使辞藻华丽。这就是他对写文章和编剧认识的升华。

一句台词想了几天

翁先生是戏剧写作的高手，他高就高在写出的东西老辣。这不能不说是他的独门儿。

他认为：越好的词儿越朴素，越口语化就越生活化。当年写京剧《红灯记》时，翁老为求唱词朴素无华，煞费苦心。

第二场李铁梅唱“我家的表叔……”后面的句子该怎么写？是：多？不少？很多？这些词都不可心，那是什么呢？他一时拿不准。

正值春节，家人团聚，他的脑子里却转悠着“表叔”，想后面的词儿，想到后半夜，躺在床上，脑子里还是“我家的表叔”，就这几个字把他难住了。

快睡着了，他自怨自卑起来，写了一辈子戏，写的词已经数不清了，怎么会被这几个字难住了呢？

突然“数不清”三个字，触动了他的灵感，终于找到了表达表叔多少的词儿！于是，我们现在看《红灯记》，才有了“我家的表叔数不清”这句唱词。

李玉和的六句西皮原板“提篮小卖拾煤渣”的后两句，最早是“飘什么云来下什么雨，垒什么房子脱什么坯”。后来让翁老改为“载什么树苗结什么果，撒什么种子开什么花”。

这么一改便随俗雅化了，而且也变了辙口。唱起来好听又顺口。

编《沙家浜》的汪曾祺先生，很敬佩翁老的学问，《沙》剧郭建光的一个名段原来是“芦花白，稻谷黄，绿柳成行”。

剧本传到翁老手里，他建议改为“芦花放，稻谷香，岸柳成行”。这样一来，就更直白上口了。

翁老说我写唱词是吸取了毛泽东诗词的语言，让最普通的字写出高深的哲理，用最简单的笔墨画出最精到的画面，以简胜博。

张大千在谈自己的作画经验时说，笔墨之事，用加法简单，用减法难。这确实是箴言！

翁老晚年写文章几乎全用大白话，没有任何雕琢的痕迹，几乎没有形容词，这种文笔练达，直抒胸臆，人疏句朗，可以看作是他的独门儿写作技巧。

当然，这与他对写作的认识和对人生的感悟，有直接关系。

谢世前十天写的诗

翁先生晚年，剧本写得不多，除了给战友京剧团编写过《小刀英雄会》《美人计》，为叶少兰改编全本《罗成》《鸳鸯泪》（原名《周仁献嫂》）以外，几乎没再编新剧目。

但他一直笔耕不辍，七十岁以后，写不动大戏了，他以写怀旧的回忆文章为主。

这些忆旧文章，真实生动，为我们了解老北京和梨园逸事，提供了难能可贵的史料，现在看来它的价值，不逊于翁老对戏剧的贡献。

细分一下，这些忆旧文章可分三类：

一是回忆录；二是戏曲评论（不囿于一个剧种和行当）；三是老北京的逸闻趣事。

从“文革”结束到他去世，他大约留下了250万字的史料文章。这些文章要编文集的话，能出五六集，但他只出版过《翁偶虹编剧生涯》《翁偶虹戏剧评论集》《北京话旧》三本书。

本来他还要写《翁偶虹听戏生涯》《翁偶虹演戏生涯》《翁氏脸谱艺术论文集》，可惜没等写出来就去世了。

翁先生是《北京晚报》的老作者，《北京晚报》曾先后发表过翁先生上百篇文章，当时稿酬还比较低，他写的《居京琐记》，最高稿费千字30元，但老爷子并不把稿费多寡看得有多重，乐此不疲。他自称是靠笔墨为生的人，凡有报刊约稿，绝不爽约。

他在给弟子张景山写的诗里有“叵耐受知频负债，敢将然诺砺残骸”的句子。直到因病住院前一天，还给筱派花旦秦雪玲的演出专程写贺诗。

但是没想到，翁先生住院后，很快就失去了神志，十多天后，他溘然离世。

那首贺诗算是他留下的最后文字，后来，这首诗在《北京晚报》上发表。

翁先生的肚子宽绰（北京土话，知道的东西多之意），他生前有一大心愿：仿照“补白大王”郑逸梅的路子，写一部梨园行逸闻趣事，也称“补白”。郑逸梅先生写的书，名叫《艺林散叶》，他想写《艺林北叶》，可惜未能如愿。

为此，老爷子临终前对看护他的弟子感慨地叹息道：“人生苦短。今生想干的事就要想尽一切办法抓紧干，否则就会留下终身遗憾。”

虽然“补白”这件事成了先生的一个遗憾，但想想，他一生写了100多部戏，在当代戏剧史上留下辉煌的一笔，所以，这点遗憾，也就说憾不“憾”了。

“六戏斋”里玩脸谱

翁先生从小就好玩，他玩什么都好琢磨，而且绝不半途而废。老北京人的“四大玩”：花、鸟、鱼、虫，他一样不落，不但玩，而且玩出了道行。

翁老从小就好玩鸽子、玩鸟儿，玩了一辈子。翁家养的鸽子当年在京城有一号。

晚年，他专门写过养鸽子和养鸟儿的文章，发表在《燕都》杂志上。这是我读到的谈养鸽子、养鸟儿最老到的文章。画家于非庵写《鸽经》时，专门向翁先生请教。

翁老的书斋最早叫“六戏斋”，“六戏”指编、演、评、听、导、画。画指的是画脸谱。

他从小学戏，工的是花脸。舞台上的花脸，都是演员自己勾出来的。所以他对戏曲脸谱非常喜欢。

翁先生玩了一辈子脸谱，已经到了痴迷的程度，凡是与脸谱有关的书籍和画稿，他都不惜重金收集。

当然他自己也勾画。我曾在一个朋友那里见到过他二十多岁时画的脸谱，确实是精品。

翁先生跟张大千是朋友。有一次他与张大千在哈尔飞戏园子（后改叫西单剧场，现已拆）看金少山的戏。

开场前，俩人到后台看金少山勾脸。张大千好奇地问翁先生，一个角儿有多少脸谱？上次看金先生勾的不是这个谱呀。

翁先生告诉他，演员的脸谱不是定谱，每次演出所勾的脸谱，是随演员的情绪而变的。而且金（少山）、郝（寿臣）、侯（喜瑞）三派脸谱都不同。这叫随形附笔，小心收拾。金派以简洁明快取胜，侯派以色彩艳丽取胜，郝派以细腻见功夫。

张大千听后感悟道："画脸谱也是用色艺术的一种，看金少山勾脸谱我悟出一个道理，艺术上做加法简单，做减法难。"

金、郝、侯三派，翁先生最喜欢侯喜瑞。一爱侯的功架，别看侯身材瘦小，但功架大，舞台上塑造的形象是四面来风的美；二爱他的沙哑鸣音，哑中闻响，沙中含甜，放出的音斩钉截铁，有阳刚之气。

戏剧界都知道"男怕《夜奔》，女怕《思凡》"，所谓的"怕"，是因为这两出戏在唱上，最要嗓子，也最吃功夫。侯喜瑞在这两出戏里的唱腔，真是黄钟大吕，无人可比。

他在难度很大唱功戏里的西皮《断密涧》，二黄《御果园》，唱出来荡气回肠，余音绕梁。爱屋及乌，翁先生非常喜欢侯派脸谱，收集得最全，可惜他收藏的大量脸谱，在"文革"中抄家时散失殆尽。

手里带"八"字的鼻烟壶

翁先生玩什么都能玩出品位，玩出文化来。在文玩中，翁先生最喜欢把玩的是鼻烟壶。他玩鼻烟壶也有年头了，手里藏过不少有名的烟壶。

晚年，他专门写过《烟壶》，该文不到万字，却把烟壶学问和掌故写绝了。玩鼻烟壶的人能从此文中，获取很多知识和见闻。

在老北京，大栅栏路南有个字号叫“天蕙斋”，它是北京最老的鼻烟壶铺。从谭鑫培到丁永利、李洪春等梨园界名伶，常在“天蕙斋”品鼻烟，同时也品烟壶。后来众人相约，每年在“天蕙斋”搞一次“亮壶会”。

有一年的四月初八，在“天蕙斋”的“亮壶会”上，王长林带来八只有“八”字名堂的青花夹紫壶。

这八只鼻烟壶的名字是：“八骏图”“八义图”“八仙过海”“海八怪”“燕京八景”“八蛮献宝”“反八卦”“天桥八大怪”。由于壶的寓意好，画工也极佳，一举夺得亮壶之魁。

这八只壶如果能留到现在，当属稀世之珍，可惜后来家人扫房挪案，所藏烟壶均被摔碎。翁先生所藏的烟壶也在“文革”中散失，但他的文章却都传了下来。

刻了一方“寡人好色”的印

翁先生八十岁生日时，启功先生用故宫旧藏红笺撒金的四尺整纸，给他写了一首诗：

鸿才弱冠早知名，隶古权奇似曼生。

昔日笙歌排块垒，引年椽笔颂升平。
旧游每话思瞻斗，今雨当筵幸识莉。
我也杖影经八稔，愿随国叟房秋成。

此诗概括了翁先生的生平事迹和恬淡的人生哲学。

翁先生好玩，他是以一种玩的心态来对待生活的，有人说玩是一种生活方式，其实玩是一种人生极致的境界。

翁先生说：“世界五光十色，生活苦辣酸甜，人活一世不可不去经历一下。”他从年轻时就留了胡子，到了晚年，仍长髯飘逸。年轻时他喜穿大褂，老年时爱穿中山装，但也穿过西装。他抽了一辈子烟，酒量不大，但他也要喝醉一回，甚至大烟也要抽一口。

八十多岁的时候，弟子到他家，看到他的书房里挂着一幅裸体画的挂历。弟子诧异地说：“老爷子怎么也挂起美人挂历来了？”

他笑道：“爱美之心人皆有之，不能用假道学来束缚老年人。我挂它只是悦目而已。”

由于画脸谱，他喜欢收集各种颜料，他有一方印叫“寡人好色”。这些都反映出他玩的心态。其实他在生活中是个克己自律的人。

他常说的两句话是“静以修身，俭以养德”“多吉者必慎，长寿者则仁”。真正的玩家，不能把自己给玩喽。

他的恬淡旷达、宽厚仁义，皆与他的玩有关。他爱交朋友，对朋友以诚相待，慷慨大方，从不把金钱看得那么重。过去编剧挣的金条，都让他花掉了，作古之后并没给后人留下什么财产。

给李少春写《野猪林》

翁先生的朋友各界都有，他跟著名演员石挥是朋友。石挥演技超群，20世纪四五十年代，有“话剧皇帝”之誉。

有一年，翁先生陪李少春，去看石挥主演话剧《秋海棠》。散戏后肚子饿了，他拉着李少春奔了一个馄饨摊儿，要了两碗馄饨，刚准备吃，碰上卸了装的石挥也来吃馄饨。俩人招呼石挥过来，蹲着一块吃。

石挥一边吃着馄饨，一边问翁先生：“您看我今天的演出如何？”

要是一般人，会对石挥说几句恭维话，但翁先生却直言不讳地说出了自己的看法，指出了他在表演上存在的瑕疵。

石挥听后，撂下碗，握住翁先生的手，表达自己的感激之情：“真是真知灼见呀，谢谢您的肺腑之言！”他对翁先生佩服得直叫老师。

翁先生最要好的朋友是程砚秋和李少春。众所周知，他为程砚秋编了《锁麟囊》，但一般人不知道，李少春的代表作《野猪林》，也出自翁先生之手。

京剧名家李少春，早就想写一出全面展示自己功夫的戏，他从历史人物里，选了《水浒传》里的林冲。但写了半截写不下去了。

就在他要罢笔的时候，翁先生知道了，他劝李少春别放弃，鼓励他说："没关系，实在不成，你想场子，我帮你编词。"

正是在翁老的撺掇下，李少春又把这部戏的本子捡起来。但这部戏的台词和唱腔设计，实际上都出自于翁老之手。

剧本完成后，翁先生对李少春说"编、导、演三位一体全是你的"。

李少春听了大为感动，但他执意不干，非要在节目单上写翁偶虹编剧："这本来就是您写的呀！"

翁先生笑道："我是为了圆你一个梦。编、导、演，三位一体，有这种范儿的演员你得算一号！"

不管李少春怎么央告，翁先生坚决不肯署自己的名。直到《野猪林》拍成电影，翁先生都回避"编剧"俩字，把著作权给了少春。而且他对李少春说："此事你知我知，永不再提。"

通过这件事儿，可以看出老北京人的局气厚道，也可以看出翁先生的为人。

买王雪涛的画儿

翁先生跟画家王雪涛是老朋友。王雪涛是北派画家的代表人物之一，他的小写意花鸟至今无人出其右。但在北京刚解放时，王先生的画儿却卖不动。

他是靠卖画儿谋生的画家，画儿没人买，自然日子过得有点儿紧。有一次，翁先生到他家做客，见他夫人在洗白菜帮子，随口问道："这怎么吃呀？"夫人说："拿它剁馅包饺子。"

翁先生听了，不禁唏嘘，这么有名的画家，吃白菜帮子馅饺子，说明家里经济状况已经捉襟见肘。心想，自己不能不拉王先生一把。

于是，他利用自己在戏剧界的名望，推荐王先生到中国京剧院，让他给《大闹天宫》画布景。虽然大画家画布景，有些委屈，但是却能解决王家的吃饭问题，让王先生深为感动。

当时京剧界的名演员，也像现在的影视明星一样，收入很高。翁先生便让一些名演员，买王雪涛的画儿。在他的撺掇下，李少春就没少买王雪涛的画儿。

后来，李少春买了王雪涛的两幅大写意送给翁先生，翁过意不去，答应给少春编出戏，这就是演出后，被毛泽东、周恩来等党和国家领导人大为赞赏的《响马传》。此剧还被周总理提议作为建国十年大庆的献礼节目。

梨园界都知道金少山的大爷劲头儿，他性格古怪，一般人难以接近，但金少山却把翁先生当作能过心的知己。

20世纪40年代，金少山在净行红极一时，但慕翁偶虹的大名，求他给"置二亩地"（即编新剧）。翁对这位"十全大净"心仪已久，替他编了《钟馗传》，由此他们成为至交。后来又为他编了《金大力》。

活着就写好了墓志铭

真有学问的文化人，往往把死看得很淡。因为，人终有一死，所以，他们认为死是再正常不过的事儿了，翁先生也如是，他活着的时候，就把自己的墓志铭写好了。

他称给自己写的墓志铭是“自志铭”，全文如下：

“也是读书种子，也是江湖伶伦，也曾粉墨涂面，也曾朱墨为文，甘作花虱于菊圃，不厌鱼于书林。书破万卷，只青一衿，路行万里，未薄层云；宁俯首于花鸟，不折腰于缙绅。步汉卿而无珠帘之影，仪笠翁而无玉堂之心。看破实未破，作几番闲中北叟，未归反有归，为一代今之古人。”

此“铭”在他驾鹤西去之后，被他的子女和弟子刻于墓碑之上。这篇“自志铭”表达了老爷子对人生对事业的追求，从中可以看出他的散淡心境。

翁先生经历的事儿多，坎坷也不少。您也许难以想象创作了118部剧的他，到老连个职称也没有。

当然他对这些虚衔儿看得很淡。但一般人难以理解，他到老，却把工作单位给混没了。

1974年，他六十六岁的时候，本来热爱京剧艺术的他，还不服老，想为剧院再写几部戏，但他被江青定为“封建文人”，强迫退休，而且退得不明不白，头天还到剧院上班，第二天就让他卷铺盖走人，关系转到了街道，成了没“组织”的人。

一般人可能咽不下这口气，当时，翁先生的朋友也劝他找关系讨个说法。但老爷子付之一笑说：“我还有手里这支笔呢，一切事历史终有定评。”

他写了一首诗，其中有两句是：“青春辞我堂堂去，白发欺人故故生。”老爷子乐观豁达的心境确实让人叹服。

正是由于他的乐观豁达，即使他受了不少挫折，仍活到了八十六岁高寿。

后来“落实政策”，他被聘为中央文史馆馆员，以后又当了振兴京剧指导委员会委员，这才有了自己的社会位置。

他又写了一首诗，最后两句是：“寄语天涯旧知己，偶虹仍偶彩虹翾。”“翾”是小飞的意思。

一口气儿写出368种吆喝

翁先生一生搬了几次家。

他五岁前，住在离故宫筒子河不远的东板桥。后来搬到烧酒胡同，之后搬到了西直门内的黑塔寺胡同，新中国成立后，他搬到了西城区的太平街，这条胡同紧邻太平湖。

这个太平湖不是北太平庄的那个太平湖，老舍先生是在那个太平湖投河自尽的。翁先生住的这个太平湖，在南闹市口的南头西边，离现在的中央音乐学院很近，但两个太平湖早就被填埋，在上面盖起了楼。

我有一个姨姥姥住在姥莱街，紧挨着太平街，小时候我妈常带我到姨姥姥家串门，所以，我对这一带很熟。

20世纪80年代末，翁先生在太平街的老宅拆迁，在中央文史馆帮助下，他迁到了塔院的朗秋园，住楼房的一层。有人说住一层太吵，又不安全，您干吗不要二层呀？

他听后写了一首诗，其中有“高知从不怨楼低，养生何必役身躯；花经风雨秋弥艳，人到衰年朗最宜”。

搬到朗秋园以后，他除了写文章、授徒以外，还常到电台、电视台做节目，搞一些戏曲评论和介绍。

七十岁那年，老爷子做了前列腺切除手术，但他依然保持乐观的人生态度，不以物喜，不以己悲。为了使京剧艺术薪火相传，他把精力放在授徒上。

翁先生为人谦和，肚子里的玩意儿又多，凡是有人登门请教，他都诲人不倦地往外掏。直到他去世那年，还给尚长荣、马永安、吴钰峰、袁同林等人整场说戏，跟朱家溍先生一场一场地对杨派戏。

老爷子记忆力惊人。李万春曾说，他跟翁先生回忆年轻时唱的《宁武关》，戏词背得比他还准确，不愧是戏曲界的“活字典”。

老爷子晚年曾写过一篇叫《货声》的文章，一口气儿回忆出368个老北京的吆喝声，这脑子真不同一般。

翁先生是京城难得的一位玩家，他的独门儿故事几天几夜说不完。他身上具有典型的老北京人的性格和特点，当我们谈论北京文化时，不应忘记这位玩家的名字。

王金璐 王展云

父子都是『戏包袱』

京城戏迷图
京城的戏迷多而且还是那种独一无二的
南城陶然里有戏迷们过过戏瘾的地方
他们活动时每个人都能来上几段拿戏不当别的就是当为过过
戏瘾 时在辛卯年初春月海力记写京城人物并题于南城之陶然斋

八十岁重返舞台唱武生

1990年，王金璐在影片《武生泰斗》中出演一身绝技的武生林玉昆，众口交誉，人们为他精彩绝伦的武功拍案叫绝。殊不知，影片里的武生已经七十一岁高龄。让人不可思议的是，十年前，这位老先生因腰伤走道都困难。

更加让人难以想象的是，老爷子以平常心态，活到了九十七岁高寿。2016年6月10日，这位舞台上的传奇人物，平静地走完自己不平静的一生，在自己家中，溘然离世。

爱好京剧的人都知道王金璐的大号。曾几何时，他的名字家喻户晓。

王金璐先生是地道的北京人。他的一生带有传奇色彩，从1932年5月中华戏校假座开明戏院唱“日场”，他第一次登台主演《渭水河》里的周文王到他离世前，活跃在京剧舞台上七十多年。

老爷子八十多岁高龄的时候，仍然每天坚持练功，还能登台演武生戏，可谓宝刀不老。这在同一时代的京剧武生演员中绝无仅有。

说到京剧的武生戏，首推“国剧宗师”杨小楼。从20世纪30年代起，京城梨园行公认的“杨派”武生是孙毓堃、高盛麟和王金璐。

孙毓堃的戏路子里“杨”中有“俞”（俞菊笙）、高盛麟是“杨”中有“盖”（盖叫天），王金璐则“杨”中有“黄”（黄月山）。

专家评价：高盛麟有好嗓子，孙毓堃有好身材，王金璐有好扮相，均先声夺人。

论气派属孙，论稳健属高，论做派王金璐则一时无双。但是新中国成立后，孙毓堃淡出舞台，“文革”后高盛麟演出日少。

从20世纪80年代起，“杨派”武生尚能保持昔日雄风的，只有王金璐了，他长靠短打样样精通，能演200多出戏。

“杨派”武生第一传人

1978年，六十花甲的王金璐以《挑滑车》为序幕，重返京剧舞台。他饰演的“挑滑车”的高宠，“起霸”，先是三个过额的高抬腿，不借扔劲儿，也不是冲劲儿，而是支柱腿稳稳当当地踢，有如立地生根，纹丝不动。“月亮门”的腿功更是舒展缓慢，沉实有力，其“鹞子翻身”迅雷不及掩耳，快得“大靠”在空中浑圆如轮。精到的武功，让年轻演员连连叹服，让京城戏迷大饱眼福。

王金璐先生的“武戏文唱”，更让今天的年轻人欣赏到了中国戏曲的艺术魅力。

刘曾复先生初见王金璐，头一句话就是“见君如见杨小楼”。

吴小如称王金璐先生：“就是今天的杨小楼。”

李洪春老先生活着的时候说：“如今‘杨派’戏，没人比得上王金璐。”

由此可知，王金璐在当下戏剧界的地位。

朱家溍先生生前曾发表文章《积极抢救，传之后世》，呼吁请出王金璐，赶紧录下一些已经失传的“杨派”戏。

在朱家溍先生眼里，王金璐无疑是“杨派”的第一传人。

老北京的“穷根儿”出身

王展云是王金璐先生的长子，受父亲的影响，从小就跟父亲学戏，子承父业，其唱功和武功在戏曲界有一定地位。

我通过朋友与展云先生相识，感到他身上的温和儒雅跟父亲如出一辙，对艺术的执着追求和精益求精的表演功力，更是一脉相承。在他身上更有老北京人的那种仁义厚道，有里有面儿。

都是土生土长的北京人，我们聊起来就显得随意自如。展云告诉我，京城梨园行扬名立万的名角儿，大都是世家子弟，有家传渊源的，像他父亲王金璐这样完全靠个人奋斗，在京剧舞台上打出一片天地的角儿并不多。

的确，我跟王金璐老爷子生前见过几面，也一起吃过几次饭，他温文尔雅的气质和谦和慈祥的仪表，给我留下很深的印象，我最初以为他是书香门第的世家子弟，直到展云把他的身世讲给我，我才恍然，原来这位大师级的京剧表演艺术家，出自老北京的寒门子弟。

他成名的经历，还有他的演艺生涯，真可以用“自强不息，奋斗不止”这八个字来概括。

王金璐家在老北京，算是老根儿人家，但他家的根儿是“穷根儿”。

王金璐的爷爷是北京南城的贫民，他有两个儿子。

长子在老北京当过巡警。

巡警过去也叫“看街的”，老舍先生的小说《我这一辈子》描写的就是老北京巡警的命运，虽说也是穿“官衣”的，但这是被人歧视的苦差，更是挣不了几个钱的“穷差”。

次子王文铭，曾在前门外“同兴堂”学徒，后来当了“跑大棚的”厨师。

现在的年轻人也许不知道什么叫“跑大棚的”。说起来，这是到处找饭辙的行当。

早年间，北京人有红白喜事要请人吃饭，大饭庄请不起，便在自家搭棚支灶，请厨师掌勺。所谓“跑大棚的”就是这个角色。有事儿听招呼，没事儿就得在家饿肚子。

王文铭住在珠市口东边三里河的靠山胡同，由于“跑大棚”靠运气吃饭，经常找不到活儿，所以家里揭不开锅的时候多。

王文铭有三个儿子一个闺女，长子王庆福和三子王庆寿十多岁便学徒，在自行车铺修车，勉强维持生活，不至于挨饿。

次子王庆禄，也就是王金璐，却没走兄弟俩的路，因为他从小喜欢京剧，并为此着了迷。

偶然机缘进戏校

那年头，北京人家里再穷，也有几个穷朋友，王文铭家在靠山胡同不远的鞭子巷胡同，有个“打小鼓儿”的穷朋友。

“打小鼓儿”在老北京是个特殊行当，说白喽就是打着小鼓当吆喝，下街串户收购旧货的。这位“打小鼓儿”的朋友，跟王文铭是莫逆之交，每当王家断顿的时候，他都送点吃的接个短儿。王文铭见他厚道仁义，还让自己的大女儿王庆荣，拜了这位朋友为干爹。大姐认了干亲，王金璐也随着叫他为干爹。

王金璐小的时候活泼好动，家里穷，为了奔口嚼裹儿，他捡过煤核儿，打过执事。十岁的时候，父亲跟人搭伴离京闯关东，他便住进鞭子巷的干爹家。

干爹有个儿子在前门外广德楼戏园子当“茶房”。他经常带王金璐听“蹭戏”，这让金璐跟京剧结下了缘。

王金璐十一岁那年，开电料行的姑妈在家办生日，干妈带他去拜寿，正巧中华戏曲专科学校的庶务胡玉生在场，他看王金璐长相清秀，在生人面前不怯场，便随口说了一句：“这孩子倒是个唱戏的坯子。”

姑妈家的表兄跟这位胡先生住一个院儿，一听这话，便接过话茬儿说：“既然您看他行，就拜托您给他找个饭碗，让他去考戏校吧。”

“行呀！不过，进戏校学戏可苦，他吃得了这苦吗？”胡玉生扭脸看了看王金璐。

“别人能吃这苦，我为什么不能？别看我小，可不怕吃苦。”王金璐带着不服气的神情说。

“好！既然你能说出这话，这个忙我帮了！”胡先生爽快地应了下来。

他说话算话，果真出面去找戏校的校长说情。戏校的校长说：“他光想学不行，入门前得考考他，看他是不是这块料。”

胡玉生把这些告诉了王金璐。金璐并不怯阵，也不含糊，到了戏校，面对考他的教员，把平时看戏时学到的舞台动作演练了一番。虽然是没章没法的瞎比画，但他那专注的神情，却给教员们留下了好印象。

就这样，王金璐走上了戏剧人生之路。

16岁荣登童伶老生之魁

在老北京，年轻人学戏，一般是两种方式，一种是磕头拜名师，个别单练；另一种是进戏班“入科”，即所谓的“科班”。创办于1930年的中华戏校，属于新派的戏校，与西方的专科学校相似，在当时的京城领教学新风气之先。

他的创办人是程砚秋和金仲荪，但聘请的是年仅二十五岁的焦菊隐为校长。焦先生毕业于燕京大学，属于学贯中西的戏剧界新派人物。

中华戏校唯才是举，而且教学与演出实际相结合，所以，勤奋努力的王金璐1931年入校，第二年便登台演唱了。

焦先生为了培养人才，1935年，把中华戏校的“二王”，即老生台柱子王和霖和靠把老生头号王金璐引荐给当红的马连良，正式拜马连良为师。

马连良在当时已经唱红，并且创立了“马派”唱腔。他看王金璐和王和霖少年老成，而且练功比较狠，便悉心调教这两个年轻后生，教了他们许多戏，后来“二王”合演的《清宫册》《四进士》《甘露寺》《群英会》《借东风》等均为马先生的亲授。

正是得到了马连良先生的真传，又加上自己的刻苦，使王金璐在京城戏剧舞台上崭露了头角，1936年年底，《立言报》举办的童伶选举，王金璐荣获了生行第一名。接着，在1937年，王金璐在《火烧红莲寺》中，主演杨天池，一炮打响，从此奠定了他在京城戏曲舞台上的地位。

能演335出戏

焦菊隐先生后来致力话剧创作，他离开中华戏校后，金仲荪继任为校长。

当时戏剧舞台上老生戏是热门，武生戏比较少，而且优秀的武生演员稀缺，有人甚至叹息“杨派”已经后继无人。

金仲荪先生为了让中华戏校培养出自己的“杨派”武生，果断从年轻的演员里，挑选出王金璐，让他学武生，并且正式拜丁永利为师。

在一般戏迷看来，丁永利不如马连良有名，当然二位工的不是一个行当，没有可比性。不过，在京剧史上，丁永利是应该有一笔的人物。

丁永利的父亲丁俊，早年间是清末内廷供奉，以教戏为业，执教过小荣椿、福寿班、鸣盛和、喜连成等科班。杨小楼、余叔岩、迟月亭、李洪春等名家得过他的亲授。

丁永利是丁俊的长子，从小随父学戏，后专攻武戏。年轻时，他自知在舞台上扬不了腕儿，便把心思都放在琢磨各大武生名家的戏路上了。后来，火候到了，就开始教戏，同时，他还兼任不少戏班的“武管事”。

最让丁永利得意的是，杨小楼的班社聘他为武行头。丁俊跟第一代武生名家黄月山是师兄弟，丁永利从小耳濡目染，自然对“黄派”的戏路熟谙在心，有时杨小楼还向丁永利讨教。

收王金璐为徒后，丁永利很器重他。老北京的梨园行，都知道丁永利有个性，他不但脾气大，而且爱摆谱儿，但他肚子里的玩意儿确实多。为栽培王金璐，常带他去听杨小楼的戏，台下给他开小灶，细心传授戏路，既教他唱戏，又教他做人。

王金璐一生，在丁永利先生这儿受益最多，丁永利先后传授给他83出戏。

王金璐的第二位恩师是李洪春，教了他47出戏。王金璐会335出戏，在同代的武生中，他会的戏最多。

这些戏大部分是这两位恩师所授，所以王金璐成名后，也一直不忘这两位恩师。

名门闺秀钟情梨园才俊

王金璐在《立言报》举办的童伶选举中，荣登生行首席，又在《火烧红莲寺》一炮打响，自然令人刮目相看。而他在梨园行，却以演武戏，又有儒雅风度的口碑，一直被人们所景仰。

的确，王先生一生极为重视自身的修行，在他身上，不但没有梨园行遗留下来的恶习，而且不动烟酒，几乎没有任何不良嗜好。这些优良品格除了自身的修炼之外，也与他有个相濡以沫的“贤内助”不无关系。

说起王金璐先生的婚事，当年也算是京城梨园界的一个佳话。

王金璐的妻子李墨璎，是大家闺秀。大学毕业的她多才多艺，不但是个戏迷，而且能拉二胡，还会画画儿，也会昆曲填词。

李墨璎出身名门，她的父亲是国民党中将军长，曾任第五路军参谋长。

她的大舅王金镜是清末陆军统领，曾任慈禧太后护驾御林军的统领。

她的二舅王金铭更有名望。王金铭与李墨璎的父亲，都是黄埔军校毕业，在日本军官学校与蒋介石是同学，是孙中山的忠实追随者。王金铭后成为冯玉祥的亲信将领，与施从云共同发起“滦州起义”，事败后在北京就义。

她的三舅王金钰曾任国民党第五路军上将总司令。

李墨璎的父亲与母亲王氏生有三个女儿，墨璎行二。

李家虽是名门，也有名门的烦恼。墨璎的父亲跟王氏婚后，一心想要儿子，但连生了三个孩子都是女的。为了续李家的香火，他娶了房姨太太。谁知姨太太很争气，头一胎就生了个儿子。

李墨璎的父亲自然满心欢喜，但两房太太难以共事，为此，他便带着姨太太和儿子回到老家山东济南，坐享清福去了，在北京留下一所大宅子和许多钱财，由大太太和三个女儿单过。

李家的宅门很高，加上那些舅舅们的背景，生活相当优裕，家里有老妈子、厨师、裁缝、车夫多人。

有这样的家庭背景，李家的三个小姐当然不愁嫁人，但她们的婚姻似乎都不太顺，李墨璎的大姐李兰，嫁给了她三舅的长子王玉庆，近亲结婚的原因，造成结婚后无子女，后来大姐郁郁寡欢，出家为尼。

李墨璎的小妹幼时吃错了药，成了聋哑人，自然，婚姻也不可心。

李墨璎从小就聪明伶俐，不但模样俊美，楚楚动人，而且性格温柔，是她母亲的掌上明珠。她母亲本想让李墨璎嫁一个达官显贵，自己将来也好有个归宿，但是让她没想到的是，李墨璎偏偏爱上了一个“戏子”。

为了爱脱离父女关系

像许多老北京人一样，李家的人都爱到戏园子听戏。李墨璎五六岁时，就跟父母到戏园子过戏瘾，长大以后，这种雅好尤为浓厚，听戏上瘾，两天不带着保姆梁妈去戏园子，她心里就像缺点什么。

听戏当然认角儿，那时挂头牌的京剧演员，都有许多粉丝，王金璐也不例外。他的一出《南阳关》，给这位李家的二小姐留下了深刻印象。

虽说情窦初开的二小姐对金璐一见钟情，成为他的“粉丝”，但她并没照一般捧角儿的戏迷那样往台上投信物、抛媚眼送秋波，她有自己的路数。

每次听王金璐的戏，李墨璎都坐在头排，全神贯注地看着他表演，洗耳恭听他的每句唱腔，目光里流露出情意绵绵的爱意，这些都让陪伴她的梁妈看在眼里。

也许是天意之合，梁妈跟王金璐的干妈年轻时当过邻居，她把二小姐对王金璐的恋意，告诉了王金璐的干妈。老姐儿俩暗中为二小姐和王金璐当起了红娘。

二小姐恋上一个唱戏的，这在李家引起轩然大波。母亲这边儿倒没事儿，她也是个戏迷，而且事事都顺着李墨璎，对金璐也十分中意。相亲的时候，她还留下100元的大票，让王金璐置办行头。

舅父家却坚决反对。他们不明白为什么给李墨璎介绍了不少有钱有势的阔少，她都不同意，偏偏爱上了一个“戏子”。

李墨璎的父亲在山东得知此事，大发雷霆，他觉得二小姐找了个“戏子”有辱门风，如果二小姐不跟王金璐断绝来往，他就宣布跟二小姐脱离父女关系。

李墨璎看上去温文尔雅，但骨子里性格坚毅，她认准的事儿，谁也无法改变，既然爱上了王金璐，她就要忠贞不贰，决不反悔。

她的举动把父亲气得够呛，最后真跟她断了父女关系，同时，也跟舅父家断了交。

多年以后，李墨璎为爱情与父抗争的事，在梨园界还被传为美谈。

1939年，王金璐在中华戏校毕业，同年，他与李墨璎在北平举办了婚礼。

婚礼的场面可谓壮观：金仲荪校长当了证婚人；翁偶虹先生为男方介绍人；李兰田先生为女方介绍人。马连良、丁永利、李洪春三位恩师出席了婚礼。

贤妻良母的典范

经历了七十多年的岁月考验，证明了李墨璎与王金璐的爱情，是那么纯洁与真诚，他们的婚姻幸福美满。李墨璎不但是王金璐患难与共的生活伴侣，也是他在戏剧事业上的坚强后盾。

王金璐的舞台生涯可谓一波三折，大起大落，他有过大红大紫，也有过失意冷落。

20世纪50年代，王金璐从上海京剧团调到西安，在一次演出中不幸摔伤，1960年，王金璐回到北京，住在西四大糖房胡同的家里养伤。

那段时间，王金璐既没工作，又没户口，更让他心寒的是医生看过他的X光片，诊断结果为脊椎骨粘连肿大变形，腰背韧带大面积撕裂，伤残致废，断定他今后登台演戏绝无可能。

当时，王金璐正值艺术上的巅峰期，遭此不幸，他感到心灰意冷。

在这种时候，李墨瓔以女性少有的毅力和胸怀，一方面耐心安慰王金璐，另一方面用柔弱的肩膀挑起了家里的生活重担。

为了给丈夫治病，李墨瓔想方设法与大夫配合，让金璐穿上人称“强直”的钢化背心，接受蒸汽疗法和气功疗法，静下心来，慢慢养伤。

为了排解金璐内心的苦闷，她跟王金璐一起给马连良先生当秘书，参加了马先生全部新戏的记录与整理，包括本子的改编和表演设计工作。

与马连良的交情深厚

值得一提的是，王金璐在最困难的时候，马连良先生把他叫到身边说：“你从小我就收你为徒，现在有了难处，我不能不管。”

当时正是国家三年自然灾害期间，人们的吃喝非常紧张，就连买块肥皂也要票。

马先生不但在生活上接济王金璐，而且常常给他买一些补品。他怕王金璐养伤期间营养跟不上，常带他到东来顺、西来顺、鸿宾楼等京城的清真饭馆吃口好的，补养身子。

马先生待王金璐比亲儿子还亲，这种师生情谊让王金璐和李墨璎终生难忘。

马先生在“文革”期间病重，金璐夫妇一直守护在恩师身边。

马先生去世后，没能按回民习俗土葬，遗体匆匆火化。送葬那天，仅马崇仁、马小蔓、马崇恩、马连贵和王金璐夫妇几个人。由此可知，王金璐夫妇与马先生的关系非同一般。

为吴晗整理《海瑞罢官》

因为与马连良先生的特殊关系，“文革”中李墨璎受到株连，红卫兵在李家抄出老舍先生批改过的剧本，她更成了批判对象。

在最困难的时候，李墨璎挺了过来，她把一切“罪状”都揽到自己身上。宁愿自己受委屈，到街道挖防空洞，也不想连累他人。

李墨璎不但性情温柔贤惠，还是难得的才女。您也许不知道，吴晗先生应马连良之请编写了《海瑞罢官》，这部戏的其他文字工作是吴晓铃和李墨璎整理的。

此外，李墨璎还参与了多部京剧剧本的改编。

李墨璎还擅长丹青泼墨，“文革”后期，为了解决家里的经济困难，已经五十二岁的李墨璎拿起画笔，为特种工艺厂画过灯笼片儿，画过“缎子包儿”。

那时，李墨璎画画儿，王金璐为她打下手。夫妻俩在这种艰难中，从没有失去对生活的信心和重返舞台的渴望。

正是在李墨璎的细心呵护和坚强毅力的感召下，被医生宣判为重残的王金璐，经过十多年的刻苦磨砺，终于在晚年重返京剧舞台，而且在八十岁的时候还能登台演武生。

李墨璎和王金璐伉俪在人生的舞台上，演唱了一曲感人至深的爱情故事。

继承父艺的王展云

王金璐有四个孩子，二男二女，长子王展云；次子王展翼，原在北京京剧团乐队，后到北京制版厂当工人，现已退休。长女王天香是会计师，次女王天慧原是北京大学教师，现在加拿大定居。

王金璐的长子王展云，退休前是北京京剧院的演员，以演“冷门戏”著称。头些年，中央电视台“戏蓝风采”节目，曾以“戏包袱”为名做过他的专题。

京剧演员敢称“戏包袱”，自然肚子里的玩意儿不少。我通过朋友认识这位“戏包袱”后，深聊过几次，发现他的肚子十分宽绰，“戏包袱”名不虚传。

王展云1940年在北平出生，从小跟父亲学戏。1956年，他考入上海戏曲学校后，既跟李君庭先生学武生，又跟陈秀华、周文鹤、苏雪安、产保福等老师学老生，为舞台艺术打下了扎实的基本功。

1959年，王展云的父亲调到陕西京剧团，王展云随父亲去了西安。他一边学戏，一边登台演出，在《潞安洲》里扮陆登，《阳平关》里扮黄忠。

那年，王展云才十九岁。尚小云先生看了王展云的演出，对王金璐说：“此子是个可塑之才，你应该用心培养。”

王金璐对他说：“他能不能成才，全靠自己努力。”

事实上，王金璐对自己的儿子要求极严。王展云后来在戏剧舞台上拼搏，全靠自己奋斗，王金璐很少为儿子遮阴挡雨，借自己的声望扬名。

师爷是“通天教主”李洪春

王展云在西安演了两年戏，直到父亲摔伤后，他才随父亲回到北京。

当时，王展云的父亲在家养伤，他也丢了饭碗，无事可做，只能在家静心跟父亲学戏。这种困顿的生活变故，反倒成全了他。

王展云会的戏，大都是在这几年学的。这期间，他的最大收获，是拜在了李洪春的门下。

李洪春在戏剧界有“通天教主”的美誉，人称李洪爷。他会的戏很多，但尤以关公戏最拿手。

李洪爷是山东武定人，出身贫寒，当初曾以家传武术教徒，在江湖上当过保镖，后来在“长春”科班学戏。十九岁那年，他离京南下，拜“三麻子”王鸿寿学红净戏，与林树森、麒麟童同门。

在梨园行，李洪春的辈分高，他是丁俊的弟子，又与王金璐的老师丁永利是师兄弟。

关公戏，在戏剧界又叫“老爷戏”，由于李洪春有武术的功底，所以演“老爷”，在舞台上的唱念做打游刃有余，他演的其他文武老生戏，也是近代京剧的典范之一。李万春、高盛麟、奚啸伯、王少楼、刘宗扬等名家均是李洪春的学生。

王金璐比李洪春小二十多岁。他年轻时就成为李洪春的弟子，自然，王展云拜到李洪春门下，应该管李洪春叫师爷。

当时李洪爷住在朝阳门内的新鲜胡同，每周在中国京剧院为青年演员说戏。

李老会的玩意儿很多，据说他的肚子里装着不下千八百出戏，而且这些戏多是冷门。

李洪爷非常赏识王金璐，他把自己的二儿子李润生引荐到王金璐门下学戏，回过头来，他却给王展云说戏。

李洪爷没架子，不保守，王展云在李洪爷身上学了许多东西，他的戏剧悟性比较高，短短几年，跟李洪爷学了近30出冷门戏，而且爷孙俩同台演过戏。

王展云从二十一岁起，便到外地搭班，在梨园行当了“散仙”（梨园行管没有剧团的人叫“散仙”）。他先后在锦州、大连、内蒙古、广西、张家口等地演出。

那几年，他初出茅庐，精力充沛，文武兼备，每出戏都是第一主演。当时像他这年龄的演员月薪不过40多元，而他却挣到了400多元。

王展云后来回忆说：“那段时间最风光，施展艺术才华的舞台空间很大，走到哪儿都挺吃香。”

一出《请宋灵》成绝唱

1962年，王展云的师爷马连良，想让当“散仙”的他进北京京剧团，但进剧团之前要考考他，让他在吉祥戏院演一出。

王展云琢磨了一番，决定亮亮自己的绝活，他自己“开单”，点了一出《请宋灵》，主演岳飞。马连良一看戏单愣了，这出戏最早是黄月山唱的，非常吃功夫，所以后来很少有人唱了，他问展云：“这出戏我几十年没听过了，谁教给你的？”

王展云对他说：“是我师爷李洪春教给我的。”

马先生说：“太好了！就唱它吧，出彩，你入门就有戏。”

演出那天，李洪春师爷亲自到后台坐镇，谭富英、李多奎、马长礼等也到场。

展云说这出《请宋灵》自打他那次演过以后，到现在没人再演过。

那天演出很成功，马先生说：“就凭这出戏也让展云进剧团。”

马先生作为剧团团长，正式跟王展云谈了进剧团后的工资待遇等，这一谈，却让王展云打了退堂鼓。怎么回事儿？王展云觉得剧团给他开的工资太低，一个月72元，他嫌挣得忒少。

马先生看出他的想法，笑着对他说：“这是国家剧团，工资待遇是有标准的，我再中意你，也不可能给你开高薪呀！”

“那我谢谢师爷的一番好意了，知遇之恩，永不相忘。”王展云恳切地说。

马先生说：“你还是出去搭班吧，海阔凭鱼跃，天高任鸟飞。至于说进京剧团，只要我当团长，门一直对你开着，你什么时候想来就过来。”

殊不知，心气正高的王展云，错过了一次进国家剧团的良机。没两年，京剧以演现代戏为主，老戏靠边了。展云再没机会进国家级剧团了。

这之后，王展云曾在吴素秋、姜铁麟所在的北京新燕京剧团演了一年多的戏，又出去当了两年的“散仙”，正当他“天高任鸟飞”的时候，“文革”开始了。

父子在困境中的坚守

由于李墨璎的家庭背景，“文革”中，王金璐的家遭到了厄运，红卫兵不但抄了家，而且把他收藏了几十年的许多珍贵字画、古玩都给毁了。庆幸的是在红卫兵抄家之前，王展云把父亲的剧照和剧本偷着藏了起来，没有被红卫兵烧毁。

当时，王金璐已然因伤在家休养，但红卫兵依然强迫他在街道上“劳改”。好在因为王金璐的父亲是“跑大棚的”穷厨师，红卫兵没有揪斗他。

那时，王家的经济状况跌到谷底，一家人的生活来源全靠李墨璎画灯笼片儿。灯笼片儿一分钱一张，生活之艰难，可想而知。

但是即使在那种困难的情况下，王金璐爷儿俩仍然没断了练功。父亲王金璐相信，太阳总有一天会升起来的。

王展云终于等来了机会。

1970年，济南军区组建京剧团，来京招演员，王展云闻讯，前去参加考试，一下被选中。

这是改变自己命运的机会，但那时参军得要街道开证明。街道有人暗中犯“小”，对部队的人说，王展云没正式工作，一直在社会上“漂着”，老到外面演黑戏。这不是等于给他脚底下使绊儿吗？

眼瞅这事儿要黄，王展云心急火燎地找到派出所。

片警给他出了个主意说：“你爸是名角儿，认识人多，你找一个有名望的人开证明，说几句好话，试试。”

王展云觉得这个主意不错，但他不敢对父亲说。他知道父亲王金璐刚直不阿，宁折不弯，是不肯为五斗米折腰的人。所以只能自己想辙，当时，他想到了主演《沙家浜》里郭建光的谭元寿。

谭元寿的儿子孝增，是王金璐的干儿子。谭家人仁义，谭元寿虽然正大红大紫，但在裉节儿上不怕吃瓜落儿，毫不犹豫地帮了王展云的忙，证明他演过“样板戏”，这样展云才参了军。

现编戏词救场

当王展云穿着军装的照片寄回北京，王家人的腰板才挺起来，父亲王金璐在街道的“劳改”也解除了。

1973年，王展云复员回京。本来武装部安排他到戏曲学校当教员，后来名额被人顶了，他只好到自来水公司当电工，一干就是五年多。当然，这期间他始终没断了练功。

粉碎“四人帮”以后，一些传统老戏被解禁，父亲王金璐出山，调到北京京剧院，导演《逼上梁山》。后经当时的文化部部长黄镇提议，王金璐调到中国戏曲学院当教授，王展云这时才随父重返京剧舞台。

1980年，北京京剧团分为两个团，人手不够，由周和桐、马崇仁推荐，王展云进了北京京剧院一团。

因为王展云进剧团去得晚，一些主打传统剧目，他当不了主演，配角儿和“龙套”他又不愿意干，所以，他只好屈尊当了剧务，替师叔师大爷们抄写剧本，有时傍个角儿，演“二路”文武老生。

老话说是金子早晚都会发光。有一次，张君秋和杨淑蕊在老长安剧院排全场的《春江配》，这出戏里有个武生张雁行，王展云演这个“二路”角儿。

巧劲儿，那天演出时，打鼓的喝多了，应该是张雁行念白出场，他却打起了锣。他一敲锣，胡琴就得跟着拉，后台 下乱了。

这是念词怎么唱上了？可胡琴都拉上了，王展云不出去不行。

出了场，王展云灵机一动，把念白的词儿改成了唱词：“急忙上前把他找。”

他心想光有一句不行，再来一句吧：“见了贤弟说根苗。”

后台一听，不由得佩服王展云的功夫，台下的戏迷也给他来了个满堂彩。

就这两句唱，让剧团的领导不得不对王展云刮目相看了。当然，也让他有了出头之日。

“钻锅”露脸

王展云终于等到了当主演的机会。

那年，北京京剧团在老长安演《改容战父》（老戏名叫《蝶恋花》），扮万鸿飞的男主角安晓峰在公演前突然犯了病，剧团领导着了急。谁能救这个场？他们不约而同想到了王展云。

在梨园行，临时救场的演出叫“钻锅”。按行规，“钻锅”的演员在人家排戏的时候是不能看的，看，则视为“偷戏”，演员之间这是大忌。

《改容战父》这出戏，展云以前没演过，当时只有一天半的时间，说老实话，没点儿功底的人不敢接这戏。

为什么王展云敢接？因为他父亲在几十年前，与宋德珠演过这出戏，所以，父亲可以当他的顾问。

展云接过本子，决定改词，单场改，对场不改。上午改完词，下午“响排”（加锣鼓），第二天就演出。

那天，来的观众很多，王展云怕忘词儿，在手背手心都写满了台词。不过，他信心十足，两个半小时的戏愣给唱下来了。

演到头一场，安晓峰带病来了，在上场门瞅着，见了王展云抢着说，我给你“把场”来了。但是他没想到王展云演得如此成功。

《改容战父》这出戏让王展云露了脸，这之后，剧团再演这出戏，安晓峰便把主角的位置让给了王展云。展云连演几场后，又录了像，制成了光盘，后来还在中央电视台戏曲频道播出。

王展云对我说：“为什么‘钻锅’能露脸？主要是平时的功底扎实。我父亲告诉我，艺多不压身，一个好演员必须备下十桶水，您在台上才能演好一杯水！”

“独门儿戏”获大奖

《改容战父》让王展云一鸣惊人，从这儿起，剧团的领导对展云刮目相看了，他顺理成章地成了北京京剧团的主演。

在剧团主打剧目《龙凤呈祥》中，他演赵云，谭元寿、谭孝增父子演前后刘备。在《群英会》中，他演赵云，马长礼演诸葛亮。

1986年，北京市选拔优秀中青年演员，参加振兴杯电视大奖赛，他在《太平桥》里主演武老生史敬思。

这是一出冷门戏，是当年谭鑫培教给余叔岩的，一直没人演。此剧由李洪春口述剧本，王展云记下来，父亲王金璐教他武打和唱腔。由于这出戏沉寂多年，所以复排后，在京剧界影响不小。他也因为这出戏获得了振兴杯电视大奖赛的荣誉奖。

1986年，九十岁高龄的李洪春先生为残疾人义演，特意拉着王展云，师爷俩同台演《关云长刮骨疗毒》，李先生演关公，他演关平。

1986年，王展云调到北京京剧院艺术中心搞戏曲研究，他一边当演员，一边当导演。1989年，展云和父亲同台演《扒蜡庙》，父亲演褚彪，他演黄天霸，这出大戏是他导演。此戏录了像，常在中央电视台戏曲频道播放。

中央电视台拍十集电视剧《武生泰斗》，父亲主演，他是戏曲指导。

90多岁才伸开了腰

1991年，王展云调到北京京剧院三团，用他的话说，活到这会儿才伸开了腰。他先后导演过十几出戏，其中《劈山救母》（《宝莲灯》的全本戏）没现成的剧本，他参考盖叫天的剧本，又请教父亲，重新编写出来。

1993年，北京京剧院改革，他参加了北京丹侬京剧团，当主抓业务的副团长。

到20世纪末，老一辈的演员大都退出舞台，王展云作为承上启下的一代人，在演戏的同时，把精力放在整理剧本、当导演和培养青年演员上。1998年，他从京剧团退休后，便一门心思整理传统剧本。

与其他编剧不同，王展云一边整理，一边导演和演出。1997年，中宣部和中央电视台为七位老京剧表演艺术家录制了名为“晚霞工程”的剧目，有袁世海、张春华、谭元寿、梅葆玖、杜近芳、李世济和王金璐，每人两出戏。

王金璐的拍摄剧目是《潞安洲》和《恶虎村》。由王展云当导演，战友京剧团配演。

《恶虎村》这出戏的武打最难，王展云一人把所有上场角色的戏，都教了一遍，七十八岁的名武丑张春华在一边看，对展云说，感谢你救活了一出戏。

1998年，展云跟父亲赴韩国，参加中国文化大展，主演《火焰山》里的孙悟空，连演88天。第二年又去韩国演了72天，有时一天演四场。人们惊叹，奔六十岁的人了还演老猴儿，怎么这么能折腾。

其实，这都是王展云平时打下的基础。六十岁以后，王展云的演出不断，2000年，参加香港艺术节，主演关公系列戏，2002年，随父母到台湾演出并给国光剧社导演传统戏。

2005年，跟父亲到澳大利亚演出十多天。爷儿俩为普及京剧艺术真是马不停蹄。伸开腰的展云到晚年才真正“展云”。

能说会演400多出戏

1997年，中央电视台做了一个专题片，名字叫“戏包袱王展云”。

展云抖搂一下肚里的玩意儿，竟会400多出传统戏，而且能把戏里的所有人物台词、唱词以及怎么上场，上场后站哪儿、什么动作、什么打扮，都能一一说出来。

节目播出以后影响不小，人们纳闷展云怎么会这么多戏？

展云对我道出其中原委：这跟父亲的言传身教和自己对京剧的悟性有直接关系。

毫无疑问，每个当父亲的都希望儿子能继承自己的事业。王金璐也不例外，但他希望展云能成为文武全才，能演能编能当导演。

王金璐在梨园行不是世家，也没亲戚，他能出名，全靠个人努力，他深知只有自己要强，刻苦，多学戏，才能在舞台上站住脚，所以对展云要求极严。不让他依托父亲的名望沾光，而是靠自己的本事闯天下。

展云对我说："父亲从小就教我练功，我二十岁随父回北京，父亲每天一早，就让我到北海喊嗓子练功，中午饭后，一边给我说戏，一边让我穿上'大靠'，在大太阳地儿练，给我请名琴师孙德山伴奏。每有名角儿演出，带我观摩，可以说在练功学戏上，对我一丝不苟。"

虽然王金璐对儿子言传身教，但对外却不愿承认展云是他徒弟，也不爱让展云出头露面，拍电视搞活动，都是他和徒弟上场。王金璐对徒弟比对展云还好。

王展云到哪个剧团，王金璐从来不托付人照应。展云当主演，按道理，头儿出戏全家人应去剧场捧场，但王金璐从不去，只有一次去了，也只是在台下转了一圈儿就走了。

这无形中告诉展云，只能靠自己奋斗，别指望他。王金璐的家教很严，这也与妻子李墨瓔有直接关系。

家风影响自己一生

年轻的王金璐，在中华戏校学戏时，也猴拉吧唧的，您想，他从小在胡同里长大，跟胡同里的孩子们玩，身上难免不染上点顽皮劲儿。

但是由打跟墨瓔结婚以后，王金璐像变了一个人。李墨瓔是大家闺秀，又是知书达理的文静的大学生，还是戏迷。

李墨璎深知旧社会戏曲演员身上的一些陋习，所以婚后，从穿衣戴帽到言谈举止，一点一滴影响和“打造”王金璐，使金璐一身的儒雅之气，吃喝嫖赌抽，旧社会艺人身上的粗俗陋习一点儿没沾。金璐演的是武生戏，却文质彬彬，像个大学教授（事实上王先生后来也成了戏曲学院的教授）。

王展云在这种家庭环境下长大，耳濡目染，潜移默化，自然带有很浓的文墨气。

展云洁身自好，不吸烟不喝酒，不近女色，不赌不抽，始终严格自律，一心学戏。

他对我“泄底”：“我之所以会这么多出戏，完全是我父亲愣逼出来的。他一直要求我努力努力再努力，不努力，就要落后于人，就会没饭吃，像一个赶牛的人，手里拿着鞭子不停地赶着你。”

展云不到二十岁出道，二十一岁就自己外出搭班，当主演，挣高薪。当主演必须有三天的“打炮戏”（叫座的戏）。所以没点儿真功夫哪儿成?

他说，有时一个月演出不翻头（不重复），所以就得会得多。有时，一出戏“一赶二”或“一赶三”（即同场演几个角色）。这也是他会那么多戏的原因。

但说了归齐，他还是受家风的影响，从小就知道要强，所以才有后来的成就。

独门儿绝活儿谁来传承

王展云一生，除了受父亲的鞭策外，也深受李洪春师爷的影响，他认为，一个演员只有会的戏多，才能在京剧舞台上戳得住，尤其是冷门戏，别人不会自己会，别人就不敢小视自己。所以他玩命学戏，而且排戏时不拿剧本，行话叫“背总讲”。

他从李师爷那儿学的30多出冷门戏，甚至有的演员连戏名都没听过，如《取荥阳》《江东桥》《天水关》《雄州关》《金马门》《取帅印》《焚锦山》等。

这些戏，他都能“背总讲”，不但会主演的唱念做打，而且凡是上场的人念白、唱词都会，这在他们这一代京剧演员中真是难得。

京剧是中国的国粹，从徽班进京到现在已走过了二百多年，这当中形成了多种流派，并经过不断推陈出新，已经炉火纯青。在现代京剧被世人推崇的今天，整理和挖掘传统剧目显得十分重要。

有人认为，随着老一代京剧名家的相继作古，京剧最辉煌的时代已经过去。的确，当年生龙活虎的京剧后生王展云，现在都已经是奔八十岁的老人了。

如何使传统京剧剧目不失传，如何借助现代的录音录像手段，使这些传统剧目留给后人，应该让王展云这样的“戏包袱”把肚里的玩意儿都抖搂出来。如朱家溍生前所说：“积极抢救，传之后世”。

王展云先生现在身板还很硬朗，除坚持每天在北海练功外，还经常演出和教戏。

他为人爽朗，思想不保守，很想有人能从他身上多挖点独门儿绝活儿，也希望有机会把自己会的冷门戏都排出来，只可惜限于自身的物质条件，无法实现这一夙愿。

但愿热爱京剧事业的人能慧眼识珠，否则这些老戏丢了太让人遗憾了。

赵永祺

能让脸谱『立』起来

五鼠闹东京

脸谱混搭牧羊犬

2018年是农历的戊戌，即狗年，离春节还有些日子，但活泼可爱的小“狗”便在工艺品市场上撒起欢儿来。

这只狗是牧羊犬的卡通形象，狗脸人身，与京剧脸谱混搭，看上去憨态可掬。它的设计者是脸谱名家赵永祺。

赵永祺把脸谱，跟生肖混搭的创意，始于十几年前。农历的猴年，赵永祺的京剧孙悟空的脸谱着实“火”了一把。

当时市面上，能看到的孙悟空脸谱有九种之多，如李万春《闹天宫》的孙悟空、杨小楼《安天会》里的孙悟空、福小田《红梅山》里的孙悟空和罗猴、李少春《闹天宫》和《十八罗汉斗悟空》里的孙悟空、钱金福《无底洞》里的孙悟空、郝振基《安天会》里的孙悟空、南派郑法祥《金刀阵》里的孙悟空等。

由于派别不同，这些孙猴儿在脸谱的勾法上各呈异彩。脱胎于戏剧，又在脸谱艺术上有所创新，使脸谱艺术生活化，这恰恰是赵永祺脸谱的独门儿。

脸谱有“谱儿”

脸谱是戏剧演员在脸上彩饰化妆的一种形式。为什么叫它“谱”呢？

因为演员在勾脸的时候，不能随心所欲地勾画，戏曲中的人物脸上该上什么色，都有一定的套路，或者说谱式，有谱式的这才是脸谱。

京剧画脸谱的主要是“净角儿”，也就是咱们平时所说的花脸。

脸谱上不同的色彩，能够显示出不同的人物性格，红色表示忠勇，如关公；黑色表示粗直，如张飞、包公；白色表示多谋狡诈，如曹操；蓝色表示勇猛骄横，如窦尔敦；绿色表示倔强，如程咬金；此外还有神鬼形象，多勾金银色，如玉皇大帝是银脸，二郎神是金脸。孙悟空属武生脸，色彩上更加丰富一些。

作为艺术品，脸谱分为平面和立体两种。所谓平面就是近年来流行的脸谱画儿。

立体脸谱是指泥塑或彩绘工艺脸谱，它是京剧舞台脸谱与民间泥塑彩绘相结合的手工艺品。赵永祺做的就属于这种脸谱。

立体彩绘脸谱，可以说是京城民间手工艺品的独门儿绝活儿。

“花脸桂子”发明的泥塑脸谱

北京的彩绘脸谱起源于清代末年。究竟是谁把京剧舞台上的脸谱，变成了泥塑的彩绘脸谱，人们说法不一，比较流行的说法是“花脸桂子”的发明。

话说清光绪二十年（1894年）前后，住在西城有位姓桂的旗人，此人不但能诗善画，也是一位京剧“票友”。

他看到庙会上有用泥捏的泥人，就突发奇想，用胶泥做了一个脸型的模子，翻做了一些泥坯，晾干以后，仿照舞台上的脸谱勾画上色，这些彩绘脸谱做成之后，朋友们看了都觉得挺有意思。

这位姓桂的爷见人们对他做的脸谱挺喜欢，便把它分别送给亲朋好友。一来二去的，人们都知道他会做脸谱了，于是给他起了个绰号叫“花脸桂子”。

辛亥革命后，京城的旗人断了“铁杆庄稼”（即钱粮）。“花脸桂子”为了谋生，便在家做泥塑脸谱，然后拿到庙会上卖，以此维持生计。从此，泥塑脸谱作为民间工艺品，开始在京城流行，做脸谱的人也多了起来。

继“花脸桂子”之后，京城先后出现了白如霖、汪稔田、李荣山、赵友三、赵永年、李克明、马成子、唐景昆、韩启泰、双起翔等立体脸谱的名家。

立志要把脸谱当“饭碗”

泥塑脸谱主要是艺人们在家里手工制作，然后拿到庙会，或经营艺术品的铺子里去卖。

新中国成立初期，京城做泥塑脸谱的几个老艺人，组成了生产合作小组，以后又成立了北京彩塑厂，后来又划归到北京特艺三厂。

到20世纪90年代初，原来制作脸谱的企业因经营不景气而停产，与此同时，一些绘制泥塑脸谱的老艺人相继作古，京城这一独门儿的民间老玩意儿，眼瞅就要断桩。此时，年轻后生赵永祺成立的北京兴鑫工艺品厂，扛起了京城彩绘脸谱这面大旗。

我认识赵永祺的时候，他还不到四十岁，但是，他告诉我，玩脸谱有二十来年了。

“你是世家吗？”我打量着他问道。

“不，我是农民出身。”他对我坦言道。

“那你是不是从小喜欢京剧？”

“不，我是先接触脸谱，后研究京剧的。”

我不由得对眼前的赵永祺刮目相看了。

一个来自农村的小伙子，既不是世家，又没有京剧的底子，文化程度也不是很高，居然喜欢上了脸谱，并且在继承老艺人的脸谱工艺的基础上，创造了自己的独门儿，使京城的这一民间绝活发扬光大，这不能不融入了自己的执着与奋斗。

1984年，十七岁的赵永祺兜里揣着100块钱，从老家石家庄进京打工。

像任何一个来北京闯荡的农村青年一样，他初来北京，人生的坐标也是茫然的，不知道该干什么，也不知道能干什么，只知道来北京是为了见世面，为了挣钱。

这100块钱很快就花光了，为了生活，他只好到餐馆当服务员，干这个最简单，不需要技术，只要对顾客热心周到就可以。

但端了几年的盘子，他觉得有些失落感，正是青春好年华，难道就干一辈子这个工作吗？他不甘心了，于是想“跳槽”，可是辞了职，真离开了餐馆能干什么呢？他又觉得心里没谱儿了，因为可选择的职业很多，但自己一没大学学历，二没实际操作的技术，人家能用他吗？

在这种迷茫和困顿中，他选择了做脸谱这个行当。怎么跟脸谱结上缘的呢？说来也是巧合。

赵永祺有个姑父在北京钢厂工作。赵永祺初来北京打工，住在了姑姑家。

姑父看他年轻、要强，觉得他还是个不甘默默无闻地混日子的人，所以劝他该学门手艺，并且给他创造了一个机会。

赵永祺有个叔叔叫赵福生，在中国戏剧出版社当编辑，由于工作上的原因，他业余时间喜欢画脸谱。赵福生的朋友文立德也好这个，俩人经常在一起切磋脸谱的绘画技法。

赵永祺到叔叔家串门儿，被赵福生画的五颜六色的脸谱给迷住了。

最初，他在一边看叔叔赵福生画，后来帮着叔叔递笔递颜料，到最后自己动笔上手画。姑父见赵永祺迷上了脸谱，觉得这也是一门手艺，便撺掇赵福生教他。赵福生的好友文立德见永祺喜欢画，便开始教他一些基本功。

当时永祺正在餐馆打工，白天干活儿，晚上画。在叔叔赵福生和文立德的指导下，苦练两年以后，赵永祺觉得自己做的脸谱能拿得出手了，便托朋友在前门饭店、颐和园、琉璃厂代销。

赵永祺没想到自己做的玩意儿挺受欢迎，做出来的脸谱往柜台上一放，很快就卖出去了，一时间，他做的脸谱还供不应求了。

当自己亲手做出的东西被社会认可的时候，他才感到自己的人生价值，同时，他也想到了自己今后的发展，经过一番考虑，他决定辞了餐馆的工作，在家里静心做脸谱。

他叔叔赵福生是过来人，深知彩绘脸谱这一行竞争激烈，而且全都是手工活，做一个脸谱挣不着什么钱，让他慎重考虑一下再做决定。

赵永祺是个一不做二不休的人，既然自己已经决定要把做脸谱当“饭碗”，那就义无反顾。

他对叔叔说：“虽然靠做脸谱吃饭风险比较大，赚不到什么钱，但京城做脸谱的人没几个，而且他们岁数都不小了。脸谱是京城民间工艺绝活儿，我应该趁自己年轻，把这门民间手艺接过来，不能让它断档。只要我喜欢干，再苦再累我也不怕。”

赵福生见他说出这话，觉得他将来会有出息，于是，鼓励他坚持干下去。

就这样，赵永祺从业余玩脸谱，走上了专业做脸谱的道路。

确实如他叔叔赵福生所说，吃脸谱这碗饭不容易。赵永祺真端起这个“饭碗”后，才体会到其中的艰辛。

卖脸谱要看别人脸色

制作泥塑脸谱，跟在纸上直接画脸谱不一样，除了要有丰富的戏剧知识以外，还要有娴熟的画脸谱的艺术技巧，而制作一个泥塑脸谱，至少需要20道工序。

首先要寻找成色质地好的胶泥，然后过淋浸泡，再像揉面似的反复揉摔，稍微偷点儿懒，将来的坯子就会开裂。

同时，要做好脸谱的模子，把醒好的胶泥在模子里刻坯，坯干后要打磨抛光，然后直接在坯子上彩绘，再上漆，扎髯口，上盔式。

最吃功夫的是彩绘。北京的脸谱艺术讲究造型规整，构图严谨，色彩明丽，善于刻画和突出人物性格，注重画工，彩绘有“三型七彩”一说。经过这么多复杂的工序，把脸谱做成之后，还要自己到旅游景点和饭店去推销。

当时赵永祺刚出道，从农村来北京才几年，口音还没变过来，身上还有乡土气息，到大饭店推销脸谱，多次遭到人家的白眼。

代他销售脸谱的业务员有时也欺生，虽然赵永祺做的活儿不错，但人家瞧他二十出头，身上土了吧唧的，能卖十块钱，也只给他两块钱。

赵永祺憨厚朴实，虽然靠脸谱吃饭，但他并不特在乎钱多钱少，只要自己的活儿能进大饭店，他就高兴得不得了。

有时，为了能在一家商厦销售自己的产品，他和爱人张金凤骑着自行车，顶着太阳来往奔波几十公里，那苦真是没少吃。连做带销累得半死，一个月下来才挣几百块钱。

脸谱的制作成本虽然不是很高，但做之前，必定要花钱准备大量的材料，而且自己结婚以后有了孩子，吃喝挑费越来越多，租住的房子每月房租也不少，他的日子时常捉襟见肘。

在这种时候，赵永祺的一个“发小儿”在北京一家汽车市场当代理，劝他改行。

“发小儿”告诉他，当时卖出一辆汽车，能赚几千块钱，而他得做100多个脸谱，能赚1000多块钱就不错。

“发小儿”的几次劝说，并没有让赵永祺动心，他认为，既然自己选择了这个行当，爱上了脸谱这门艺术，一辈子就吃它了。

尽管日子过得穷，但苦中有乐。他的执着令“发小儿”甚为感动。

创出独门儿品牌

其实，人生之路，事业上能否成功，就在于裉节儿上能否咬牙坚持，如同登山，坚持下来，也许就是成功，坚持不住，就是失败。

赵永祺在最艰难的时候，咬牙扛住了。经过两三年的市场磨合，他做的脸谱被许多商厦、饭店的工艺品部所认可，销得非常好，自然他在资金上也有了喘口气的时候。

1995年，他了解到目前国内没有一家专门制作彩绘脸谱的生产厂家，而随着北京旅游业的发展，脸谱越来越受到中外游客的喜爱，市场前景看好。

这也许是一个千载难逢的好机会。赵永祺和爱人张金凤一合计，拿出家里的全部积蓄，成立了北京兴鑫工艺品厂，同时，赵永祺还将他的脸谱注册了“京蝠”商标。

给脸谱注册商标，赵永祺是全国第一个，目前也是唯一的一个。经过这些年的摸爬滚打，“京蝠”目前已经成为国内知名度很高的脸谱品牌。

当然，有了品牌，就要更讲究工艺。以前，赵永祺做脸谱打的是个人名字，有了品牌，打出去的是企业的字号“京艺斋”。所以，他在脸谱制作工艺上更加注重品质，以展示自己的独门儿。为了让脸谱工艺有自己的独门儿，赵永祺从2000年以后，开始整理不同流派的脸谱。脸谱工艺过去是以钱派为主，钱派脸谱以著名花脸钱金福为代表。

钱金福是早期脸谱的典范，其脸谱曾被公认为“天下一品”。之后，才有金（少山）、侯（喜瑞）、裘（盛荣）、郝（寿臣）等“四大家”。赵永祺将这些不同流派、不同风格的脸谱收集整理出3000多个，然后结合民俗风情加以制作。

在整理的过程中，赵永祺也更正了一些与戏剧人物性格不相符的脸谱，比如《定军山》里夏侯渊的脸谱，以前是三块瓦的黑色歪脸，经过他向师傅刘曾复的请教与切磋，后来改为正脸。

经过二十多年的市场打拼，赵永祺的兴鑫工艺品厂已成为国内生产脸谱的最大企业，此外，他们在四川、福建、上海等地有20多家合作企业，国内旅游商店卖的脸谱，基本上都是“京艺斋”的产品，市场占有率达到90%。

赵永祺一直坚守自己独门儿工艺，虽然现在机械化程度越来越高，但他们为保证质量，在脸谱的制作上都是传统人工制模打胎。但是在脸谱造型上，他们却与时俱进，大胆创新，由专业设计人员设计了50多款卡通戏剧人物。此外，在五路财神、福禄寿喜等应时当令的脸谱上也有创新。

为了普及脸谱艺术，赵永祺还成立了兴鑫京艺文化中心，编写教材，辅导青少年学做脸谱。

2001年，赵永祺在国内率先注册了“中国脸谱网”，除了营销脸谱，还做宣传普及脸谱文化的活动，扩大了脸谱文化的影响，赵永祺的彩绘脸谱真是为北京人挣了脸。

拜脸谱大家为师

二十多年的坚守独门儿，赵永祺的脸谱带动了一个行业，而且越做越大。但事业的发达，并没有让赵永祺的大脑发热，他至今仍保持着质朴无华、厚道实在的本色，他知道脸谱是工艺，也是文化，而且底蕴深厚，学无止境，所以他并不满足自己现有的业绩。

他认为中国的戏曲博大精深，如果只会勾勒和制作脸谱，不足以把中国传统的脸谱艺术发扬光大，加上戏曲界和脸谱界的前辈年事已高，自己应该及时把他们手里的好玩意儿抢救和传承下来。

1997年，他结识了京城脸谱名家田有亮。田先生对赵永祺的彩绘脸谱非常赏识，帮他引荐了刘曾复、赵梦林、颜少奎、傅学斌、盛华等名家。

2005年，赵永祺经脸谱收藏家孔宇的介绍，正式磕头，拜时年九十一岁的脸谱大师刘曾复为师。

在脸谱方面，刘曾复先生一共收了四个徒弟，大徒弟是盛华；二徒弟就是赵永祺；三徒弟是张国泰；四徒弟是刘振英。四个徒弟在脸谱上各有千秋。

他们的师傅刘曾复，不但对中国戏曲有研究，而且从事脸谱绘画艺术几十年，在戏曲界享有盛誉。赵永祺能拜刘老为师，对他的脸谱艺术来讲无疑是莫大的提高。

历来的工艺脸谱是从戏曲的流派脸谱发展起来的，为了探寻流派脸谱艺术，赵永祺多方求教，这些年，他得到了谭元寿、梅葆玖、张学津、袁世海、吴素秋等名家的指教。

与此同时，他还四处淘换有关脸谱艺术的资料和书籍，古今中外，只要是关于脸谱的书他都收藏。他告诉我，仅在这方面花的钱，就有十多万元。

做出来的脸都有“谱”

进入2015年，赵永祺的心态变得更加平和了，在北京外国语大学念书的女儿毕业后，加入他从事的脸谱事业，如虎添翼。经过两年的实践，女儿已经能独当一面，让他能静下心来研究脸谱。

2005年，赵永祺出版了自己的第一本关于脸谱的书《京剧脸谱掌中宝》，将自己绘的100多个脸谱收入其中。

这之后，他著书立说的想法越来越强烈，相继出版了《京剧脸谱流派》《中国京剧脸谱》（与人合作）。2018年，他筹备了十四年的《中国图像史·京剧脸谱卷》也将出版，此书收录了他收集整理的2000多个脸谱，可以说是他多年心血的结晶。

说起来，京城真是一块文化的风水宝地。一个普通的农村青年，受京城传统文化的熏陶，不但喜欢上了京剧，而且成了京剧脸谱的玩家；不但收藏了大量的京剧脸谱，而且办起了一个脸谱工厂，创出了一个独门儿脸谱品牌；不但脸谱产品走向全国，而且著书立说，出版了几部自己的专著；不但产品带动了一个行业，而且培养出自己的接班人。

这些听起来让人不可思议，但这又是那么真实。这似乎验证了一个真理：人只要坚守自己认准的事，照直走下去，就一定能成功，这就是所谓的道行！

赵永祺的兴鑫工艺品厂是国内唯一一家制作彩绘脸谱的工厂，他们所制作的脸谱品种已达100多种，有装饰脸谱，分为光头、泥须、绒须三种，有壁挂式的、镜框式的等。其产品参加了2008年北京奥运会。2007年，在俄罗斯举办的中国文化年上，又打出风采，打出知名度，如今脸谱产品远销欧美、日本、东南亚、澳大利亚，赵永祺也因脸谱在京城小有名气。

但他心静如水，对我说："原来是想混出点名堂，现在心态不一样了，总想着能给后人留点东西。"

这种低调做人的态度让我感慨：他现在还刚刚五十岁出头，难道已经"知天命"了吗？

连家父女

说了百年京味儿评书

大鼓书图
民国初年北京城大小戏园说书场兴盛一时并且津京两地多有女艺表演而便说书场文说武戏热闹一时
当时书场在京城最多的地方应是南城就是前门往南永定门以北之间天桥地区就是其最集中的地方多附有诗云酒
旗戏鼓天桥市多少游人不忆家可想当年热闹非凡之景象了
时在辛卯年盛夏月海方挥汗而写京华旧景并记于京华南城

京派评书的掌门人

2017年9月，位于北京天桥艺术中心的宣南书馆，举办了纪念书馆成立十周年的评书演出，听众爆满。

连丽如女士作为北京评书非物质文化遗产传承人，面对热情的观众，不禁感慨万千：十多年前，北京评书已经濒临失传，她为振兴北京评书而奔走呼吁的情景历历在目。如今，北京评书不但登上了大雅之堂，培养了大批听众，而且第三代弟子已挑起大梁，第四代弟子也茁壮成长，这些怎不叫她激动？

说评书的连丽如，说话动情动容，她手里拿着刚刚出版的《北京评书宣南书馆成立十周年纪念文集》，让大家分享，文集里有吴文科、许立仁、阎崇年、李燕、姜昆、李金斗等20多位文化人、曲艺界的专家及北京评书的拥趸，记录下的北京评书不同寻常的复兴历程，看了让人感动。

说起评书，人们自然会想到袁阔成、单田芳、田连元、刘兰芳这“四大名家”。这四位都是改革开放以后，在东北崛起的评书名家。其实，评书的重要发源地是六朝古都的京城。

在老北京，各类评书馆、书茶馆、书场遍布京城，涌现出许多位享誉全国的评书表演艺术家，并且形成了别具特色的“京派”评书，当年的评书表演艺术家王杰魁，有“净街王”的美誉，可见评书在京城的普及程度。

在众多的评书名家中，连丽如的父亲连阔如，可谓是京城家喻户晓的人物。连阔如的名字，就是“净街王”王杰魁给起的。

说这话还在20世纪90年代，一位老先生送我一本解放前出版的《江湖丛谈》。

这是一本描写老北京江湖内幕的奇书，也可以说是一部写“黑道”的专著。作者名叫“云游客”。

《江湖丛谈》以第一手材料揭示了江湖上的“金、皮、彩、挂、平、团、调、柳”八门的详情，记录了旧京的行规、隐语、行俗、行话等。

读了这本书以后，我曾想作者“云游客”一定是位写作高手，但他是哪路“神仙”却无从考证。

及至认识连丽如大姐以后，我才得知这位“云游客”，敢情是他父亲连阔如。当然，“云游客”是连先生的笔名，因为写的是黑幕，用笔名也是有原因的。

一个说书人怎么能写出这种笔法娴熟的奇书来呢？当我了解了连阔如的身世以后，这才恍然大悟。

紫禁城的“门甲”后代

连阔如在中国当代的评书界算是一位才子。他是满族旗人的后代，父亲凌保当过午门的“门甲”（护卫）。午门是紫禁城的城门，午门的“门甲”，属皇家的禁卫军。据连丽如大姐介绍，他爷爷有点儿文化，曾做过“笔帖式”，但时间很短。

连阔如兄弟三人，没有姐妹，大哥叫毕毓宝，二哥叫毕毓璋，他原名叫毕毓珍。满族旗人使用的是“老姓”，他家的“老姓”是毕鲁氏。

连阔如命苦，从小没见过自己的父亲。他属于“墓生儿”，也就是在父亲去世以后出生的。

连阔如跟大哥毕毓宝算是“隔山兄弟”，大哥是前一个母亲所生，他和二哥是同一个母亲生的。

父亲去世后，家里没了顶梁柱，母亲只能靠在安定门当“门甲”的大哥挣的钱粮，抚养他和二哥。

连家住在安定门外的营房，这里居住的都是穷旗人，虽然连阔如喜欢念书，但家里太穷，只念了半年私塾，就因交不起学费而退学。

连阔如上学时，学名叫毕连寿。他自幼聪明，别瞧他只念了半年书，却为他日后说书写文章打下了基础。

摆过卦摊儿批“八字”

连阔如有几个名字，从这些名字上，您能看出他艰辛的人生阅历。

连阔如的出身很苦，由于生活所迫，他十三岁就走上社会，自谋生计，先在一家照相馆学徒，后来他一个人偷着跑到了天津。在天津的北门小杂货铺学徒，因患病到回春堂药铺治病，被掌柜的留下在药铺学徒。

三年学徒期满，掌柜的看他聪明，想把独生女许配给他，让他当养老女婿，更名改姓立字据。心里要强的连阔如觉得改姓忒丢人，便没有答应这门婚事，掌柜的觉得丢了面子，当然不会再用他了。

此时的连阔如翅膀已硬，离开药铺，他和朋友满长鸿告别了天津卫，一个猛子扎到了山东烟台，在南市场摆了个地摊儿，以卖中草药为生，但是由于没有营业执照，经常受到巡警的刁难。

一次，他的摊儿又被巡警查封，他一赌气，不再卖药了。可是做别的买卖，他又没本钱，想来想去，他想出来一个省钱的主意，摆卦摊给人算命。

旗人指名为姓，他的学名叫毕连寿，连字打头。摆卦摊得单起一个名字，他自己起了一个名字，叫连仲仨。以后，他回到北京，在天桥摆卦摊儿也用这个名儿。

因为连阔如会批八字，也爱写文章，后来他在《小公报》上，发表批八字之类的文章，因不愿让人知道自己的身份，便署"乐天居士"，当然这是个笔名。

"净街王"给起的名儿

连阔如在摆摊算卦时，结交了许多朋友，而且他也像大多数老北京人那样，喜欢听评书。评书拴人，听了开头，就想结尾，所以，连阔如只要一有工夫，便奔书茶馆听书。听着听着，他渐渐地迷上了说书这一行当。

北京的说书艺人有不少门派，按当时的行规，他学说书，必须要拜师入门。经人介绍，他拜在了李杰恩的门下。

拜师礼是在珠市口天寿堂饭庄办的，连阔如摆了几桌酒席，师父李杰恩是“杰”字辈的，跟当时说书说得最火的“净街王”王杰魁是同门。

王杰魁作为同门的“门长”，也参加了连阔如的拜师会，并且按照门里的辈分，给他起了个名字叫阔如。从此他以连阔如为艺名，开始了说书的生涯。

连阔如在说书的同时，没忘了给报馆投稿，此时，他开始给《时言报》写稿，因为发表的文章以揭露江湖内幕为主，他怕黑道上的人找麻烦，所以署名“云游客”。

以后《时言报》根据他的连载文章结集出版，书名叫“江湖丛谈”，作者仍署“云游客”。所以，很多读者被“云游”了一番，不知作者就是说书名家连阔如。

人称他是“跑马连”

连阔如阅历丰富，加上他勤奋好学，在老北京说书人当中属于有文化的，所以他说书一入门，就显现出与众不同的功力。

他先跟李杰恩学说《西汉演义》，后师从张诚斌学说《东汉演义》，并得到了熟悉这段历史的听众孙昆波的指点。

抗日战争前，连阔如以说《东汉演义》一举成名，《三请姚期》《马武大闹武考场》《战昆阳》等都是他叫座儿的片段。

他善于吸收前辈演员的说书艺术，博采众长，并吸收京剧表演艺术，他跟谭小培、谭英培是朋友，与郝寿臣是忘年交。

他的嗓音宽厚洪亮，一亮嗓子能打远。贯口是他的拿手好戏，马跑马嘶的口技堪称一绝，听众称他为“跑马连”。

连阔如年轻时，曾跟“醉鬼张三”学过武术，刀枪架干净利落，说功做功打功都在行，形成了独特的风格。

新中国成立后，连阔如潜心研究《三国演义》《水浒传》两部大书，演出相当成功。

值得一提的是连先生的民族气节。七七事变以后，他在北平的商业电台演播《东汉演义》，日伪政府闻其名，让他在说书时宣传所谓“大东亚共荣圈”。他却说了一段廉颇、蔺相如团结一心抵御秦国的故事。

日伪官员听后恼羞成怒，连先生不但被电台辞退，还险遭宪兵队暗算。

打那儿起，连阔如发誓不再说书，转而研究《易经》，以“乐天居士”之名，在玻璃厂的住所开设命馆，靠批八字为生，直到抗战胜利，他才重新回到书馆说书。

文代会上说新书

连大姐现在手里保存着解放初期的几份报纸，我从这些尘封的历史资料中得知连阔如是第一届全国文代会曲艺界唯一的代表。

1949年在北京成立了中国曲艺改进协会筹备委员会，连阔如和赵树理两人被选为副主任委员。

在全国文代会上，连阔如先生现场表演的新编评书《十八勇士强渡大渡河》，受到周恩来总理的称赞，这些都表明他当时是中国曲艺界的领军人物之一。

1951年3月，抗美援朝时，他被任命为中国人民第一届赴朝慰问团曲艺服务大队的大队长。入朝后，他和其他曲艺家冒着枪林弹雨，为志愿军战士们演出。

连阔如对评书的最大贡献，是新中国成立后，提倡把现实主义题材的作品，引入评书的表演艺术中。

老一代说书人没多少文化，师傅口传心授，内容也多是历史题材的传统评书。这些评书内容在新时代肯定有一定局限，所以新中国成立以后，一些老艺人担心自己没书可说，会丢了饭碗。在新形势下，如何说新书，是人们最关心的问题。

连先生和王尊三、赵树理等人担任中国曲艺改进协会的领导以后，积极推进艺人扫盲学文化和说新书的运动，并且他率先垂范，在第一届文代会上，自编自演了《十八勇士强渡大渡河》的新书之后，又成立大众游艺社，任社长，组织曲艺演员，在前门箭楼演出新段子。

本来他还可以在这方面做更多的工作，遗憾的是1957年被打成“右派”，失去了机会。连阔如先生1971年去世，享年六十八岁。

父亲给她改名叫丽如

连阔如有一个儿子三个女儿，儿子是小学教师，2000年去世，活了七十一岁。

长女二十九岁因病去世。次女是普通工人，年逾七旬，早已退休。连丽如最小，在几个孩子中也最聪明。

她从小就想当数学家，是北京师大附中的数学尖子，高中还没毕业，就被中科院天文研究所选中，并准备把她保送到南开大学深造。

可就在这时候，父亲连阔如去上海拜访南派评话老艺人王少堂，应王先生的邀请，观看到他的孙女王丽堂说的评书。

王丽堂从小喜欢说书，在祖父王少堂的悉心培养下，十六岁就登台说武松，赢得了观众的一致好评。

在老北京的评书界，女的是不能登台说评书的，所以连阔如在儿子不喜欢评书的情况下，并没有想到把评书艺术传给女儿。但王少堂的现身说法，对连阔如的触动比较大，他改变了原来认为女孩子不能说评书的观念，做出了让女儿连丽如接班的决定。

连大姐深知父亲心愿，思前想后，最终放弃了上大学的理想，开始跟父亲学评书。

连阔如为表达自己的心愿，特意把女儿的名字由丽茹，改为丽如。

病床上抢救《雍正剑侠图》

连丽如从十七岁起跟父亲学说书，1960年3月她正式加入北京宣武说唱团。转过年的8月，她在天桥的刘记茶馆第一次出场说书，说的是“三国”。

女子说书本来就属凤毛麟角，加上又是名人之后，所以，连丽如一亮相，就让京城书迷眼前一亮。

1985年，连丽如调到中国煤矿文工团，她的说书领域越来越广。20世纪90年代，她在北京人民广播电台，播放的评书《雍正剑侠图》，受到广大听众的好评。评书迷说，听了这部书，仿佛感觉连阔如又回来了。

连丽如跟我聊起说这部书的起因，我才知道这部书意义非同一般。敢情这是她从著名评书大家李鑫荃的病床上，抢救下来的。

李鑫荃是老北京，早年在粮店学徒，酷爱评书，1945年拜段兴云为师，曾经跟连丽如的父亲连阔如学说“列国”“三国”。新中国成立后，他说的《保卫延安》《野火春风斗古城》《红岩》《平原枪声》等风靡一时。

我曾经是李先生的忠诚粉丝。记得上小学时，每天中午，一边吃饭，一边听“话匣子”里他播讲的《红岩》《平原枪声》。有时，不吃饭也要听他的评书，那会儿对李先生的书真是痴迷了。

李鑫荃的肚子宽绰，会的玩意儿很多，可惜晚年脑中风，得了半身不遂。连丽如跟李先生是亲戚，李家跟连家属于世交。

2003年，北京闹“非典”时，李鑫荃躺在床上不能动，连丽如几乎每天到他家，让他说《雍正剑侠图》。李先生是2004年8月25日去世的，人走了，却把这部书留下了。

您现在听的这部书，可以说是李先生的心血结晶，不过，也糅进了连丽如自己的东西，《雍正剑侠图》能体现出连丽如的评书风格。

在朱家溍临终前讨学问

年逾七旬的连丽如，在老一茬儿的评书演员中辈分比较大。

李鑫荃比连丽如大十多岁，却要管她叫姑，因为李鑫荃管连阔如叫师爷。

相声演员李金斗见了连丽如，要叫奶奶，因为李金斗的师爷王长友，比连阔如还小一辈。

当然，连丽如为人谦和，从来不让人家这么叫她。我跟连丽如比较熟，我们之间不论辈分，我见了她直呼连大姐，她亦欣然。

连丽如大姐对我说："北京的评书最大的特点是讲究文化。评书的'评'，是议论，并不单纯讲故事。"

连大姐说，她说书从来不照本宣科，或者师傅怎么教她怎么说，而是要旁征博引，一部书要查阅许多历史资料。

为此，她跟许多做学问的老先生都有交情，不懂的地方就向他们请教。

连丽如告诉我，当年跟李鑫荃学说《雍正剑侠图》时，李鑫荃没弄懂"敖龙带"这个词是什么意思，让连丽如去请教故宫博物院的研究员朱家溍先生。

当时朱家溍先生在医院，已告病危，一般人不见，但朱先生是连阔如的老朋友，听说连丽如找他，执意要见她一面。

连丽如见了朱家溍先生，直接请教他什么叫“敖龙带”？朱先生告诉她：“敖龙带”就是马褂，这是满汉之间的名称。连丽如听了连连点头。这等于是她在朱家溍先生临终前讨得的学问。

由此可知，一个说书人需要往肚子里装多少学问。

在美国说书叫座儿

传统评书分为“短打书”和“袍带书”两大门。

所谓“短打”，就是武侠书，多有蹿房越脊之类的描述，如《包公案》，野史和传说比较多。“袍带”，指骑马打仗之类的历史故事，如《东汉》《隋唐》，比较靠近历史。连阔如的评书属于这一门，在讲历史时增加其文化内涵，“评”的色彩更浓一些。所以他生前也是博览群书。

连阔如在说“三国”时，曾多次登门请教郭沫若、吴晗、吴晓铃、吴小如等名家，加大了“评”的分量，形成了自己独有的风格。

连丽如继承了父亲的这一传统，听她的书，您能从中获得丰富的历史知识。

连丽如之所以在评书整理和播讲上取得这么大的成就，与他爱人贾建国的帮助是分不开的。

贾老师是著名编剧。三十多年来，连丽如在贾老师的帮助下，整理出300多万字的评书手稿。先后在电台、电视台录制了《东汉演义》《三国演义》《隋唐演义》《明英烈》《雍正剑侠图》等二十几部大书，得到听众好评。

1993年，连丽如开始向海外推广“连派”评书，先后在新加坡、马来西亚的学校、华人协会、电台和电视台演播《三国演义》《水浒传》《红楼梦》《聊斋志异》《鹿鼎记》等，引起当地华人的很大反响。

2002年，她又到美国，先后在哈佛、麻省理工等十几所大学演讲评书文化，说“三国”，道康熙，使人们通过评书，了解中国的历史文化和民俗风情，受到海外华人的欢迎。

连丽如告诉我，她在美国洛杉矶说了30多场书，25美元一张门票，听众座无虚席。当年她父亲的老听众带着子女来听书，有的子女出生在美国，一点儿中国文化的底蕴也没有，听了她的书，高兴得不得了。

她说“三国”现场“现挂”（临时编词），让年轻人听得如醉如痴。

她对我说，外国人如此喜欢中国的评书，让她感到意外。相比之下，国内的评书市场却有些冷清，这让她感到评书的普及任重道远。

评书大会宝刀不老

如今，连丽如不但是非物质遗产“连派”评书的传承人，也是北京评书的代表人物了。

连大姐告诉我，她跟父亲学书时，北京有40多个书场。这些年，在政府的扶持下，京城的大小书场有七八个了。她主持的宣南书馆已经十多年了，不但培养起一拨年轻的听众，也锻炼出王玥波等弟子。

连丽如有一个女儿，在机关当公务员，连家到她这儿，说书的艺术就算断了。不过，她和丈夫贾建国整理的几部大书已出版，而且很畅销。

这些年，她陆续收了不少弟子，这些弟子有的已经能挑大梁，也算把“连派”评书传承下来了。

2005年、2006年，他们夫妻整理《东汉演义》《三国演义》出版发行，中国唱片深圳公司出版了《连阔如纪念专辑》，当代中国出版社出版了《醒木惊天连阔如》和再版了《江湖丛谈》。前者由著名作家王蒙和苏叔阳作序，后者有李滨声老师配的60幅插图。

连丽如大姐说，现在的评书演员要达到老一代的水平很难了，而且听书的人也不会像过去那样痴迷了，但她希望在文艺的百花园里，评书艺术能依然芬芳。京派评书艺术的传承和普及，是她和老伴儿的最大心愿。

2017年，北京电视台的“北京评书大会”的栏目正式开播，这档节目可以说是为连丽如大姐量身定做的，当然，对于连丽如大姐来说，也是人生的一个制高点。因为电视台为一个评书演员开辟一个长期播出的栏目，以前还没有过，这也体现了媒体对京味儿评书的重视。

“北京评书大会”的头炮戏，是连丽如大姐的《东汉演义》。年过古稀的连大姐宝刀不老，说出的“活儿”，口齿伶俐，字字珠玑，语言表达，环环相扣，让电视观众不出家门，就能欣赏到脍炙人口的京味儿评书，真是一种难得的文化享受。

吴继传

玩虫儿玩出个『虫圣』

蛐迷圖
自清满人入京八旗子弟一脉相承
没仗可打也没了正事就是一个玩字
是正事
所以这些大爷们把能玩儿的
都玩儿到了家

王世襄对他竖大拇指

花鸟鱼虫，号称京城的“四大玩”。单说“虫儿”，愣让北京的老少爷儿们玩出了文化。虫儿文化是京味儿文化的重要组成部分。

北京人所说的“虫儿”，又叫“四大鸣虫儿”，主要是指蛐蛐儿、蝈蝈儿、油葫芦、金钟儿。蝈蝈儿、油葫芦、金钟儿主要是听其鸣叫的声儿。蛐蛐儿则要另当别论。

北京人玩蛐蛐儿，既听音儿，又观其相斗，所以北京人谈到蛐蛐儿，往往要说斗（逗）蛐蛐儿。蛐蛐儿，学名蟋蟀，因其善斗，体形雄壮健美，有“人间第一斗虫儿”之誉。

说到这儿，想起一首诗：

一叶知秋送秋声，
蟋蟀叫入人心中；
暂忘世俗诸琐事，
专爱人间第一虫。

作这首诗的人，是中科院的研究员，玩虫儿大家，有“虫圣”之称的吴继传。

我初次认识吴继传，还是2002年的10月。

10月的北京恰值金秋，秋风送爽，正是京城“闹”虫儿时节，一场秋虫儿鏖战伴随阵阵秋风，在老字号龙顺成摆开擂台。

那次“蟋蟀大赛”北京地区有12支代表队捉对厮杀，来者均是京城斗虫儿高手。每队至少带着40只不小于五厘米长的蛐蛐儿。

四五百只蛐蛐儿捉对厮杀，真可称得上是一场惊心动魄的鏖战。指挥这届蛐蛐儿大赛的，就是“虫圣”吴继传。

说起京城的蟋蟀玩家，不能不提两位爷，一位是王世襄，另一位是王铁成。“二王”在虫儿界可谓赫赫有名。而吴继传则以学者身份的玩虫儿大家名扬虫儿界。

20世纪80年代初，吴继传出了一本带彩色图像的书，名叫“中国斗蟀”。王世襄想买没买到，特地给吴继传去了一封信，信中写道：“尊著《中国斗蟀》乃蟋蟀文化中的奇书，您将传统认识提高到科学的高度，且图文并茂，前所未有，钦佩之至。”

王世襄是京城玩虫儿的大家，研究蟋蟀文化几十年，而且出过《蟋蟀谱集成》，此书被虫儿界称为“入门向导”。

而且王先生年长吴继传十多岁。王老对吴继传如此敬重，称他写的书“前所未有，钦佩之至”，由此可知吴继传先生在京城虫儿界的威望。

科学家玩虫儿有道

记得2002年7月，中央电视台的《东方之子》节目，以“虫圣”吴继传为题，专门做过对他的专访。

我当时对他的这个节目夸了几句，吴先生笑着对我说：“这个节目不是为了宣传我个人，主要是宣传蟋蟀文化。”

吴继传先生是比较典型的老一代知识分子形象，在京城玩虫儿的人当中，他的学问最高，名头也最大，所以虫儿界的一些老人都叫他“科学吴”。

吴继传先生曾任中国科学院的研究员、博士生导师，并且在大学兼任教授，是国内著名昆虫学家、生物化学家，是中科院院徽的设计者。1976年，吴先生还参与了毛泽东主席遗体的化学保护与配色整容。

吴先生本是生物化学和感光学方面的专家，获得过多项发明专利，谁能想到，这个科学家却偏偏对虫儿情有独钟，不但痴迷于虫儿，而且还玩出了门道儿。

吴先生生前曾任中国鸣虫协会主席、秋虫馆馆长，并且兼任十多个省市地方蟋蟀协会的名誉会长。

可以说，是吴继传先生把鸣虫儿引入文化和科学领域，并且致力中国蟋蟀学的创立，他的专著《中国宁津蟋蟀志》《中国巨蟋油葫芦谱》《中国蝈蝈谱》《中华鸣虫谱》《中国斗蟋》《中国秋虫诗集》等影响深远，直到现在也是玩虫人的必备之书。

由于吴先生在京城虫儿界德高望重，所以，当年京城民间举办大的斗蟀比赛，往往要请他出马来坐镇压场。

当时特有意思，吴先生只要出场，不但带着自己绘制出版的《中国蟋蟀大画谱》，现场给大家讲虫儿文化，而且每次也带着自己的奇兵（虫儿），瘾头儿上来，他也老将出马，披挂上阵，把自己养的虫儿跟人捉对鏖战。

给博士讲虫儿文化

说起中国的斗蛐蛐儿，最早起源于唐代。这一古老的民间习俗流传了上千年，已经形成了特有的文化。

但由于民间斗虫儿带有赌博性质，新中国成立后，便被政府明令禁止，只是在民间还悄然进行，但是到了“文革”就彻底被封杀了。

民间也很少有敢设局的了，虽然养蛐蛐儿的习俗一直没有中断，但公开举办蟋蟀比赛，却谁也没有这个胆儿。

到了20世纪80年代末，随着改革开放，民间斗蟋蟀也悄然解禁。但是由于人们对蟋蟀文化缺乏了解，说到斗蟋蟀立马儿会想到赌博，事实上，当时社会上也确实有斗蟀“挂彩”（赌博）的现象。

面对这种状况，吴继传先生挺身而出，举起“科学养虫儿，文明竞赛”的大旗，对京城的养虫儿斗虫儿，既当组织者，又当宣传者。

自古以来，人们玩鸣虫儿，不只是以捉对厮杀为乐事，它还有听声的功能，这正是鸣虫儿之所以叫鸣虫儿的原因。鸣虫儿的鸣叫声，被吴继传先生称为“地球上最早的天籁之音”，本身有许多文化内涵。

为了让人们了解养蟀斗蟀的科学知识和文化内涵，吴继传先生生前多次应邀为MBA硕士、博士及各大公司总裁做“鸣虫儿讲座”。2003年10月，由他发起成立了北京蟋蟀文化协会，他被推举为首任会长，可以说，吴先生为普及中国的蟋蟀文化立下了汗马功劳。

蛐蛐儿居然也有灵性

中国的蟋蟀文化起于唐，兴于宋，盛于明清，已有一千多年的历史。

虫儿文化博大精深，有相当厚实的文化底蕴，它不仅涉及民俗学、昆虫学、养生、艺术、文学，而且与许多民间手工艺相关。

比如养蟋蟀的家伙什儿，唐代用的是金丝笼儿，宋代用的是瓷罐儿，明代开始用澄泥罐儿。玩虫儿的人，也被称为“罐家”。

历史有名的“罐家”万礼张，糠胎大瓮刀切底，柔和润美。一个万礼张的澄泥罐儿，现在市面儿上得几百万元。清代有名的“罐家”赵子玉，做出的罐儿浆皮精细，形状端庄大气，一个也价值数十万元。

不过，现在市面上万礼张、赵子玉的澄泥罐儿赝品很多，有清仿，也有民国仿，还有现代仿，真品传下来的非常少。

2000年左右，一个台湾“罐家”曾开价150万元买真的万礼张罐儿，可惜转悠了几年没碰上。

这位台湾“罐家”曾在北京看到过一个真的万礼张罐儿，当时对方开价80万元人民币，他没收，后来追悔莫及，现在再想找，已如大海捞针，可见其价值。

宋代的瓷罐儿市面上已见不到，万礼张、赵子玉的罐儿也很难淘换，但罐文化和制作工艺却传了下来。

再比如养蟀，蟋蟀属秋虫儿，到时就要采（捉）。过了霜降，您不采，这些虫儿便随西风落叶冻死在地里。

采蟀（逮蛐蛐儿）是门儿技术，养蟀更需要功夫。一只骁勇善战的蟋蟀能从初秋，斗到农历十二月的立冬，老北京民间有农历大雪和冬至打将军的传统。

此时，窗外飘着雪花，屋里铺上红毛地毯，桌上放着汤壶，蟋蟀鸣翅厮杀，真是别有一番情趣。

这会儿能打败对手的蛐蛐儿，才真正称得上是“将军”，养者非玩虫儿高手莫属。

华夏虫鸣称古韵，
龙国斗蟋传古今；
白云千载秋声尽，
蟋蟀文化亘古存。

这是吴继传先生作的一首诗。

养蟀的学问大了，好的玩家能把蛐蛐儿养得通灵性，小虫儿可随主人喜怒哀乐。

人对蛐蛐儿体贴入微，蛐蛐儿也与主人的心情相通。投入战斗时，它可以为了主人的荣誉宁死不屈。

地球上的第一个叫声

吴继传先生是老北京，他知道我一直研究北京文化，而虫儿文化又是北京文化的重要组成部分，所以他特别喜欢跟我聊天。

他曾对我说："玩蟋蟀本来是陶情养性的高雅文化。但后来有些人拿斗蟋蟀的输赢为筹码，进行赌博，就玷污了这一文化。我现在所做的努力，就是要还蟋蟀文化的本来面目，并且增加它的科学内涵。"

他曾经津津乐道地对我说："您别小瞧蟋蟀，地球上第一个打破宇宙寂静的鸣虫儿就是蟋蟀。"

吴先生是昆虫学家。我想他说这话是经过考证的吧。

吴先生拿出他画的鸣虫图，对我说："地球上最早的声音只有风雨雷电，后来才有了蛐蛐儿的叫声，它的叫声距今已有三亿五千万年了。蛐蛐儿很了不起，它目睹了恐龙的兴衰。鸟儿的出现是一亿五千万年，人类的出现不过二百万年。蟋蟀的鸣叫，可以说是最古老和高雅的天籁之音。您了解到这些，再玩蛐蛐儿，是不是让您增加人与大自然的亲和力？"

我从吴先生那里，还了解到斗蟋蟀的民俗，其实最早是农民庆丰收，逮了蟋蟀在地里挖了坑斗输赢，赢了就给一个丰收饼。后来才传到宫里。由斗到欣赏、繁殖，一年四季都能听到它的鸣叫，形成了虫儿文化。

西方人对中国的蟋蟀文化，感到很神秘，不少西方国家的学者，是以猎奇的心理访问吴继传先生的。

吴先生有学者的风度，也有玩家的气度，他平时沉默寡言，但一说起虫儿，却来了情绪，他对我说：“我的爱好广泛，在十多个国家级学会担任理事和会员，但是非常奇怪，人们到中科院找我，一般不提我在学术研究上的头衔，而说找玩虫儿的吴教授。好像我不会别的，就会玩虫儿，是研究昆虫的专家。由此可以看出来，人们对我研究虫儿文化的举动格外尊重。”

吴先生能步入中外名人之列，也是由于他研究虫儿文化的成果。

他出版《蟋蟀大画谱》时，第十九届世界昆虫大会的主席、九十岁高龄的中科院院士朱弘复亲自给他的书写序。

朱弘复先生在序言中说：“吴继传把中国的绘画艺术与蟋蟀文化相结合，画出中国蟋蟀图画谱，是他历尽艰辛的旷世之作，是留给后世中国的蟋蟀文化中的瑰宝。”

朱老对吴继传在蟋蟀文化上的功绩给予的肯定，可谓盖棺定论。

宁死不屈的北京蛐蛐儿

在跟吴继传聊天的时候，他给我讲了两个虫儿文化的故事。

一个故事说的是，当年抗日战争时期，有一个日本浪人带着两只墨牙金翅的蟋蟀，来到北京，跟京城的“罐家”挑战。

这个日本浪人非常狂傲，自称这两只蟋蟀打败天下无敌手，如果输了，他面向东方磕三个头。

京城虫界的玩家们不服气，找了几个高手，拿出名蟀与之厮杀。日本浪人的蟋蟀确实厉害，一上盆，几口便把北京玩家的蟋蟀咬翻在地。

正在人们怒其不争之际，内中闪出一位老者，提出要与日本浪人较量。

当时恰值黄昏，残阳如血，老者持罐儿前来。亮罐儿一看，此虫其貌不扬，体形瘦小。

日本浪人见了，冷笑道："就你这只虫，还配跟我的虎将搏杀？"

老者听后，神色坦然不语。

果然，两虫交手，日本浪人的蟋蟀几口就把这位老者的蟋蟀咬断一只大腿。

二虫接着相搏，斗得相当惨烈，一个小时过去，老者的蟋蟀被咬得体无完肤，但就是不死，趴在盆里的一个角落喘息。

众人相观，无不为之唏嘘。暮色苍茫，场面悲壮。

只见日本蟋蟀振翅高鸣，虎视眈眈，准备一口将已然将息的北京蟋蟀咬死。它猛地扑了上去，说时迟那时快，就在它开牙下嘴的刹那间，北京蟋蟀一跃而起，照其颈部死死咬住，此乃斗蟀中的绝命口，直到那只日本蟋蟀被活活咬死，北京蟋蟀才松口，鼓翅奏凯，众人为北京小虫儿宁死不屈的余勇欢呼起来。

在场的外国裁判感慨道：这就是中华民族的精神所在。最后，日本浪人只好俯首向中国人施礼。

另一个故事是，风流皇帝宋徽宗酷爱玩蟀，被金兵俘虏，押送金国，路过山东宁津，突然随行的行李散了，从车上掉下来一个小盆儿，里头蹦出一只蟋蟀。

宋徽宗睹此爱虫儿，思念故国，不禁黯然神伤，垂泪对蟋蟀说：“你走吧，八百年后，你会称雄华夏。”

正好八百年后，在山东宁津举办了第一届蟋蟀文化节。

吴先生对我说：“这两个故事带有传奇色彩，但它说明中国虫儿文化底蕴的深厚。”

给香山的蝈蝈儿把脉

蟋蟀、蝈蝈儿、油葫芦、金钟儿这“四大鸣虫儿”，与自然界的生态平衡有很密切的关系。老北京产过好蛐蛐儿，最有名的是安定门外胡家村的蛐蛐儿。现在北京大规模开发建设，好蛐蛐儿已经难淘换了。

吴继传告诉我说，台湾的朋友从史料上，查出胡家村出过蟋蟀“名将”，让他带着去找胡家村。到那儿一看，村早变成了高楼林立的住宅区。

2002年6月，香山公园为让游人听到久违了的蝈蝈儿鸣叫声，特地从河北易县买了上万只放归山林，结果没多少日子便杳无声息。

香山公园的领导慕名请吴先生考察其因，他经过数天的实地观察，发现这些放养的蝈蝈儿不适应香山的环境，均被山上的壁虎所食。

吴先生对我说：“蝈蝈儿是大自然的产物，它来自大自然，它的生存需要有适于它的环境，这种人为地放养，实际上是难以成活的。鸣虫对生态平衡起着一种调节作用，只有对虫儿文化深入研究，才能提高人工繁殖鸣虫的能力，使之达到与大自然的和谐统一。”

人送外号“科学张”

吴继传先生出生在南城，从小就喜欢鸣虫儿，年轻的时候，曾多次与玩虫儿大家、说相声的王长友对局，对王先生印象颇深。

吴先生跟我讲了一些王先生玩虫儿的逸事。

王长友他们老一茬儿玩蛐蛐的主儿，一般都凭经验养虫儿，比如王先生所说的蛐蛐儿是“三反虫儿”，出自于古代的蟋蟀老谱。

所谓“三反”，是针对一般脊椎动物而言。

第一反是雌上雄背，一般动物交配是雄上雌背；

第二反是过蛋有力，一般动物雄性一交配，体力就不行了。蛐蛐儿却相反，雄性交配完更能激发其斗性；

第三反是胜鸣负不叫。一般动物相斗雄胜不鸣，输了惨叫，而蛐蛐儿斗胜了双翅振动高奏凯歌。

蛐蛐儿相斗者不是雌性而是雄性。蛐蛐儿“过凌”（交配）后相斗，从昆虫学的角度说，并不科学，因为刺激雄性的斗性只是暂时的，交配的次数越多，蛐蛐儿死得越快。

吴继传是中科院的研究员，他是从科学的角度来玩蛐蛐儿的，所以，他认为这些“反”，有的是不科学的。

在京城“虫界”，吴继传被人称为“科学张”。这绰号是怎么来的呢?

原来吴继传在上中学的时候，就喜欢玩虫儿，胡同里大人们设局斗蛐蛐儿，他都会参加。不但参加斗虫儿，而且常以科学的角度，谈怎么份虫儿。他怕父母说他不正经念书，所以玩虫儿时总要隐姓埋名。

由于他能进玩虫儿的圈子，是一个姓张的邻居带着他，所以人们以为他是那位姓张的儿子呢，“科学张”就是这么叫出来的。

别看吴继传当年岁数不大，但王长友对他挺敬重。他拿出昆虫学知识告诉王先生，让王先生受益匪浅。

玩蛐蛐儿使王长友认识到，世间万事万物都天外有天，所以人不可盲目地充大。

王长友和“金针李”是虫友，有一年秋天，他们淘换到一只九厘大的蛐蛐儿。这么大蛐蛐儿，京城虫儿界很少见。

“金针李”和王长友十分得意。

吴继传得知此事，从昆虫研究所找了一只巨蟋，这只蛐蛐儿的个儿有大拇指那么大，重量在五分以上，比油葫芦还大两倍，产自中缅边境的热带山区。

王长友见了这只大蛐蛐儿大吃一惊，对众人说：“瞧见没有，蛐蛐儿还有赛蝈蝈儿大的呢。”

从此，王长友先生对吴继传更是刮目相看。吴继传教给王长友不少科学的蛐蛐儿养法。

后来，吴继传见到了王长友的儿子王文林，还聊起当年王长友养蛐蛐儿的一些故事，让王文林不禁感慨万千。

兄弟五个都是大学生

灰砖青瓦四合院，
窗阶排排澄浆罐；
秋高斗蟋堂秋声，
麻头大翅美如画。

吴继传先生的这首诗，应该是他琢磨虫儿文化的内心情感流露。

吴先生算是老北京。他父亲吴荣唐是燕京大学的教授，书法精妙，也爱绘画，常在琉璃厂挂笔单。吴继传先生能画虫谱，就是受父亲的影响。

吴继传兄弟五个，都是大学毕业。儿时，他家住前门外的一个大四合院，离广和剧场不远。

当时梨园的荣春社在大栅栏的煤市街，余叔岩、金少山、马连良等京剧名角每到秋末，常聚在一起斗蟋，吴继传和小伙伴常去观战。

为寻找斗蟀的乐趣，入秋以后，吴继传便和小伙伴到陶然亭去逮蛐蛐儿。正因为酷爱蛐蛐儿，考大学的第一志愿报的是中国农大。

吴继传先生印象极深的是，有一年到“金针李”家看到的一只蛐蛐儿。

“金针李”是京城的名医，酷爱斗蟀，传说他曾给张作霖看过病，张作霖赏了他三麻袋银圆，都让他买了蛐蛐儿。

当时“金针李”已八十多岁，留着长长的白胡子，家住前门外西河沿的一个四合院。

那年，“金针李”刚从河北涞水淘换到一只绿蝈蝈儿。这只蝈蝈儿体壮好叫。吴继传到“金针李”家开眼。

见吴继传喜欢蟋蟀，老爷子拿出一个大明宣德澄浆罐儿，亮盖儿一看，一只蟹青大麻头振翅高鸣，大翅体健，极漂亮。

这是吴继传有生以来，见到的最精神的蛐蛐儿。几十年过去，至今仍记忆犹新。从那时起，他便立下收集整理名蟀，并且为之立谱的夙愿。

单枪匹马到南方应战

吴先生对我说：“看蟋蟀品种的优劣，除了听其鸣，主要是观其勇。要想在虫界站住脚，就要养名蟀与人相搏。”

20世纪70年代末，吴继传开始集中精力研究蟋蟀文化，南方某市的几位蟋蟀玩家认为他是一个学者，只会纸上谈兵，于是向他发战书，罐里见高低。

他收到“挑战书”，只身前往。

南方的挑战者中，有位年近八旬的玩家，拿出几十只虫儿，双方商定各挑两只当场厮杀。老者凭经验，挑了两只脑袋大腿长的猛将。

吴继传则凭慧眼，挑了两只头小后身大体质健壮的虎将。

双方斗了几十回合，结果他挑的虫儿大获全胜，对方对他的实战经验叹服不已，对吴继传说：“你不仅是科学家，还是实战的高手。”

吴先生对我说：“他们哪知道我在京城，曾在冬至打过将军。这只将军曾经跟京城玩蟀名家王长友的蟋蟀交过手。”

能把蛐蛐儿养到冬至，已经很不容易，到了冬至，仍骁勇善战更是罕见。

吴先生对我笑道：“我斗蟀那会儿，得到‘科学张’这个绰号，除了因为主张科学文明斗蛐蛐儿之外，还由于我一直提倡科学养蛐蛐儿，而且养的蛐蛐儿都能征善战。”

吴先生对我说，这个绰号在京城虫界传得很邪乎。直到他出了蟋蟀画谱，在新华书店签名售书，人们才知道当年的“科学张”，敢情是中科院的研究员，他不姓张，姓吴。

死后也要听蛐蛐儿叫

吴继传先生2017年6月在北京去世，享年八十三岁，根据他生前的遗愿，他的骨灰安葬在山东宁津。

山东宁津自古以来盛产名蟀，号称“蟋蟀之乡”。每年秋天，全国各地的玩虫儿大家和商贩，都汇集到宁津买卖蟋蟀。这个县也因为蟋蟀而成为全国的富县。

吴继传生前多次到宁津主办蟋蟀文化活动，对这里的蟋蟀文化的发展，做出了自己的贡献，所以他去世后，要把骨灰安葬在宁津。

吴先生真是一个玩家，人活着，听蛐蛐儿叫；人死后，也要听蛐蛐儿叫。

吴继传先生玩了一辈子虫儿，也研究了一辈子虫儿文化，但他坚决反对玩虫儿涉赌。记得当年他跟我说：“过去，我跟人斗蟀时，从来不打金，现在，依然反对斗蟀挂彩。”

老北京的蟋蟀大玩家是从不赌博的。他们寻求的是一种乐趣，讲究的是文化。

吴继传是研究光学的，他能涉猎蟋蟀文化实在是难能可贵。他虽然已经离开人世，但他那文质彬彬的劲头儿，那种举止言谈不紧不慢的儒雅气质，在玩虫儿的北京人中留下了鲜明的印象。最主要的是他留下了丰富的关于虫儿文化的著作，这绝对是他的独门儿，也是中国蟋蟀文化的重要遗产。

记得吴继传先生活着的时候，跟我说，西班牙斗牛，日本的相扑都属他们的传统文化，名扬世界。目前我们国家全国的蟋蟀协会的会员已有上千万人，中国的斗蟀已经在国际上产生影响，不少外国人对中国的蟋蟀文化有浓厚兴趣，国际蟋蟀协会正在酝酿之中，北京在这方面得天独厚，如果很好地利用，将会成为重要的旅游资源。

他的话言犹在耳，不知是否能够成为现实。

王长友

相声界的名罐家

老北京天桥说相聲圖

侯宝林送的蛐蛐儿罐儿

相声是地道的北京土产。老北京说相声的人才济济。在众多的老相声艺术家中，有一位著名的玩家，大号叫王长友。

王先生不但说相声有名，而且玩蛐蛐儿在京城也有一号。

相声界讲究论资排辈，马三立的岁数跟王长友差不多，但论辈分却比他高一辈，可是马三立在一个段子里，说到京城养蛐蛐儿名家时，却称王长友为老先生。

马三立说王长友为“老先生”时，王长友还不到五十岁。可见王长友的声望。

北京人玩蛐蛐儿讲究蛐蛐儿罐儿，所以人们也把玩蛐蛐儿的名家叫“罐家”。敢称“罐家”的，手里总得有几个好罐儿。

王长友的长子王文林，原名叫王惠麟。王文林子承父业，也是说相声的。他的师傅是单口相声大王刘宝瑞。

王文林早已经从北京燕京说唱团退休，但吃“开口饭的”没有退休一说，他从2000年起跟徐德亮搭档，一直到七十大儿了，仍然宝刀不老，还在说相声。

王文林好聊，那天，我到他家做客，我们老哥儿俩聊起了老北京人玩虫儿的事儿，他兴趣盎然地从床底下翻出一个木头盒子，盒子上面全是尘土，显然有日子没动它了。

王文林把盒子上的土撣掉，从盒子里取出一个泥罐儿，递给我说道：“您上眼，瞜瞜这是什么罐儿？”

我接过来一看，此罐儿非同一般，澄泥细如金沙，质地温润如玉，再看罐底，款识是“淡园主人”。

“名罐儿呀，至少清中期！”我赞叹道。

“好眼力！果然是清代的罐儿。”王文林笑道。

“淡园主人？谁呢？”我问道。

王文林微微一笑说：“我也不知道。但您可能想不到，这罐儿是侯宝林大师送给我父亲的。”

“欧？过过侯大师之手？”我忍不住又看了看这个罐儿。

王文林笑道：“听我父亲讲这罐儿是当年宫里内务府为一位公公特制的，一共烧了40多具，流传下来的不多。”

“也许淡园主人是这位公公？”我猜测道。

“我没考证过，不过，我父亲说，这罐儿是京剧名家余叔岩玩过的。”

“嗯，听说您也好玩蛐蛐儿。”我找补了一句。

“罐儿的锦套也是侯宝林先生送给我父亲的，您瞧上面还有侯二爷写的字。”王文林说道。

我细看了看，果然在套盖写着四个字：侯耀华制。笔体朴拙，一望即知是当年侯耀华年幼，淘气时留下的墨迹。

王文林由这个蛐蛐儿罐儿聊起，聊起他父亲王长友许多好玩的逸事，从中可以品出京城玩家的修养和丰富的文化底蕴。

在奶奶的茶馆学相声

王长友是地道的老北京，父亲王春海，是“小荣椿”的科班。“小荣椿”是光绪六年（1880年）由杨荣寿创办。杨小楼、程继仙、叶春善等均出自“小荣椿”。

王春海攻的是架子花脸，出科后，傍的是李桂春。桂春艺名小达子，是李少春的父亲。

那当儿，唱戏的演员如果混不上挂头牌，收入非常低，温饱都成问题，所以，王春海的家境很贫寒。那年头，老北京有“小子不吃十年闲”一说。王长友上了三年私塾，他爸爸王春海便让他出去学徒，自谋生路。

王春海有个三哥叫王春山，在比利时驻华使馆当西厨。于是王春海便让儿子长友跟他三大爷学做西餐，但他干了几个月，对西厨不感兴趣，死活不干了。

他爸爸见他心里长了草，也改了主意，让他到一家冥衣铺，学糊纸人纸马。老北京的白事（丧礼）都离不开烧纸人纸马这些“冥活”，所以这个行当在当时挺吃香，也能挣到钱。

但这也没拴住王长友的心，敢情他另有所好。原来他背着自己的父亲，迷上了相声。

当时，王长友的奶奶在南横街开了一家大茶馆，门脸不大，也没字号，大伙儿都叫它“王老太太茶馆”。

老北京茶馆的形式很多，老舍先生写的话剧《茶馆》是一种形式，这种是只喝茶、聊天、歇脚的，叫“大茶馆”；还有一边喝茶，一边下棋的，叫“棋茶馆”；一边喝茶，一边听说书的现场说书的，叫“书茶馆”；一边喝茶，一边唱戏唱曲的，叫“曲茶馆”，“王老太太茶馆”就属于这种。

泡茶馆的多是一些赶车的、拉脚的、做小买卖的，也有一些“票友”。大家一边喝着大碗茶，一边唱几口儿莲花落儿，唱一会儿“岔曲”（类似单弦的曲艺形式）。

王长友是这儿的常客，他没事儿就泡在奶奶开的茶馆里，跟那些唱莲花落儿和唱大鼓的人一起混，一来二去的迷上了曲艺。

当时，跟他一起玩的有孙宝才，即后来的著名双簧演员、艺名“天桥大狗熊”。还有后来成为相声演员的赵玉贵，他与王世臣搭档，在京城相声界很有名。此外，还有后来跟马三立先生搭档的相声演员王凤山。

那会儿，他们岁数差不多，都是十几岁的孩子。这小哥儿四个从唱莲花落儿开始，慢慢儿地走上了相声表演的道路。

从刘德智肚里掏“活儿”

王长友最初是跟刘德智学的活儿。刘德志是相声界继“穷不怕”朱绍文之后，第三代“德”字辈的演员“八德”之一。当时在京城已经小有名气。

“八德”的另七位是裕德隆、李德钖、卢德俊、马德禄、周德山、焦德海、李德祥。现在相声界的演员，几乎都是他们的传人。

过去师傅教徒弟学相声，都是口传心授，徒弟全凭自己的记性吃饭。有的师傅脾气大，一段相声，只教你一遍，会不会，全凭你的记性了。

王长友的记性好，刘德智教他一遍，他就能记住，但问题是人家肯不肯教你那么多。过去，买卖地儿很保守，有“教会徒弟，饿死师傅”之说，所以师傅怕徒弟把玩意儿都学走，往往留一手。

相声界有“宁赠一锭金，不授一口春”的老话。春，即是相声的“活儿”，也就是段子。所以要从师傅那里学到超过一般人的段子，就要比一般人下功夫。

老北京的艺人抽大烟人不少，刘德智就好抽两口儿。王长友机灵，为了能跟他多学“活儿”，每次临去他家之前，都要偷着买俩烟泡儿，拎包茶叶。

抽大烟的人见到眼泡儿比什么都亲，过够了瘾，老先生也就对王长友不掖着藏着了，不停地从肚子里往外掏活。

就这么样，王长友在几年的工夫，从刘先生那儿趸了上百个段子。

人送外号“相声仓库”

原本刘德智要收王长友为徒的，可是王长友觉得他辈分太高，自己那么年轻，拜他为师，以后不好见人，所以后来他拜的是赵霭如。

赵霭如是“八德”之一卢德俊的徒弟，成名较早，有“小龄童”的雅号，在相声界也有一定的声望，但他比刘德智小一辈。

王长友从十五岁跟刘德智学相声，到十九岁拜赵霭如为师，加上后来他自己的勤学苦练，肚子里的玩意儿要比同辈的相声演员多。

王长友与刘德智、于俊波、郭启儒等人在天桥“正地”（相声场子）撂地时，肚子里已有200多段“活儿”了，换句话说，他能说200多段相声了，这是一般相声演员难以企及的。

王长友到晚年，会的对口相声有300多段，单口相声有100多段，加在一起，能说400多段相声。

因为王长友会的相声段子多，所以在相声界，人送外号“相声仓库”。

老北京说相声的有两个人得到过“相声仓库”的雅号，一个是刘宝瑞，另一个就是王长友。

王长友甭管是台上还是台下，都是一副儒雅的做派，言谈举止透着一种文气，马三立说：“说相声的有这种文气不易，一般演员学不出来。”

王文林对我说：“马先生说我父亲身上的这种文气，不是念书念出来的，而是玩蛐蛐儿玩出来的。”

玩蛐蛐儿能玩出一身的文气，您听了，是不是觉得挺新鲜？但确实是这么回事儿。

没蛐蛐儿不当团长

老北京人玩虫儿，讲究“四大鸣虫儿”，即蛐蛐儿、蝈蝈儿、油葫芦、金钟儿。

在老北京，玩虫儿，尤其是养蛐蛐儿、斗蛐蛐儿属文雅之事，许多文化名人和文雅之士也好玩虫儿。王长友觉得过去说相声的，常被视为靠耍嘴皮子练贫嘴吃饭的人。所以他玩蛐蛐儿的初衷，是想多跟有文化的人接触，培养自己的文雅之气。事实上，他从中既得到了乐趣，也玩出了文化和品位。

相声界玩蛐蛐儿的不少，但玩出名堂的不多，王长友属于凤毛麟角里的。

我问过王文林："你爸爸怎么喜欢上蛐蛐儿呢？"

王文林对我说："我们家是南城的'根儿'，南城是北京平民文化的发源地呀！"

"但南城出来的说相声的多了，为什么偏偏他这么痴迷虫儿呢？"我继续刨根问底。

王文林想了想说："您知道我们的老根儿是南城的'窑台'，那儿离陶然亭很近。在早，陶然亭不是公园，这里是一片大苇塘，杂草丛生，蛐蛐儿不少，我父亲五六岁的时候，便开始在陶然亭逮蛐蛐儿了。"

"哦！"我恍然大悟，原来王文友玩虫儿，跟他所生活的环境有关。

与许多老北京玩虫儿的主儿相同，王文友玩蛐蛐儿主要是自己逮，很少买别人逮的。据王文林回忆，老爷子六十多岁了，还骑着自行车自己到苏家坨去逮蛐蛐儿呢。

"四大鸣虫儿"王文林都玩，但玩蛐蛐儿最拿手。

蛐蛐儿一般分前秋、中秋和后秋三茬儿，什么时候的虫儿喂什么吃的？罐里的湿度和温度如何？怎么换气？怎么过凌子？王文林都有自己的一套养法。

蛐蛐儿交配，也叫“过凌子”，因雌性蛐蛐儿交配完，两尾中间有个小白珠儿，像冰凌，故有此称。

蛐蛐儿交配时，雌在上雄在下，要想让雄性蛐蛐儿冲锋陷阵，在斗蛐蛐儿之前，必须得让它过透了“凌子”。

王长友在这方面有自己的绝活儿。他跟京城玩虫儿名家“金针李”是老朋友。当年，他在鲜鱼口里的迎春茶社说相声，下了场，甭管多晚，都要奔西河沿“金针李”家，切磋虫儿艺。

1953年，王长友跟师世源（师胜杰的父亲）在哈尔滨和沈阳演出，在东北打出了知名度，场场爆满。后来，东北的一家曲艺团到北京曲艺团“挖”王长友，对王长友满应满许，只要王长友给面儿过去，就让他当曲艺团的团长。

这是多大的诱惑呀！但王长友听了，嘿嘿一笑道：“你们那儿好是好，但你们那儿有蛐蛐儿吗？”

人家听他说这话，笑道：“东北天冷，有蛐蛐儿也活不了几天。”

王长友一听这个，绷起脸道：“没蛐蛐儿，我过去干吗？”

于是，曲艺团的团长让王长友的这句话给泡了汤，可王长友并不以为然。在他看来，离开了蛐蛐儿，生活就会变得索然无味了。

从侯宝林手里讨名罐儿

说相声的都知道王长友肚里的活儿多，想让他往外掏活儿，最好的主意是送他俩蛐蛐儿。

侯宝林比王长友小五岁，见了面叫他师哥。当年他俩一块在故宫午门前头撂过地。

有一年，侯先生得知王长友从南方得来一段讽刺军阀的相声《白逼宫》，碰巧他在一个废品收购站，发现了两个赵子玉的蛐蛐儿罐儿，把它买了回来。正赶上王长友的徒孙李金斗到侯先生那儿听课。

侯大师对李金斗说："我这儿有俩好玩意儿，让你师爷来拿吧。"

"真的！"李金斗一看是蛐蛐儿罐儿，乐了。他知道师爷最好这个。

李金斗赶紧扭脸去找师爷王长友。当时王先生正跟几个朋友聊天，一听金斗说蛐蛐儿罐儿，立刻来了精神头，站起来问道："蛐蛐儿罐儿？知道是谁的吗？"

"听侯先生说是赵子玉的。"李金斗说道。

"什么？赵子玉的！"王长友瞪大了眼睛问道。

赵子玉的罐儿被玩虫儿主儿视为极品，玩虫儿的主儿为了得到赵子玉的罐儿，不惜卖房卖地。

当下，王长友二话不说，马上奔了侯家。

到了侯宝林家，王长友一看那罐儿，果然是赵子玉的。

“说吧，什么条件？”王长友笑着问侯先生。

“没条件，两个罐儿都是你的。”侯宝林笑着说。

“真的！”王长友赶紧给侯先生作揖。

当然，王长友不会白要侯先生的罐儿。他不但把《白逼宫》说给他，而且还亲自下厨，炒了四样他的拿手菜：“烧海参”“独面筋”“米粉肉”“熗虾段”。

“相不游街”由人

王长友说了一辈子相声，也玩了一辈子蛐蛐儿，但他从没赌过嫖过抽（大烟）过。

玩，的确陶冶了他的性情，也提高了他的艺术品位。

一般说相声的主儿，不但在台上幽默，而且在生活中也常开个哏，砸个卦什么的，透着那么风趣。比如马三立先生，平时说话就很幽默。

老相声演员赵佩茹说活儿从来不怯场，什么场面都能对付，素有“赵大胆”的雅称。

赵佩茹去世后，举行遗体告别，马三立先生走到他的遗体前，悄声说了一句“槛儿”：“佩茹，这会儿你才知道顶瓜（害怕）呀！”

一句话说得人们抹去了心头的悲痛。相声表演艺术家们的遗体告别都跟常人不一样。

但是王长友却是另一种风度。他常说这句话：“相不游街。”

什么叫“相不游街”呢?

也就是您是干什么的，走在街上不能带出相儿，让人看出来。

说相声本身是搞幽默逗人笑的，在生活中，却不能让人觉得你贫嘴呱舌。比如有的北京人听别人说什么事说对了路，常爱一咧嘴，说：嗐!

这是老北京人典型的挂嘴边儿上的一个口头语。

王先生最烦这个。他认为这个“嗐”，应该用在舞台上。在生活中，你说我说，都说这个，就显得贫气了。

他对自己的徒弟和儿女们一律要求“台上一出戏，台下有规矩”。也就是台上和台下有区别，台上可以逗贫，但台下，则要按生活中的规矩和礼数办事儿了。

所以，他平时显得挺文静，甚至有点儿古板，但一上了台就不是他了。侯宝林说他像老夫子，李金斗说他像教授。

一句话追了五公里

通常相声演员出了名，观众往往根据他的特点起个外号，如郭启儒先生由于心宽体胖，性格随和，所以人送外号“土豆”。

侯宝林先生偏瘦，当年外号叫“幺鸡”。马三立先生则更瘦了，所以外号叫“牙签”。

孙宝才外号“大狗熊”，常宝昆外号“小蘑菇”。

但王长友从十几岁就撂地卖艺，却到死也没落下个外号。为什么？因为王先生身上的文气太重，让人们不好意思给他起外号了。

王长友在带徒授艺方面，确有教授风度。他对相声艺术，可以说一丝不苟，有时甚至到了咬文嚼字的地步。

“二常”（常宝华、常贵田）表演过有名的相声段子《帽子工厂》。这是讽刺“四人帮”的名段，段子的最后两句是：

甲：我们给她（指江青）戴了一顶帽子，不大不小正合适。

乙：什么帽子？

甲：资产阶级野心家。

王长友听了这个段子，反复推敲，觉得这两句台词在逻辑上有毛病，因为当年“四人帮”乱给人戴帽子，我们打倒了“四人帮”，当然不会效仿他们乱给人戴帽子了。

所以，他建议这句话应改成“后来她自己戴了一顶帽子”，这样就更贴切了。

王先生让人把话带给“二常”。“二常”跟王先生也是老朋友，他们认为这句台词改得好，并对王先生对每句台词的一丝不苟非常敬佩。

李金斗跟师爷王长友走得比较近，有一天，王先生把金斗叫到家里，给他说传统段子《牛头教》，讲教一遍后，让金斗回家复习。

金斗骑车刚进家门，王先生骑自行车追过来了。金斗看他呼哧带喘地上了楼，以为出了什么大事儿。

“怎么了师爷？”他急忙问道。

王先生不急不慢地说：“事儿可不小。”

“什么事儿呀？”金斗问。

王先生说：“我刚才给你说的那个段子，你走了以后，我又从头默念了一遍，发现丢了一句话！”

“啊？为了这句话，您这大老远地跑来？”

“我怕明天忘了！”王先生一本正经地说。

金斗后来对我说：“这就是老一辈艺术家对艺术的认真态度。”

是呀，为了一句话，老爷子居然大老远地骑车追了过来，这种对相声艺术的认真态度，实在让人感动。

“二赵”之一的恩师

王长友先生的师傅赵霭儒，当年是京城有名的相声大户“赵家班”的掌门人。王长友与谭伯儒长年合作。“王谭”曾是名噪一时的京城相声界的黄金搭档。

王长友一生收徒不多。王文林对我说：“他最得意的弟子是赵振铎。”

赵振铎是京城相声界的“二赵”之一，他原本姓双，其生父在解放前是拉洋车的，家里孩子多，他很小的时候，就被过继给了赵文仲。

赵文仲绰号赵四，当年在京城赫赫有名。赵四从小玩跤，曾给万福麟的宅子看家护院，后来在西单商场开了个跤场，撂地献艺。他与俄国大力士在西单商场比武的事儿，曾经轰动京城。

当时的西单商场还是大棚式的市场，商铺和摊位林立，非常热闹。

那年，赵四在西单商场的跤场摆擂，邀请各路高手比试跤法，一时间竟无对手。

当时，有位俄罗斯的大力士从大使馆那儿得着信儿，心里不服，前来挑战。

俄国的大力士人高马大，气势汹汹。赵四在他面前矮了半截，显得瘦弱难当。双方对擂，众人无不为赵四捏把汗。但动起手来，赵四却脚步灵活，跤法犀利，没过两三招儿，这位俄国大力士便被赵四摔下擂台。

此事轰动一时，长了中国人的志气。从此赵四得了个“赵四皇上”的雅号。新中国成立后，赵文仲曾在官园当摔跤教练，1958年，曾荣获过全国摔跤亚军。

赵文仲是回族，而赵振铎的生父是满族人，被赵文仲收为义子后，他也随了赵姓，成了回民。北京人的民族团结和交融，由此可以得到印证。

赵四为人豪爽仗义，朋友很多。当时王长友在西单商场撂地说相声，跟赵四是朋友，哥儿俩处得很好。

赵振铎那会儿有十来岁，透着机灵。赵四觉得他是说相声的材料，便把这个心思跟王长友说了。王长友一直挺喜欢振铎，于是将他收为入室弟子。

这个入室弟子可是真“入室”，振锋十一岁便到了王长友家，王先生拿他当自己的儿子一样看待。

赵振铎的确聪明，也勤奋好学，十三岁便跟师傅学会了《八扇屏》《地理图》《十八愁》《歪讲三字经》《大保镖》《卖布头》《开粥厂》《扒马褂》《戏迷药方》等近百段传统相声。

他十三岁登台表演，跟着师傅王长友到全国各地演出，其功底深厚，表演的路子宽，台风潇洒飘逸，说学逗唱样样拿得起来，特别是他那洪亮的嗓音，在台上说话能打远，深受观众喜爱，被人称为“小寿臣”（小张寿臣的意思）。

新中国成立后，十五岁的赵振铎参加了“北京相声改进小组”，跟侯宝林等大师一起创作了许多新相声，他与赵世忠长年合作，红遍京城。

20世纪50年代，北京文艺界人才济济，老舍先生曾是北京市文联主席，他善于发现人才，曾在报上发表文章，盛赞北京文艺界的青年演员出了“四马”“二赵”。

“四马”指的是：马季、马群、马泰、马长礼。“二赵”指的就是赵振铎和赵世忠。

赵振铎的确年少出名，青年时期便大红大紫，曾作为相声界的代表，出席过全国文教群英会，后来，当了北京曲艺团的团长，相声艺术委员会的副主任。

为只蛐蛐儿挨耳光

王长友对蛐蛐儿非常痴迷，相声界的人都知道因为蛐蛐儿，他打徒弟赵振铎的事儿。

说起来也是一时冲动，意外失手。赵振铎十来岁就跟着王长友学艺，跟着他走南闯北，边演出边施教，对赵振铎如亲生儿子一般。

赵振铎从小就非常懂事，知书达理，王先生很少说过他，那年秋天，师徒二人到山东济南演出。

山东是出名蟋蟀的地方，所以在演出之余，王长友便手痒痒了，跑到郊外去逮蛐蛐儿。

起早贪黑地在庄稼地里摸爬了几天，王长友才有所斩获，捉到一只个儿大体健的“青麻头”，王长友乐不可支，临时找了个小木盒，把蛐蛐儿放在里头，准备带回北京。

当晚，王长友有演出，临上场，他把小木盒交给徒弟赵振铎，嘱咐他看好别丢喽。

赵振铎知道师傅喜欢蛐蛐儿，拿着这个小木盒，他觉得好奇，便想打开看看。

蛐蛐儿这小动物在黑暗里待惯了，怕亮儿。一般玩蛐蛐儿的主儿知道它有这个特性，所以在看罐儿里蛐蛐儿的时候，要用“过笼”。看的时候，一手扣住罐儿腔，一手掀开过笼的盖儿，这样蛐蛐儿自然会跑到手下的阴影处，这时您才能慢慢撒开手。

赵振铎不玩蛐蛐儿，哪懂这些呀？他猛不丁把木盒盖掀开，那只蛐蛐儿见了亮儿，一下子蹦了出来，三跳两跳地没了影儿。

王长友演出结束，一下场，想起了自己刚逮的蛐蛐儿，于是急匆匆来到赵振铎跟前，要过那个木盒，急忙打开，一看盒儿是空的。

“虫儿呢？”他问赵振铎。

赵振铎知道自己闯了祸，瞪着大眼嗫嚅道：“它跑了……”

“什么？跑了！”王长友气不打一处来，扔掉手里的木盒，一抬手，“啪”一个大耳光打在赵振铎的脸上。

这是王长友唯一的一次打人，打的却是自己的爱徒。

当然，老爷子事后非常懊悔。但要知道，这只“青麻头”是他寻找多年的极品，又是他自己亲手逮的，难怪被徒弟弄“跑了”，让他发这么大的火儿。

从这件事可以看出王长友先生对蛐蛐儿的痴迷，当然，他玩了一辈子虫儿，也有自己的独门儿的玩虫儿功夫，只可惜您“走”得匆忙，许多东西没有来得及整理。

自然，现如今相声界，像王长友这样痴迷蛐蛐儿的玩家已然非常少见了。

感天动地孝恩师

1960年，北京曲艺团为了培养年轻的相声演员，招了一批新学员，曲艺团委派有“相声仓库”之称的王长友跟谭伯儒一起，当这批年轻学员的辅导老师。

这批学员中有李金斗、王义友、王谦祥、李增瑞等，后来都成了著名的相声演员。其中李金斗拜的师傅是赵振铎。这么一来，王长友既是李金斗的师爷，又是他的老师。

李金斗出身很苦，他从小失去了父母，是爷爷和养母把他带大。但他聪明过人，在王长友师爷和赵振铎师傅的悉心栽培下，后来成为全国知名的相声演员。

金斗年轻时，相貌英俊，聪明好学，为人随和，王长友非常喜欢他，见了他不叫其名，而叫他“斗儿”。后来，“斗儿”成了相声界的同人对李金斗的尊称。

中国的曲艺界讲究师承关系，但父子之间不能成为师徒。比如侯跃文是侯宝林的儿子，但他的师傅是赵佩儒。师胜杰是师世源的儿子，他拜的师傅是侯宝林。王长友的儿子王文林，拜的师傅是刘宝瑞。

王文林对我说，师徒如父子，但像李金斗对师爷王长友和师父赵振铎这么孝顺的少见。

相声大师侯宝林说的一个段子里有“笑一笑，十年少，听一段相声多活十年”的话。

按说相声演员应该是性格开朗，心情舒畅的人。但是，您也许难以想象，相声演员在登台逗观众乐的时候，自己内心的一些痛苦和愁闷却被压抑着。

笑一笑，少一少。其实说相声的长寿者很少，而且还有一样：说相声的得癌症的很多。王文林跟我数了数，相声演员得癌症去世的有20多位，如侯宝林、尚德亮、周德立、李桂山、李文华等。

相声大师马三立生前做过膀胱癌手术，仗着身体底子不错，身上的其他零部件没毛病，而且发现得早，跟死神擦肩而过，活了九十多岁，在相声界算非常难得的高寿。

不幸的是李金斗的师爷王长友和师傅赵振铎，前后脚都被癌症夺去了生命。

赵振铎是北京人最喜欢的相声演员之一。那年，北京曲艺团应邀赴台演出，台湾同胞点名让赵振铎前往。

由于常年的演出，饥一顿饱一顿，生活没规律，赵振铎时常感觉胃部不舒服。在这次赴台演出前，他的胃部已经有疼痛感，他以为是老病复发，到医院一查，是可怕的癌症。

金斗的师傅赵振铎有三个孩子，但家里有事儿，师娘总爱跟金斗商量。金斗得知师傅得了这种要命的病，跟师娘合计先不告诉师傅，尽一切努力给他治病。

赵振铎以惊人的毅力，挺过了七个多小时的手术，并且在身体没有完全恢复的情况下，挺起精神，在台湾演出了一个月。

从台湾归来，振铎的病情又严重了，两次手术后，他已经到了生命的最后时刻。

这期间，金斗一直不离师傅的左右。大夫说有一种进口药，注射之后，能增加身体抵抗力，并延长生命，但一个疗程要用四万元人民币。

赵振铎早知自己的病情，对金斗说：“团里经费紧张，有不少病号，我不能用这种药。”

金斗为了挽救师傅的生命，把许多出场的机会都推掉了，开着车四处托朋友，找关系给师傅试偏方。为了照顾病中的师傅，那段时间，金斗掉了十多斤肉。

1996年春天，金斗的师傅赵振铎“走”了，金斗悲痛欲绝，他忍着心里的悲伤，张罗着给师傅买墓地办丧事。

赵振铎是回民，葬礼在朝阳门外下坡的一座清真寺举办。

古老的清真寺来了500多送葬的人。人们惋惜这位表演艺术家的去世，更感叹金斗对师傅的一片真情。

师爷的墓里放蛐蛐儿

金斗小时候，住在北京日报社的后身苏州胡同12号，他是在苏州胡同上小学时，被北京曲艺团招走的。

从那时起，他跟自己的老师，也是师爷王长友朝夕相处，他们既是师生关系，又是师爷和师孙的关系。俩人在年龄上相差很多，可以说是“忘年交”。

王长友在金斗身上没少花费心血，由于是那种关系，他对金斗要求比别的学生要严，经常给他单开“小灶”，前后教了他100多段传统相声。

王先生举止儒雅，既教艺又教金斗如何做人。这种无私和坦荡让金斗终身受益。金斗此生可以说得到了师爷的真传。

不幸的是师爷1981年得了胃癌。

王长友是个心胸豁达的人，得知自己得癌，把金斗叫到身边，语重心长地说：“斗儿，师爷不怕死，但要死得明白，麻烦你问问大夫，我还能活几年？”

金斗问了大夫，大夫说他的胃癌已到晚期，做手术可以活五年，不做手术只能活三年。

金斗如实告诉了师爷，并且联系了医院，劝师爷做手术。

王长友深思了很长时间，对金斗说：“我还是给国家省点钱吧。这手术我不做了。”

金斗一切都听师傅的，但这件事他不能听，他苦劝师爷做手术，但王长友没有听他的劝，坚持不做手术，给团里省下这笔钱。

这三年，是金斗度日如年的三年。金斗除了演出，几乎都守在师爷身边。

师爷爱吃炒肝，他便到鲜鱼口内的“天兴居”，给他买两碗端回家。怕师爷闷得慌，他便给师爷讲笑话。

师爷爱玩蛐蛐儿，他到了秋天，便饶世界给他淘换蛐蛐儿。

王长友生命的最后时刻，是金斗蹬着三轮车跟王文林一块把他送到医院的。

那天，下着小雨，金斗蹬着三轮冒着雨一脚一脚地蹬着车，王文林抱着骨瘦如柴的父亲，父亲身上盖着棉被，搭着一块不大的雨布，雨水已经淋湿了他的衣服。

此时的金斗，心里十分难过，他想起昔日师爷在台上谈笑风生说相声时的神采，想起平时师爷给他讲传统相声时的神情，再想到现在师爷病成这样都没有专车，靠自己蹬着三轮送您上医院，不禁潸然泪下。

车走到半道儿，他隐约听见师爷在喊："斗儿，斗儿……"

他踩了刹车，从三轮上跳下来，掀开被子一看，师爷的脸色苍白，已经气若游丝。他忍不住失声痛哭。

蹬着车，把师爷拉到医院，师爷再也没睁开眼睛。

金斗从小没父亲，他对师爷和师傅的孝顺超过了一般人。

王长友下葬那天，很多朋友为他送行，其中有很多玩蛐蛐儿的朋友。

安放师爷骨灰的时候。金斗让众人闪开，走到墓穴前，从怀里掏出一个蛐蛐儿罐儿，他十分庄重地打开蛐蛐儿罐儿，把两只蛐蛐儿放进了墓穴。

他跪在地上，眼含热泪说："师爷，有了它，您就不闷得慌了……"

在场的人听了，无不为之动容。

『金针李』

享誉京城的玩虫儿大家

閑情圖

从“鬼门关”回来的人

“金针李”，大号李凤山，当年在京城非常有名，他不但治疗眼病有独门儿绝技，也是让王世襄先生佩服的“罐家”。所谓“罐家”，就是玩虫儿的名家。

在说“金针李”之前，先说说他的孙子李广福。

李广福，自称李来福，是京城有名的瓷器玩家。广福不是挺好吗？为什么他又自称来福呢？

他自己解释道：“福谁不喜欢呀？我叫来福，不是希望福气来到自己这儿。而是希望我能把福气带给所有朋友，让朋友们跟我接触能来福。”

由此，您就知道他的为人了。来福比我大两岁，我称他为兄，他也称我为兄，不知是怎么论（北京话读吝）的。

来福说给朋友带来福气，并不是嘴上说说而已，而是见之于行动的。他是一个非常豪爽仗义之人，别的不说，就说“年礼”吧。

他是玩瓷器的，老瓷新瓷通吃，所以他跟景德镇烧窑的人都熟。每到年根儿底下，他必找人在瓷器上画一批画儿，然后亲自到景德镇烧。

烧好之后，给朋友们打电话，问要多少，然后，他做东请朋友们吃饭。吃了喝了，他找车把您要的瓷器送上门。告诉您这是过年送您的礼，分文不取。

您说现如今，哪儿找这么局气的朋友去？

俗话说：善有善报，恶有恶报。积善之家必有余庆，积恶之家，必有余殃。真是一点不假，来福不停地给朋友们带来好福气，当然，老天爷也会格外关照他。

来福是买卖人，平时抽烟喝酒打麻将，经常熬夜，生活没规律，自然心脏早早儿地就不听使唤了。但他在生活上大大咧咧，并没把这当回事儿，有时心脏也闹情绪，疼的时候，吃几片药就扛过去了。

他觉得自己刚刚五十出头，离“大限”（死）还早着呢，所以从不在乎，没想到心脏不同身体别的零部件，它要是出了毛病，可是要命呀！

话说十多年前的一天晚上，来福在家吃了晚饭，正看电视，突然心脏报了警，一阵剧痛，让他昏厥过去，家人见状，赶紧往他嘴里塞了一把速效救心丸，打120，他住得比较偏，家里人怕耽误时间，让儿子开车，直接把他拉到医院抢救。

当时他家住在通州，那天也是该着他命大，路上愣没堵车，从通州开到东单的北京医院，只用了半个小时。

到了医院，医生紧急施救，各种抢救的手段都用上了，心脏还是没有工作的迹象，大夫只好一声叹息了。

看着心脏监视器上的曲线已然拉直，还用说吗？生命已然到了终点站，该下车了。护士把白布单盖在了他的脸上，人们准备把他拉往太平间。

就在来福被送往太平间的刹那间，一位护士下意识地扭脸看了看心脏监视器，只见监视器上的那条直线突然动了一下，她情不自禁地喊了一声："慢走！"

就是跳动的这一下，让大夫们又燃起了对他生命的希望，于是接着抢救。大夫紧急在他的心脏安装了起搏器，居然让停摆的心脏重新跳动起来，等于让来福起死回生。

大夫记下了他心脏停止跳动，到重新复苏的时间，正好24分钟！

一个人"死"了24分钟，还能活过来，真是人类生命的一个奇迹，当然也破了北京医院的一个临床纪录。

这个纪录发生在"金针李"的孙子来福身上，让许多知道他们家风的人发出感慨：这就是积德行善的结果！

这位来福先生后来又得了肺癌，他对此处之泰然，痛快地做了手术，以后，家庭又发生了变故，这一系列的打击，都让他挺了过来，而且年过六旬，再次结婚。

婚后，来福跟新婚妻子恩恩爱爱，继续做他的陶瓷生意，小日子过得美满幸福。

来福，不仅是名字起得好，而是德行到这儿了，福气，不请自来。

西河沿的老院子

北京的地名里叫河沿（北京话要加儿化韵，读燕儿）的挺多，前门楼子南边路西的头一条街就叫西河沿，因为在早它紧邻南护城河，地名由此而来。

西河沿是条有几百年历史的老胡同了。由于它守着正阳门内的“千步廊”和“六部”，与紫禁城仅一箭之遥，所以，早年间的西河沿，官宦之家的大宅门较多。

这条胡同挺长，东口是前门外大街，西口是和平门外大街。西口，也就是现在和平门“全聚德”烤鸭店的后身不远，是正乙祠，紧挨着它的那个院，是北京医院著名外科大夫林子扬的宅子；正乙祠的对门，当年是裘盛戎的宅子，往东隔七个门，也就是西河沿191号，是当年京城名家“金针李”的私宅。

李家在这个小院已住了有七代人，从现在往前数，至少有一百六十年了。

经历了一百六十多年风雨的老院子，一砖一瓦都带有历史的沧桑感。2010年的时候，我来这个小院采访时，“金针李”的三儿子李世尧和四儿子李世森仍住在这里。

当然，世事沧桑，光阴流逝，如今这个“三合房”即有正房、南房、东房没西房的小院，原有的格局已面目全非，看上去显得有些破旧和寒碜了。

一根金针扬名天下

说起“金针李”，在老北京无人不晓，因为当年他以金针治眼病的独门儿绝技，几乎家喻户晓。

“金针李”名凤山，字桐华。祖籍河北深县，中医世家。李凤山的太爷就是太医院的御医，父亲李书林也在太医院奉职。

京城的太医院是专门给皇上皇后和宫里的人瞻病的地方。当然，皇上看病不会到太医院去挂号，身体哪儿不合适，就要召太医院的大夫进宫，行话叫“请脉”，所以太医院的大夫，有“御医”之称。

太医院从明朝永乐皇上建都北京时就有了，原址在“千步廊”的东面，过去叫前门内户部街南口，即现在国家博物馆的南面。

1900年，八国联军打到北京，太医院原址划归俄国使馆。转过年，太医院才临时迁到北池子大街大悲观音院（今北池子小学）。也许是因为西河沿离太医院较近，所以当年“金针李”选宅于此，并在此住了几代没挪地方。

“金针李”的绰号并不是到了李凤山这儿才起的。从李凤山的前两辈，绰号就在京城叫起来了。

“金针巧拨白内障”，当年是李家的独门儿，也是京城中医一绝。李家几代人就靠这小小的金针闻名于世。

早年间，北京城没有西医，更没有专门的眼科。人们眼睛有了毛病，不照现在去医院看眼科门诊，而是找中医大夫。

“金针李”就是专瞧眼病的大夫。他能用一根小小的金针，把沙眼、白内障、青光眼等眼病治愈。此技可谓神奇。

李氏几代人使用的金针，至今保存完好。

我采访李世尧时，他从一个老式木匣里取出一个小包儿，打开这个小包儿，露出一根长约五厘米的金针。此针是纯金打的，针头约有三毫米，比通常缝纫的针稍粗。

李世尧对我说，拨白内障为什么要用金针呢？因为纯金的东西比钢要柔软一些。当然，有些眼病光靠金针不灵，还得用针灸法扎耳穴、吃中药等。

眼部的神经很多，稍一粗心，就容易出错，所以他父亲李凤山还懂中医内科、外科、儿科、妇科。但金针治白内障、青光眼是他的独门儿绝技。

这一绝活儿到他这儿已经失传。李世尧曾跟父亲学医多年，但只会用金针治沙眼，其他眼病不敢拿金针上手。可见金针妙术非一般人能有。

当然西医引入中国以后，治疗眼病的手术更为科学。传统的绝技失传，虽然可惜，但也不足为忧。

让“独眼司令”双眼看人

皇上被推翻建立了民国，当然给皇上治病的太医院也随之解散，于是这些太医院的大夫便散落于民间。“金针李”李书林也是这个时候，自己开设门诊，挂牌行医的。

李书林活了五十多岁。他有两个儿子，长子凤山，次子凤岐。凤山子承父业，二十多岁便在西河沿的小院挂牌应诊。

由于京城专治眼病而且是世家的独此一号，所以“金针李”在京城享有很高的知名度。

李凤山三十多岁，便与“四大名医”齐名，许多社会名流都找他看过眼疾，包括民国时的军阀张作霖、陈调元、白崇禧、韩复架、方本仁等。

方本仁是挺有势力的军阀，有一只眼在打仗时受伤，一直瞅东西模糊，所以只能用一只眼睛看东西，人送外号叫“方瞎子”。

方本仁在北京驻军时，听自己的部下说，“金针李”能用小小的金针治各种眼病，他冷笑道：“这怎么可能呢？他要有本事治治我的眼睛！要是治好了我的眼病，我给他一万大洋！”

这话传到了“金针李”这儿，他嘿嘿一笑说：“看来得用我手里的这根针说话了。”

家人听了，劝他说：“方本仁可是军阀，你治好了他的眼，没事儿。治不了，他可什么事儿都干得出来。”

“怎么会治不了呢？”

“万一呢？”家人劝他不要冒这个险。

“金针李”听了这话，笑道：“万一？没有万一，只有一万！”

他让人传话，方司令的眼疾他可以治，而且按正常的收费标准收费，不会多要他一分钱。为了怕方本仁有顾虑，他还立下字据，如果治不好，他甘愿受罚。

方本仁听了这话，才让“金针李”在他眼睛上动针。想不到，“金针李”用他的金针轻轻一挑，然后又给他开了方剂，方本仁吃了汤药，第二天眼睛就能看东西了，一周以后，眼睛居然完好如初了。

方本仁为了不食言，让人抬着一口袋银圆来酬谢“金针李”，但“金针李”只按正常的门诊收费标准收了他的钱，那一口袋银圆又让人抬了回去。这件事，曾轰动一时，使“金针李”的名气大增。

巧治张作霖的“火蒙眼”

“金针李”的传奇故事很多，最有名的是他的金针巧治张作霖“火蒙眼”的事儿。

众所周知，“东北王”张作霖在1926年进北京，组建了临时政府，当上了临时执政府的首脑。

当时全国军阀混战，北京的局势也吃紧，他这个临时执政府首脑当得并不踏实，位子还没坐稳，日本人在东三省又闹起事儿来，眼看着他的老根儿要让日本人强占，他急火攻心，肝火上眼，两只眼睛突然什么也看不见了。

您想张大帅的眼睛突然失明，看不见东西了，这是多大的事儿呀？府内贴身随从一时不知所措。

怎么办？张作霖的私人医生要让他去看西医，但此事又怕走漏风声，引起社会混乱，让敌对势力趁机举事。正不知如何是好，有人说出了“金针李”的名字。

“他的医术真有那么大吗？”张大帅将信将疑，身边的近臣也提心吊胆。

谁都知道眼睛上的病不同一般，稍有疏忽就可能治瞎，终生残疾。

但当时的情况，容不得他身边的人再犹豫，因为犹豫不决就有可能耽误病情。

“叫他来！既然他敢叫‘金针李’，就不会白吃干饭！”张作霖干事果断，对手下人说：“把我的眼睛治好了，我有重赏！”

当时社会上传说张大帅是一介武夫，说话办事非常鲁莽，一般人不敢接触，“金针李”被人请到临时执政府，却显得非常淡定。

他不卑不亢，给张作霖把了脉，又看了看他的眼睛，对他手下的人说：“这算不上什么大病，这是因为他着急上火引起来的，俗话说是‘火蒙眼’。”

说完，他拿出金针在张作霖的眼睛上轻轻一挑，然后又用金针轻轻一拨，说道：“没事儿了。”

在场的人诧异道：“什么？这就治完了？”

“金针李”笑道：“怎么？你们不相信吗？我再给他开两服药，让他吃了。三天以后，他的眼睛还有毛病，你们拿我是问。”

张作霖吃了三天汤药，果然眼睛复明了。

“真是神医呀！”张大帅一时高兴，赏了“金针李”300大洋。

这钱，“金针李”收了下来，因为他当时要买一堂明代的蛐蛐儿罐儿，对方开价很高，他用这笔钱干了这个。

此事后来被民间演义，说“金针李”治好了张作霖的眼病，赏了他一口袋大洋，让他都买了蛐蛐儿。“金针李”的后人告诉我：这纯属演义。

一盆冷水让瞎眼复明

新中国成立后，“金针李”在西河沿的私人诊所还开着，党和国家领导人慕其名，也短不了请他看眼疾，如李济深等名人。

当时，西医已经普及，人们看病也习惯先看西医，但一些疑难眼疾，人们还认“金针李”。

北京同仁医院的著名眼科专家张晓楼，就慕“金针李”的大名，曾多次请他为一些疑难眼病会诊。

老北京有句老话：“穷汉子吃药，富汉子花钱。”意思是说，民间大夫看病人贫富而问诊，有钱的人，他让您多跑几趟；没钱的人，两服药就能治好您的病。

“金针李”也如是。

他为人耿直豪爽，街坊四邻和穷人找他治眼，很多时候，他分文不取。饶是这样，他还得往外搭药钱。有钱的人找他治眼，出一趟诊，收50大洋。

所以，当时“金针李”的收入不菲，正是因为家庭景况殷实，他才能成为京城的玩虫儿名家。

“金针李”治眼病，除了用金针，还有许多高招儿。

老北京曾流传着“金针李”冷水刺激治眼病的故事。

有这么两个人，平时关系不错，闲来没事常在一起神侃。

有一天，俩人聊天，一个说："我从小就认识你媳妇。你媳妇屁股的左边有个黑痣，不信你回家看看。"

这位听了当了真，回家一看，果然媳妇屁股上有块黑痣，他以为媳妇跟这位朋友有染，生了真气。急火攻心，两眼顿时黑下来，什么也看不见了。

家人见状傻了眼，赶紧去找"金针李"。

"金针李"听他们把引起这位"失明"的原因一说，嘿嘿一笑，立刻让人从井里打上一盆乍凉的井水。

众人不明就里，把井水打来，只见"金针李"让那个人平躺着，用凉水在他的眼睛上猛然一浇，然后，又用冷水把毛巾沾湿，敷上他的双眼，约有一个钟点，才让他回家。

接着给他开了两服药，让他服用，两天以后，奇迹发生了，这个人的双眼果然复明。

"南帅"门里的相虫儿大师

"金针李"在九城闻名，除了治眼绝技，还因为他是玩蛐蛐儿的大名家。

当年西河沿191号，每到秋天，院子里便热闹起来，不是找"金针李"看病的人多，而是找他在小院设"局"，斗蟀的人骤然增多。

老北京斗蟀设"局"有两句顺口溜："前秋不斗山、爽、义，后秋不斗叨和力。"

山、爽、义，叨和力，是玩虫儿时报的字号。山，指的就是“金针李”李凤山；爽，是蟋蟀名家赵爽秋；义，是胡子贞。叨，是指斗蟀名家陶仲良；力，是名伶吴彩霞。

这两句顺口溜的意思是，这几位玩家的蛐蛐儿特别厉害，您最好别跟他们斗。

在早，斗蛐蛐儿讲究设“局”，所谓“局”，就是摆擂台。

设“局”要有规矩，这些前来斗蛐蛐儿的人上“局”之前，先要报字号。

什么叫字号呢？就是取其名字的一个字，亮出来，如李凤山，报的是“山”字。宣武门外西草场的陶七爷陶仲良，报的是“叨”字。

斗蛐蛐儿的学问很深，讲究一相二养三斗。相虫儿和养虫儿是为了最后的“斗”，所以相虫儿最见功力。

一般玩家都是拜师，“金针李”玩虫儿拜的师傅姓荣，上“局”报字是“南帅”。

“南帅”是南城玩虫儿大家。“金针李”七岁开始捉蛐蛐儿，十多岁开始斗蛐蛐儿。二十多岁的时候，慕“南帅”大名，想拜他为师，但“南帅”不愿教。

当时，“南帅”得了半身不遂，行动不便，开始往外出让虫儿具。李凤山到他那儿买罐儿，特意给的价钱很高，同时，还为“南帅”看病。

即便是这样，对“金针李”拜他为师的事儿，也不愿意吐口儿。

“南帅”的小妾看不过去了，对他吹耳边风说：“小李先生这么仁义，你还不教教他，我都觉得过意不去了。”

“南帅”听小妾说出这话，只好答应了。

“南帅”相虫儿有独门儿绝技，有一次，他问“金针李”：“你玩了这么多年蛐蛐儿，我问问你，给你一只蛐蛐儿，然后把它放到一堆蛐蛐儿里，你认得出来吗？”

“金针李”不敢在圣人面前卖《三字经》，半天没言语。

“南帅”沉吟道：“你拿两把‘虫儿’来，我看看。”

“把”，是玩虫儿术语，一“把”是14只蛐蛐儿。

“金针李”从家里挑了28只最好的虫儿，来找“南帅”。

“南帅”让李凤山先挑，挑剩下，他再选，然后入盆交锋。

“金针李”一连选了三回，都是个儿大体壮的虫儿，结果跟“南帅”选的虫儿交战，结果全败下阵来。

“金针李”不得不服，对“南帅”躬身施礼道：“求您指教。”

“南帅”笑道：“你选的都是卖钱的虫儿，不是打架的虫儿。”

接着他把什么是能战斗的虫儿，怎么挑选，一一讲给了“金针李”，让他顿开茅塞。

从此，“金针李”常到“南帅”家请教，相虫儿的眼力大进。

粉蛐蛐儿冬天“打将军”

“金针李”一生没别的嗜好，单好玩虫儿。

玩到什么份儿上呢？当年有一个大军阀慕其名，请他到外省治眼，三月一期，给大洋300元。但是一到入秋，也就是到了玩虫儿的季节，“金针李”必辞谢俸金，请假回京玩蛐蛐儿。

前面所说军阀方本仁找他治眼，正赶上他在小院设“局”斗虫儿，他愣让方本仁的四个马弁（随从），在院门口等了俩小时。

几“局”虫儿斗完，“金针李”这才整装前往，气得方本仁一点儿没脾气。

蛐蛐儿的相与养是在后秋见功夫。“金针李”养过的名虫儿曾经入过谱。其中一只名“粉蛐蛐”重量仅六厘六，多次赴“局”，交牙即胜，没有第二口。

有一年的冬天，京城玩虫儿高手在麻花胡同纪家设“局”打将军，“广”字的高手杨胖子，让他的虫儿把式刘海亭和二群，用上佳赵子玉的四个盆儿，从天津换了一只“大头青”。

此虫儿骁勇善战，重八厘四，号称“五路都虫王”，在津门打遍海河两岸，居然无敌手。

“金针李”带着一只“粉蛐蛐儿”与之对局，“粉蛐蛐儿”看上去瘦弱无力，如同粉状少妇，连“金针李”都自知分量不灵。

谁知一过秤，“粉蛐蛐儿”竟猛增到八厘四，与“大头青”

相等，众人无不称奇。

两虫儿入盆厮杀，“粉蛐蛐儿”勇猛异常，两三口就把“大头青”的大夯（大腿）咬住不放，直到大夯被咬掉，一败涂地。“广”字的杨胖子大为懊丧。

胜者自然是将军，按京城斗虫儿的规矩，“虫王”要摆在供桌上，行送神礼，让人奇怪的是刘海亭和二群向“虫王”三叩首，“粉蛐蛐儿”竟连叫三声。

更让人称奇的是第二天在家过秤，“粉蛐蛐儿”的分量又减到了六厘六。

后来“粉蛐蛐儿”老死，六足稳立罐中，威仪跟生前一样，这件奇事成了京城玩虫儿者的佳话。

与余叔岩过招儿

“金针李”跟“谭派”传人余叔岩是朋友，不过，他们的交情是“打”出来的。

余叔岩酷爱斗蛐蛐儿，也是京城名家。有一年，“金针李”设“局”，余叔岩带着一只久无敌手的麻青头赴“局”。

两虫儿入盆以后，“金针李”的一只紫青头三口两口将余叔岩的麻青头咬下四条腿。

余叔岩非常懊恼，心里不服说了句气话：“这有什么？不就是一只虫儿吗？大爷我有的是钱，一上台，这门儿上，那门儿下，就是钱。”

那意思是说，我有钱，还会买只更勇猛的虫儿，跟你的虫儿接着斗。

“金针李”听了，反唇相讥：“大爷我也有的是钱，一根针手一动就是钱。”

二人针尖对麦芒，不欢而散。

事后，“金针李”有些后悔，觉得因为一只虫儿，跟余先生伤了和气不值当的，为了缓和矛盾，他相了一只好虫儿，让人送给余叔岩。

余叔岩得到这只虫儿，赴了几场“局”，果然这只虫儿骁勇善战，没打过败仗。于是，他让人找“金针李”下战书，要跟“金针李”的虫儿决一死战。

“金针李”有意逗他，居然接书应战。余叔岩兴致勃勃来到“金针李”家，没等亮罐儿，朋友便说明了真相，余叔岩顿觉羞愧难当，当场跟“金针李”握手言和，对他的为人心悦诚服。

这以后，余叔岩多次找“金针李”相虫儿，二人成了至交。

杨宝森跟余叔岩学戏，余叔岩对他说：“我教你三出戏，你帮我找三桌‘万礼张’的罐儿。”

杨宝森知道“金针李”是名家，辗转求他帮忙，“金针李”对他笑道：“‘万礼张’的罐儿找一个都难，他让你找三桌？这是他不想教你。”

“那怎么办？”杨宝森不玩虫儿，不知道这里的“深沉”，只好求“金针李”出面替他圆场。

由于“金针李”跟余叔岩的关系非同一般，他从中说了几句话，果然把余叔岩给打动了，最后教了杨宝森几出戏。

“粉底皂”咬败“白麻头”

“金针李”在玩虫儿上，最得意的一档子事儿，是替“力”字的吴彩霞选的一只“粉底皂”。

这只虫儿威猛无比，入冬后打将军，连咬12盆无敌手，后来，遇到一只“白麻头”，又被它给咬败。

老北京人玩虫儿，非常重视冬季打将军。按虫儿界规矩，凡是打到最后无敌手，当了将军的虫儿，就要享受“战神”一样的待遇。

像现在的拳击比赛封王一样，虫儿界的玩家，在打将军之后，便在会贤堂举办请神仪式。

仪式挺隆重，桌上供的是蚂蚱神，摆着香炉蜡扦、五堂供、三堂面食、两堂果子，桌旁立着纸扎的宝盖和幡，封完虫王，将军放在供桌上，行送神礼，虫把式等人叩头，然后把宝盖、幡等送到门外火化。

老年间，京城斗蟀礼仪礼节很多，有不少封建迷信色彩。此礼仪早已废除，现在年轻人已无从知晓。

吴彩霞也酷爱玩蛐蛐儿，这只当了将军的“粉底皂”死后，他居然给它做了个火柴盒大小的金棺材。由此可见，京城玩虫者的虫儿瘾。

不过，这些有名的玩家玩虫儿捉对厮杀，很少有赌博的，养虫儿斗虫儿，只是一种雅好。

让王世襄佩服的高手

京城大玩家王世襄和“虫圣”吴继传教授，对“金针李”都十分尊敬，二人在年轻时，都与“金针李”对过“局”。

王世襄在其大作《蟋蟀谱集成》《锦灰堆》中，都提到了他和“金针李”的交情。

王世襄上中学时，在大方家胡同设夜局，以宝坻产的一分重的黑色“虎头大翅”，跟“金针李”的“麻头重紫”对局，想不到“金针李”的虫儿都败下阵来。

玩虫儿的名家，败在一个年轻后生手里，自然，面子上有些难堪。

隔了一个月，“金针李”特选宁阳产的“白牙青”，跟王世襄的“虎头大翅”再次交手，这次，“白牙青”大显威风，将王世襄的虫儿战败，才找回了面子。

京城虫儿界是不打不成交。此后，二人成了至交。

“金针李”曾送给王世襄一对赵子玉的“恭信盆”和“万礼张”的过笼。王世襄也不白要，送给“金针李”一个赵子玉的“敬斋盆”。

当时，“金针李”有赵子玉的“敬斋盆”23个，恰好王世襄有一个，送给了他，让他凑成了一桌（一桌24个），让他兴奋不已。

晚年，“金针李”已不能为人治病，但玩虫儿之心一直没有泯灭，他在去世前还玩了一秋天蛐蛐儿。

王世襄久慕“金针李”的大名，曾想根据他的口授，总结出选虫儿养虫儿及鉴别虫具的经验，可惜忙于别的著述，没来得及做系统记录。对此，王先生到晚年，跟我聊起这事儿，还深感遗憾。

“金针李”于1984年3月29日去世，活了八十四岁，在当时也算高寿。

巧合的是，他的夫人胡莲英在1992年3月29日去世，跟他是同一个日子“走”的，也活了八十四岁。

“金针李”藏有不少名罐儿，其中一个龙罐儿，与故宫现存的一个龙罐儿是一对。

据“金针李”的四子李世尧回忆，有一年，“金针李”跟说相声的王长友的徒弟臧红，到六里桥逮蛐蛐儿。为了逮到大蛐蛐儿，他愣三天没回家，也没跟夫人打招呼。

等他逮了几只大蛐蛐儿，得意地回到家，夫人跟他发了脾气，数落他道：“这么大年纪，还这么贪玩？你以为自己是年轻小伙子？一走三天，有个三长两短的，尸首都没人给你收！以后再玩虫儿，我可不管给你做饭了！”

老两口为这个茬儿红了脸，“金针李”的脾气也不小。那个龙罐儿本来想传给世尧的，一看老伴儿发了火，说了一堆气话，一赌气，把这个龙罐儿，连同一个赵子玉的“大敬”面，卖给了一个朋友。

李世尧对我说："这个龙罐儿，才卖了400块钱。现在，这个龙罐能六七百万。"

胡莲英去世后，李世尧跟大姐商量，把九个兄弟姐妹召集在一起，开了个家庭会议，将老爷子留下的虫具分了。这些名罐已分散到"金针李"的子女手中，成为永久纪念。

王世襄在写蛐蛐罐时，曾借过"金针李"的赵子玉、万礼张名罐拍过照片。不管怎么说，"金针李"给北京人留下点儿念物。

后代没人再玩虫儿

"金针李"共有九个子女，前妻生了两个儿子，两个女儿。前妻去世后，"金针李"续娶了第二位夫人胡莲英。

胡家是广安门外六里桥的大户，早年间，胡家的地有两顷多，东到六里桥，西到五里店。在老北京，"西局胡家"在广安门一带很有名。胡氏生有二子三女。

"金针李"有四个儿子，老大李世鑫，当过会计，后来拜华世奎为师研习书法，已去世，活了七十二岁；老二李世森，已经八十多岁，在北京铁路局车辆段退休；老四李世淼，也奔七十岁了，从橡胶厂退休。

四个儿子中，只有老三李世尧当过医生，但是由于没有文凭，中途改行，在广内联社退休。

李世尧深知现如今从医不进行系统学习培训，光靠祖传绝技不灵了。所以他鼓励儿子李广庆考上了北京中医学院，毕业后在宣武中医院康复科当了医生。

前些年，香港凤凰卫视的主持人刘海若出车祸后，到宣武中医院接受治疗，李广庆是刘海若医疗小组的成员之一，专门负责刘海若的理疗。刘海若能从昏迷状态得以恢复，有他一份功劳。

“金针李”传到第六代，只有李广庆一人从医，中医世家总算没断“香火”。

但是有一个奇怪的现象，“金针李”的后代却没一个再玩虫儿的。也许是老北京玩虫儿的许多诡异之事，让他们悟到了什么吧？

找樂圖

『蝈蝈儿张』

能让『虫儿』叫到开春

遛鸟儿图
北京人讲京味文化要分以皇家为代表的贵族文化和平民文化一部分为原汁原味儿老北京市井文化最集中的地方就是前门往南崇文和宣武等地区不过这些地区由于过去的战乱灾荒也聚集了大量各地难民使不少的外地民俗风情也随之带入又经过漫长时间的与汉民族的融合又形成了独特的京华文化风情也就是现在我们所见到各种京味儿风情的现实
老北京人爱玩其中多是因为满人入关后八旗子弟吃皇粮不准经商于是他们把玩儿就当成了正事儿
到了民国八旗子弟有家底儿的靠吃祖上留下的家底儿没家底儿的真有落破街头成了电视剧里的那些人物的命运了不过爱玩儿的北京人玩儿的心气总也没有变日子好过了点儿玩儿心也就跟着上来了因为玩儿里边有很多的文化内涵在里面有人说不会玩儿的主儿还真就算不上地道的北京的爷
写北京人物并题

"份"的虫儿活了八个月

"虫儿"是大自然的产物，当然有"寿数"管着。

昆虫的生命周期是非常短的，以"寿数"说，从春天卵化成虫儿，最多能活到冬至。11月逮的"晚蝈蝈儿"，活到春节也得踹腿。满打满算，能活三个多月，所以"四大鸣虫儿"，又叫"百日虫儿"。

不过，人工繁育的又另当别论。人工繁育鸣虫儿，北京人和天津人称之为"份虫儿"。份虫儿的暖房叫"份房"。

份虫儿的高手，被称为"罐家"。为什么这么叫呢？这是门里的话，咱们不必深究。"罐家"份出来的冬虫儿，最长能活到立夏。

京城份虫儿的人很多，而且历史悠久，形成了不少门派，有名的如祥子、寇二、徐十、润瘸子、杂和面儿文子、麻杨、麻篇儿、载八、怯郭等，各个门派都有自己的独门儿绝技。

玩蝈蝈儿的张连桐，虽然算不上份虫儿的高手，但他有自己的独门儿，即认识份虫儿的人多，能说擅聊，还能写。

他能把多方收集的份蝈蝈儿的技巧总结出来，写成书，而且一连出了几本有关玩虫儿、份虫儿的专著。

冲这个您不能不认为他也是这里的虫儿，即行家里手。

我至今仍然记得到张连桐家做客的情景。他住家离天坛很近，老式的两居室楼房。一进门，就听到一阵蝈蝈儿的叫声。

循声望去，只见窗台上有个类似鸟笼子似的蝈蝈笼子，张连桐让我上眼。

我仔细端详，笼子里栖息着一只浅绿色的大蝈蝈儿，黑头粉肚，脸色深暗，透着几分苍老。大概已是垂暮之年，它的叫声显得有些苍凉和悲戚。不过，在这个季节，别说能听到蝈蝈儿唱两口儿，即便是能瞧见活着的蝈蝈儿已属难得。

“您从哪儿淘换的？”我随口问道。

“我玩虫儿，还用四处淘换吗？”他笑道。

“那是您自己份儿的？”我问道。

“当然。”他告诉我，这只他亲手“份”儿的虫儿，已经活了八个月。

“什么？八个月？”

“都‘拐弯儿’了。”

“八个多月啦！”我诧异道。

看来，他份虫儿还真有两下子。

王铁成给他起的绰号

我最初认识张连桐时，他六十八岁。为什么他的岁数我记得这么清楚呢？因为后来，他告诉我，玩了六十年蝈蝈儿。

“这么说您八岁就开始玩虫儿了？”我笑着问他。

“那有什么新鲜的？”他笑道。

论岁数，张连桐在京城玩虫儿的人当中，不算很大，而且也算不上有名的“罐家”，可是在京城玩虫儿有一号，玩虫儿的老少爷们儿都知道有个“蝈蝈儿张”。

他对我说，“蝈蝈儿张”这个绰号，还是著名电影演员、京城大玩家王铁成给他起的。

说这话还是20世纪80年代，他从天坛公园退休以后，在家闲得难受，又把份虫儿的技术拾掇起来，在当年玉蜓桥南边的花鸟鱼虫市场（现已拆迁）卖蝈蝈儿。

他卖的铁蝈蝈儿头大脸黑，膀子长，叫声脆。京城许多玩虫儿的名家成了他的主顾。

王铁成在京城玩虫儿有一号，他不但在张连桐这儿买蝈蝈儿，还时常找他给蛐蛐儿罐儿砸底。这也是张连桐的独门儿。

王铁成最初叫他老张，后来直接叫他“蝈蝈儿张”，一来二去的，“蝈蝈儿张”就成了张连桐的绰号。

京城玩虫儿的人，打头碰脸的都是半熟脸儿，圈儿里的人多以绰号相称，人们一提绰号都知道是谁，真名大号反倒不清楚了。

“蝈蝈儿张”也如是，南城玩虫儿的一提这个绰号，几乎都知道，而他的真名张连桐，许多人未准知道。

戏买压腰儿大葫芦

“蝈蝈儿张”之所以在京城玩虫儿的圈儿里有名，并不是只因为他“份”虫儿有绝活儿。

论“份”虫儿的道行，他赶不上“麻篇儿”、“小蓝”、刘宝树等有名的罐家，可是他爱张罗事儿，圈里圈外，跑跑颠颠儿的总是不识闲儿，而且说话快人快语直肠子，待人热心诚恳。

玩虫儿的人想搞点什么活动，找他操持，他能小脚踢球，横胡噜。再难，他也能把这个场给圆喽。

您想淘换什么虫儿，蝈蝈儿也好，油葫芦也罢，他一准能替您找到，而且保准把您要的虫儿送到您家。

老北京人管这种人叫老郎神，“蝈蝈儿张”还真有点儿老郎神的劲头儿。

您家就是住在房山或门头沟，他也会坐公共汽车给您送去。他就这么热心，在他身上，您能体会到典型的老北京人的古道热肠。

他为人慷慨大方，办事儿不掖着藏着，只要说话对他的心路，他肯把心掏给您，并且一点儿不会犹豫。

这么多年玩蝈蝈儿，也买也卖，说他一分钱没挣那是瞎话。可是说他一分钱也没攒下，那倒是实话。因为只要他手里有钱，不把它散出去心里就难受。

他花几百块钱淘换的一个清代的蝈蝈儿葫芦，跟您一块儿喝酒，二两酒下肚，喝得心里美滋滋的。

您奉承他几句，临了儿，您跟他说，这葫芦不错，我玩玩吧。他会一点儿不打磕巴拱手相让。您要给他钱，他会跟您急。

我曾亲眼所见，不知他从哪淘换到一个40厘米的压腰儿大葫芦，据说此葫芦给苏北抗日游击队传递过情报，送过油，大伙儿都说有收藏价值。

这压腰儿大葫芦，他花了1000块钱。结果大伙儿一捧场，他又坐不住了，张罗着要把它送到抗日战争纪念馆去。

嗓门跟蝈蝈儿有一拼

“蝈蝈儿张”的老伴儿退休前跟他一个单位，算是他心里的虫儿，知道他的性格，每月的退休金得由她把着。

倒不是“蝈蝈儿张”“妻管严”，主要是因为他的手太松，给他一个，他敢花俩。

“蝈蝈儿张”耳朵有点儿背，说话大嗓门，听他说话像吵架。

他玩的蝈蝈儿叫声脆，他家住二楼，那小家伙叫起来，住四楼、五楼都能听到。可是他一说话，却能把蝈蝈儿的鸣叫声给盖了，满楼筒子的人都能听到。

他的老朋友玩家周继烈有话：“哪有‘蝈蝈儿张’，哪儿就热闹。有他在，让人觉着闹心。没他吧，您又会觉得闷得慌。”

他就是这么一个性情中人。

您还别说，前些年京城的虫儿界，因为有“蝈蝈儿张”这么个能张罗的人，透着热闹起来，鸣虫儿这寻常小物，能给人们的生活带来多少情趣，逐渐被大众所认识，玩虫儿的人也越来越多了。

上台演戏逮蝈蝈儿

说起来，张连桐是地道的老北京人。他的出生地在陶然亭附近的黑窑厂，祖上是满族旗人，爷爷是南城有名的京剧“票友”，当过大栅栏广德楼的主管经理。

他的生父马连波也是戏迷，先在广德楼“槛子”上谋差。“槛子”也就是老戏园子收门票的，后来改当茶房，在戏园子端茶倒水，楼上楼下扔手巾把儿。

张连桐七岁的时候，生父就死了。母亲邵树卿带着他和弟弟改嫁，他的继父叫张学增，是他生父的朋友。

张连桐原本姓马，随母改嫁，他也改姓更名。张学增的家里有钱，在京城开着好几个粮号，但是到邵树卿嫁给他的时候，家道已经中落，他由公子哥儿沦落到靠卖苦力为生，在珠市口一带拉脚。

张连桐小时候没过过好日子，家里穷，他不到十岁，就捡煤核儿，给送殡的打执事，挣点儿小钱，贴补家里的生活。

这种穷苦的生活，让他从小就接触社会，跟三教九流打交道，了解民俗，体会人生，同时也认识了一些有名的人物。

您别看老北京人的日子苦，但那会儿的人都好玩，可谓苦中有乐。

张学增在珠市口拉脚，珠市口挨着天桥，张连桐小时候就“长”在了天桥。

张学增爱玩跤，在天桥给宝三看过场子，张连桐由此也认识了宝三。

说相声的名家王长友的哥哥王长明也在珠市口一带卖苦力，认识了张学增。王长明跟王长友一样，爱玩蛐蛐儿。张连桐小时候，经常上王长明家，看大人们设“局”斗蟋蟀。

张学增也是戏迷，手里有钱，便到戏园子里过把戏瘾。他的朋友杨启泰是给马连良打小锣的，张连桐管他叫叔叔，张学增跟戏班里的人比较熟，曾想让张连桐拜师学戏，可是张连桐小时候忒贪玩。

有一次，他跟剧团到外地演出，临时在《秦香莲》里扮一个小童儿。这比一般跑龙套还简单，没一句台词，也没一句唱，只是跟着旦角演员，在台上待一会儿就下场。

可是偏巧那天，他怀里揣着蝈蝈儿葫芦上的场，走到台上，旦角演员的高音大嗓，把葫芦里的蝈蝈儿给“惊”着了，演员唱，虫儿也跟着叫起来。

您想这台上不乱了套吗？旦角演员急中生智，借故打了他一下，那意思是让他赶紧想办法别让蝈蝈儿再叫了。张连桐也明白了他的意思，但蝈蝈儿哪听人的话呀？张连桐想把葫芦给拿出来，这样虫儿就不会叫了，但他手一哆嗦，葫芦掉台上了。

他在撅着屁股去捡葫芦的时候，旁边的那个小童给了他一下，他一紧张，把葫芦盖给弄开了，蝈蝈儿从葫芦里跳了出来。他一个小孩儿，见蝈蝈儿跑了，赶紧跑过去逮。

旦角正哭哭啼啼唱呢，他却在台上逮起蝈蝈儿来了，这场戏等于让张连桐给搅和了。

您想，谁还敢教这样的孩子学戏呀？

不过，张连桐从小在戏园子里泡着，耳濡目染，也学会了几出戏。

后来，他来了兴致，也能唱两口儿“皮黄”、老生和花旦，嗓子虽然跟不上趟儿了，吐字发音还有那么一点味儿。

跟“麻篇儿”学份虫儿

张连桐当时住的地方，离罐家“麻篇儿”的家不远。“麻篇儿”的大号叫王德财，跟张学增是拜把兄弟，他行九，张连桐管他叫九叔。

张连桐八九岁就怀里揣着“麻篇儿”“份”的蝈蝈儿满街跑了。

京城有名的罐家刘宝树跟张连桐是“发小儿”，他俩常去“麻篇儿”和寇二家，看这两位行家怎么份虫儿，怎么养虫儿。一来二去的，他就入了门。

别看张连桐说话办事儿忙忙叨叨，性格也不内敛，有些时候干事萝卜快了不洗泥，好像是个糙人，其实他挺内秀，肚子里也有玩意儿。

人们是从玩虫儿认识“蝈蝈儿张”的，其实，玩虫儿只是他的业余爱好，他的本职是教员。

“蝈蝈儿张”曾是北京六中的高才生，初中毕业被保送到北京第一师范学校，后来到北京市园林局办的技校当教员，并且在十三陵做过讲解员。

很多人不知道，张连桐还喜欢文学，业余时间，时不时地动笔写些诗歌、散文，在报刊上发表。

有一年，他陪着十几位民间艺术家到内蒙古自治区演出，演员表演的大都是传统段子，当地负责宣传的领导说，你们能不能唱点儿新的。

“怎么不行？”张连桐自告奋勇上了台。

他按老北京拉洋片的口儿，现编了一套歌颂改革开放的词儿，当场表演，受到了观众的好评。

人们没想到“蝈蝈儿张”能在裉节儿上露了一手。

当然，张连桐在关键时刻显身手的事儿，不止这一次。我曾跟他聊过老北京文化，他静下心来，谈一些传统文化方面的事儿，还是很有思想的。

可惜他前些年太贪玩，喝了酒，往往把不住弦儿，东一榔头西一棒子地不着边际，把自己的才气给淹了。

后来，他的心脏出了毛病，血糖也很高，再不敢像过去那样敞开肚子喝了，人也变得沉稳了许多，不照从前那样发飘了。

他对我说，这些变化得益于虫儿文化。越研究虫儿文化心越静，虫儿文化能陶冶人的性情，在他这儿找到了佐证。

乾隆爷改口叫蝈蝈儿

玩虫儿大家、中国科学院研究员吴继传是我的老朋友。据吴教授考证，蝈蝈儿这个词是由虫儿鸣叫的声音而来。

蝈字，最早出现于《周礼 · 秋官 · 蝈氏》，但它的注解是“蛙”，看来古代的“蝈”字跟现在的蝈蝈儿不是一个意思。

明代刘侗在《帝京景物略》中写道：“有虫，便腹青色，以股跃，以短翼鸣，其声聒聒，夏虫也，络纬是也。昼而曝，斯鸣唉；夕而热，斯鸣矣。秸笼悬之，饵以瓜之瓤，以其声名之，曰蛞蛞儿。”

由此可知蝈蝈在明代还叫蛞蛞儿，音儿与蝈相近。清代以后，蝈蝈儿才叫这个名儿，而且是乾隆皇上给起的。

乾隆有《榛蝈》一诗：“啾啾榛蝈抱烟鸣，旦野黄云入望平。雅似长安铜雀噪，一般农候报西风……”诗的最后两句说：“蝈氏去蛙因错注，至今名像混秋官。”

乾隆认为《周礼》将蝈字注释为蛙是注错了，弄得后来蝈蛙不分了。当然这是他的一种说法。

不过，皇上的金口一开，民间也把蛞蛞改叫蝈蝈了，按北京话的发音，蝈蝈要儿化韵。

人工“份”蝈蝈儿始于明代。一般自然生长的叫秋蝈蝈儿，人工“份”的叫冬蝈蝈儿。

自然生长的蝈蝈儿最有名的为京蝈蝈儿，又叫燕蝈蝈儿，主要产自西山（太行山脉），燕山山脉、京西门头沟、房山、大灰场、妙峰山、京北顺义、平谷、昌平等地。京蝈蝈儿最有名的是安子沟的大蝈蝈儿。因为色黑如铁，燕蝈蝈儿又叫“铁蝈蝈儿”。

此外，还有河北的冀蝈蝈儿，山东产的鲁蝈蝈儿，山西产的晋蝈蝈儿等，南方各省产的蝈蝈儿统称为南蝈蝈儿。

“蝈蝈儿张”为了调查京蝈蝈儿的产地现状，曾经三下安子沟，四上栖凤山，磨坏了两双运动鞋。

别瞧他上了岁数，拗劲儿上来，哪儿都敢去，不怕吃苦。

他说玩蝈蝈儿的人长寿，为什么？因为老得运动。

份虫儿的独门儿绝活儿

玩蝈蝈儿最吃功夫的是份虫儿。“蝈蝈儿张”跟我“泄底”说：“在老北京，京城的罐家们往往靠份虫儿吃饭。份虫儿的学问大了，怎么份虫儿，各有各的独门儿绝活儿。这些绝活儿，别说外传，就是对徒弟都得封着嘴。”

自然，这说的是过去，现在科技发展了，玩的人也多了，份虫儿已无秘密可言。

记得有一次，我到“蝈蝈儿张”家串门，赶上了玩油葫芦的老四（王俊生）在他家，俩人一边示范，一边跟我介绍份蝈蝈儿的技术。

份虫儿最重要的是选扎籽儿，籽儿就是种儿。要选个头大，翅膀大，而且厚、皮色正，一般在头年的7月前配种儿产籽儿，选好以后，在土里扎籽儿。

土是特制的，要用大铁锅炒，晾凉以后再让雌雄交配，母蝈蝈交配约两周后开始产卵，然后用尾巴上马刀形的产卵器插到土里，这就是所谓扎籽儿。母虫儿扎完籽，很快就会死。

接下来是养籽儿，过去是放到土井里降温，现在可以放到冰箱里冷冻，第二年在2月前后，放到瓦盆里养籽，进“份房”加温，温度从22℃一直升到39℃，开始崩秧儿，也就是羽化，一周以后脱壳儿。经过七壳儿，也就是脱七次壳儿才能变为成虫儿。

脱一次壳儿要七天左右，最后一次叫脱大壳儿，一定要让蝈蝈儿把皮吃光，如不吃光，不死也会成为缺腿残疾，后找补也没用。

“蝈蝈儿张”说，成虫儿以后喂养也有技巧，素吃胡萝卜，荤吃羊肝。一般要荤素搭配，定时定量，不能饱一顿饥一顿。

当然，在市场上挑蝈蝈儿也要凭眼力，一般要选品相好，头大膀子宽厚的铁蝈蝈儿。“山青”“草白”等杂色的蝈蝈儿叫不起来。

蝈蝈儿老嫩要看肚皮，粉肚鼓圆有细茸为嫩，肚皮干瘪多皱带褐色为老。

为了提高蝈蝈儿叫声的音乐美感，也可以“点”药。夏天玩蝈蝈儿讲究用笼，冬天讲究用葫芦，养蝈蝈儿的家伙讲究也很多。

您想，北京人从唐宋就开始玩蝈蝈儿，虫儿文化的底子能不厚吗？

说起这些，“蝈蝈儿张”能跟您聊几天几宿，他是真喜欢蝈蝈儿这小家伙。

为出书差点儿吐血

20世纪90年代，“蝈蝈儿张”在潘家园的“华声老天桥”，跟几位玩虫儿的朋友开了一个“合义斋”。

那会儿，他就能张罗，撺掇“华声老天桥”的总经理王树声先生，连着搞了两届鸣虫儿大赛。我就是在那时认识的他，此后一直保持联系。

有一段时间，听不到他的消息了，一问，他说他正忙着写书。

我以为他又喝高了，没想到2005年春节，他跟“核桃卢”（卢晓荣）在厂甸庙会卖蝈蝈儿和核桃，我见到了他。

他说他的大作《幽谷鸣秋》问世了，并执意送了我一本。

这部写繁育蝈蝈儿和介绍葫芦的专著，耗了他两三年的心血。

后来，在周继烈先生的帮助下，他的第二部书《鸣虫与虫具玩赏》也问世了。京城玩蝈蝈儿的人很多，但能把怎么玩写成书的却寥若晨星，“蝈蝈儿张”可以说是佼佼者。

“蝈蝈儿张”看上去身子骨还算硬朗，而且由于心脏有毛病，他平时对自己的身体很注意，不抽烟，也很少动酒。但是他属于生活充满激情的人，激情上来，往往就忘了自己身体里的隐患，而且，他一直张罗写第三本书，即玩虫儿的主要器具葫芦。

他的心气颇高，总想在有生之年，把肚子里的玩意儿都掏出来，给后人留点儿东西。

一晃儿，又有两三年没有“蝈蝈儿张”的消息了，我以为他又在埋头写书。

这些年，北京变得越来越大了，虽然都在一个城市里生活，但各忙各的，有时候见一面还挺难的。

2016年的春天，我见到了“核桃卢”，跟他打听“蝈蝈儿张”。“核桃卢”的脸上流露出些许遗憾，告诉我，“蝈蝈儿张”已经“走”了，他最后还是死在心脏上。

我为这位老郎神的过世感到难过。他七十大寿举办寿宴时，我参加了，那时他还信心满满，跟大家说还要接着玩，接着写书。但没两年，他就与世长辞了。

他“走”的时候，正是“坎年”，看来人的生命真是无常。

也许阎王爷在天堂寂寞，想听蝈蝈儿叫了，让他早早儿去报到。遗憾的是他关于种葫芦和“范”葫芦的书，没有写完，只留下一堆书稿。

不过，“蝈蝈儿张”还是给后人留下了两本专著：《幽谷鸣秋》《鸣虫与虫具玩赏》。“蝈蝈儿张”也算不枉虚名。

傅增杰

让京城盆景走出国门

春荫

独门儿盆景获国际大奖

北京人玩什么，都讲究猴儿骑骆驼，玩大的。不玩则已，一玩惊人。这绝对不是跟您“忽悠”，老傅玩盆景就是一典型。

您也许有所不知，老傅设计的盆景，2006年在国际上已然拿了两项大奖。在此之前，中国的山水盆景在国际上获奖还没有耳闻。

更让您吃惊的是，他当年在昌平的小汤山搞了一个占地58亩的山水盆景基地，创办了一个4000多平方米的山水盆景艺术馆。这个盆景艺术馆常年展览着各类山水盆景有几百盆，每个盆景都堪称是自然与艺术的天然杰作。

别的甭聊，单说他在国际上获奖和创办山水盆景艺术馆，便显露出京城玩家的独门儿。

老傅，大号傅增杰，六十多岁，戴着一副金边的眼镜，长相文静，说话慢条斯理，看上去有几分儒雅，像一位教书的先生。

傅增杰原本也的确是个文化人，说起来，跟我是同行，当过杂志的常务副总编。

傅先生对我说：“我虽然正儿八经玩盆景年头不长，但对大自然真山真水的喜爱，却从两三岁的时候就起步了。”

也许从那时起，他就萌生了“盆景梦”。

拿泡沫砖练手

傅增杰先生的祖籍山东，他家的族谱从他这辈儿往上数，排了21代，直到明代的嘉靖年间。其中有一位老祖在安徽的亳州当过知府。

不过，到他父亲这辈儿，家里已穷得叮当响，不得不离开故土闯关东，到吉林的一个小山村落了脚。

那里推门就能见山，傅先生至今仍记得两三岁时，在山根儿底下捡石头玩的情景。

父亲后来参加抗美援朝修桥，1954年，偕全家来到北京，在丰台铁路上做事儿。

当时傅先生只有四岁。他的家境并不宽裕，傅先生上边有四个哥两个姐，下边有个妹妹，老父亲靠工资养活这八个孩子，那日子可想而知。不过，傅家的八个孩子长大以后，都挺争气，傅先生的四个哥，有的在北大当了教授，有的当了国家干部，有的当了高级技师。

受哥哥姐姐的影响，傅先生从小爱读书，尤其喜欢美术。小学一年级时，进了丰台区少年宫美术班。

教他学画儿的是名画家任率英的三公子任梦雄。他那时的理想是当画家，但“文革”使他的“画家梦”破灭了。

1969年，老傅被分配到北京市房修一公司当了工人。公司有古建队，傅先生当时特想学画工，但未能如愿，只好硬着头皮当了小工。

不过，他业余时间并没把画笔扔了，除了练习画画儿，他还喜欢雕刻。

那会儿，搞建筑时兴用泡沫砖做保温墙，工作之余，他便拿泡沫砖练手，雕个假山，做个艺术造型，鼓捣出来的东西还挺受看。同事有养鱼养花的，常用他琢的玩意儿造景。

这大概是他最早接触的“盆景”。当然，他还没到痴迷的地步。

当了两三年小工，他的才气逐渐显露出来。1983年，他到北京市房管局工会搞宣传，再后来又去编杂志，雕刻和绘画的业余爱好，也被繁忙的工作给挤没了。

假如不是因为一个偶然的机缘重新唤起他的“盆景梦”，也许他的心思还不会转移到盆景上。

他是1998年企业改制“下海”的。从机关走出来，到“商海”扑腾，对他来说是人生的一大跨越。

那几年，他又搞策划，又搞户外广告，要干的事很多，而且甭管干什么，都挺出彩儿，谁也没想到他会突然转行，玩起了盆景，而且一个猛子扎到盆景里出不来了。

在澳大利亚找到了灵感

傅增杰先生的儿子傅饶曾在澳大利亚的墨尔本大学留学，读的是商学和信息学两个专业。2002年的春节，傅先生到墨尔本看儿子。傅饶开着车，拉着老爸参观墨尔本艺术馆。

澳洲的汽车是右舵轮，路面也是靠右行驶。傅先生坐在左手的位置，途中，他发现路边有个花店，里面摆的花吸引了他。

他让儿子停车，想进去看看，但儿子说这里不让停车，车从花店门口开了过去。

傅先生还惦记这茬儿，又让儿子开车来到了这家花店。

走进花店，傅先生头一眼便看到了架子上摆着几盆盆景。他觉得很纳闷，难道澳洲人也喜欢玩盆景吗?

他让儿子问店主，店主说这是中国的盆景。傅先生仔细看了看，既兴奋又失望，兴奋的是，在澳大利亚看到了中国的盆景。失望的是这几盆盆景做得十分粗糙，没有把东方神韵和中国盆景的魅力表现出来，而且标价很高。

一个30厘米大小的盆景，居然卖到了100多澳元，约合700多元人民币，而他在北京的花卉市场，看到的同样大小的盆景，撑死了百十来块钱。

另一盆长约1.5米、宽约80厘米的盆景，用石头堆出的一个山景，后板有一个兽头吐水，下边摆着几块小石，竟然标价400多澳元。

傅先生觉得价位高低另说，关键是标着中国盆景，却把中国的盆景艺术给糟践了。

他想，很有可能，澳洲人以为中国的盆景就是这样。以他对盆景艺术的了解，我们完全可以拿出更好的盆景，让外国人欣赏到真正的中国盆景艺术。

他的脑子忽然闪过这样的念头，于是他对儿子说，我要了解澳洲的盆景市场。

儿子傅饶正好放假，驾车拉着老爸，从墨尔本到悉尼，又到阿德雷德，一连走了几座城市。

爷儿俩翻报纸，查资料，几乎把澳大利亚的园林加工基地都转遍了，对澳洲的盆景市场有了总体的印象和大概的了解。

澳洲经营中国盆景的约有十几家店，主要是广东、福建、北京人在经营，品种单一。

傅先生的心眼儿活泛了。他不愧是搞营销策划的，既看到了利用盆景传播中国文化艺术的使命，又看到了澳洲盆景市场的商机。

抓住了难得的机遇

说老实话，傅先生最初并没打算自己动手制作盆景，他只想把能表现中国造景艺术魅力的盆景，传播销售到澳大利亚。所以，从澳洲回到北京以后，他便开着车转京城的花鸟鱼虫市场。

当时，北京的花鸟鱼虫市场正是火爆时期，他从大钟寺、中蔬、玉泉营、花乡到方庄、玉蜓桥、顺义、海淀，京城的各花鸟鱼虫市场和大的花卉市场，都让他一网打尽，只要有卖盆景的地方，甭管多远，他也要奔那儿去，无一漏网。

两个月的工夫，他买了200多盆盆景，然后找了两位玩盆景的朋友掌眼，逐一筛选，挑了80盆好的，运到了澳洲。

一个月以后，儿子从澳洲反馈信息，这些盆景卖得并不好，因为很多造景的石头是用胶粘的，稍一用力就掉，而且造型设计也不标准。

傅先生这时心里凉了半截。这些运到澳洲的盆景，可以说是北京市场上挑出来最好的，如果这些盆景澳洲人都不认，那么再也拿不出别的来了。

傅先生走到这儿，简直没法往前迈步了。怎么办？他思前想后，触发了自己身上沉眠已久的艺术细胞，能不能自己动手做？

当这一想法，在他的脑海里萌生时，他不由得浑身上下热血沸腾。

他对我说："我当时想，我怎么就不行呢？时势造英雄，正因为市场没有好盆景，才给我现在这个机会！"

也就是从这时起，傅先生放下了手头所有的工作，一门心思琢磨起盆景来了。

要玩就玩独门儿

傅先生甭管干什么，都有一股子执着劲儿，不鸣而已，一鸣则要惊人。要干就要干出个样儿来，而且不走前人走过的路，创造自己的独门儿。

自打下决心玩盆景，他便拿出了舍身成仁的劲头儿。

盆景表面看是石头、植物和盆这三样东西的组合，其实它是一门艺术，里头的文化内涵很深。

傅先生越玩越上瘾，玩到后来，如醉如痴，一天到晚，脑子里转悠的全是石头和艺术造型。他跟我说，有几次睡着觉，梦见一个好景，他居然从梦里醒来，跳下床，赶紧把它画下来。

傅先生玩盆景跟别人的玩法不同，比如拜师，一般学手艺的人都要拜师，他自知玩盆景起步晚，所以进了“门儿”更要先拜师，不过，他的老师跟别人不一样。不是真人，而是专业书。

中国的盆景最早出现在汉代，有一千多年的历史，基本分为两大类，即树桩盆景和山水盆景。

一千多年来，中国玩盆景的大家不少，他们留下了一些记录玩盆景的书籍。傅先生逛遍了京城的大小书店，只要见到跟盆景沾边的书，他便往外掏钱，而且一买就是双份，他一本，儿子一本。

这两年，光买书，他就花了近万元。买回来边看边琢磨，向书里的历史玩家请教。

当然，他不是一个读死书的人。他深知搞盆景制作，纸上谈兵不灵，必须向有实践经验的专家请教。

京城玩盆景的大家往往不显山露水。您甭看花卉市场上的盆景摆着不少，但真正的盆景玩家却不会把自己的作品，往那种地方摆。人家是自己玩或在三五个人的小圈子里玩。

京城玩盆景的人，也叫“玩盆儿”，傅先生只要得知哪位玩盆儿玩得好，便想方设法前去请教。上海也好，广东也好，只要哪儿搞盆景展览，傅先生一定要坐飞机去参观。

除此之外，他还吸收美学和世界顶级的现代派画家的艺术。傅先生虽然从小习画，有些艺术功底，但他觉得自己的艺术造诣远远不够，而且时代潮流也在不断变化，不能墨守成规，而要与时俱进，吸收更多的艺术营养。

正是因为有这些艺术造诣，使他玩盆景一上手就起点很高，不同凡响。

独创的盆景一炮打响

2003年，傅先生听朋友说承德有位师傅，做盆景有独门儿手艺，在找不到这位师傅电话的情况下，他开车直奔了承德。

在承德城区的一家花店，他看到了这位师傅的作品，果然出手不俗，于是他暗下决定，请他“出山”。

傅先生拿出“三顾茅庐”的诚意，在承德四处打探，花了几天的时间，才辗转找到了这位师傅。

要请这位师傅出山，必须不惜代价。师傅在承德自己干，一个月能有1000多块钱的收入。傅先生当场决定，给他每月3000元的工资，干得好加倍，而且管吃管住，每周车接车送让他回承德。

当时，一个大学教授的月薪不过3000元，一个高管每月的工资也就是五六千元。如此优厚的待遇，这位师傅能不动心吗？

当然，高薪养技，丰厚的待遇让这位师傅尽展技艺，傅先生设计了几个盆景造型，让他动手制作，效果令他满意。

他从中选出两件作品，运到了澳洲，让儿子傅饶在墨尔本出售，结果两周之内便卖了出去，其中一盆用鸡骨石做的盆景，被墨尔本皇冠酒店的老板，花3000澳元买走。

这位老板是越南侨民，祖籍也是中国，把盆景摆在酒店大堂，吸引了许多澳洲人，一些人开始找傅饶订货。

傅饶给老爸打电话，通报了这些信息，一炮走红，这让傅先生信心倍增。

傅先生信心满满，接下来，在北京成立了一个盆景文化公司，自己亲自担任总设计师，并拉出一拨人马，从四川、山东、河北聘了五位做盆景的高手当技师，在北京昌平的小汤山，建立了盆景基地。

小汤山的英文是水山的意思，正好与盆景相吻合。

传统的盆景是因石立意，不懂基本造型，带有随意性。

傅先生认为，盆景艺术必须要有设计理念，石头再好，没有艺术构思、造型设计也不行，要把石头的色泽、形状、纹理与艺术审美情趣组合起来，才能形成一种意境。

因此，传统的孤芳自赏是不够的，要站在国际化的角度思考艺术。

为此，他聘请了娄师白、王希富、张武、刘玉楼、杨达林、庞希泉、孙以增、爱新觉罗·敏峨等知名画家和地质研究所的专家，多次到盆景基地进行艺术指导和培训，为山水盆景的规模化加工生产打下了基础。

让石头也能呼吸

山水盆景的置景以石头为主，石头以孔穴奇怪、玲珑多姿为上品。

傅增杰玩盆景，采石头，足迹踏遍了北京周围的大山。他慧眼识珠，在众多的石材里，发现了形态奇特的“燕山石”。这种石头后来成为他制作盆景的主要石材之一。

现如今，采石谈何容易，国家为保护自然生态环境，对采石限制很多，加上适合做盆景的石头很少，尤其是北京地区的石材。

尽管“燕山石”质地极佳，但资源有限，何况他设计的盆景取材广泛，需要各种石材，所以，后来傅先生把目光瞄准了全国各地的大山。

傅先生对我说：“选石、采石是一门学问，也最吃功夫，不能盲目。”

为了能采到做盆景的可用之石，那些年，他查阅了大量的文献资料，甚至在网上寻找石材，一旦发现哪个地区有好石头，便不辞辛苦，前去探宝。

当然，傅先生也经常被当地的农民视为“财神爷”，因为采石权归山里的村民所有，一旦他相中哪儿的石头，便会给大山的村民带来可观的经济收入。

山里的村民想不到，这些沉睡上亿年被人们冷落的石头，在傅增杰眼里却是宝贝。

2004年，傅先生在山东的一座大山，意外地发现了“豆瓣石”，高兴得他两宿没睡，这种“豆瓣石”形状奇特，变化多姿，是他理想中的做盆景的石材。

采石那天，下起了大雪，雪花漫天飞舞，大地银装素裹，一片洁白，在大雪中，他亲自开车走了15个小时。路上，他感叹，这是老天爷对我玩盆景的考验呀！

傅先生到山村已是深夜。他眯瞪了两个小时，便跟工人一起上了山，让他感到意外的是，他们采到了一块理想中的“豆瓣石”，后来用它制作了一个大的随形盆景，在盆景展赛上获了大奖。

“真是天意呀！”傅先生对我说。

现在，“豆瓣石”已成为他制作盆景的主要石料。

以石为盆儿大胆创新

傅增杰玩盆景重视前人和大家的盆景艺术，但是他不墨守成规，执意要玩，就得玩出自己的独门儿。

所以，他敢于大胆创新，在山水盆景的制作上，他的最大贡献是发明了天然异形石盆。

您也许知道，中国人玩盆景讲究“一景二盆三架”。几千年了，玩盆景离不开这三样，而盆儿在这三样里为最要。

为什么叫盆景？有盆儿才有景。所以玩盆景的人也叫“玩盆儿”。

古人和今人，把盆景之盆儿算是琢磨到家了，石盆儿、瓷盆儿、陶盆儿、水磨石盆儿、玻璃钢盆儿。凡是能做盆的材料，人们都想到了，可是谁也没想到用天然的石头当盆儿，但傅增杰却想到了，要不说他是玩家呢。

2004年，傅增杰从外地进了20车大石头，每车有八九吨重，卸车的时候，他在乱石中发现有块石头造型奇特，便把它挑出来，用水一冲，他不禁眼前一亮：这块石头黄中带绿，还有一些墨色，形状如一把小提琴。

他翻过来调过去地摆弄，越琢磨越有韵味，竖起来的时候，俨然是一把天然形成的琵琶。

玩盆景的大师王希富看了以后说，还是像琵琶。

如何置盆儿呢？

傅先生想用汉白玉，又想用水泥贴砖，琢磨了两个多月，都觉得配不上这个“琵琶”。

用什么来搭配呢？他有时对着这块顽石，呆呆地能看几个小时。

有一天，他突然来了灵感，为什么不能用天然石头做个盆儿呢？

想到这儿，他不由得热血沸腾。是呀，为什么自己不能大胆地尝试一下呢？

于是，他和手下的技师曾凡双一起，在众多的石材中，选了一块大的燕山石，按它的形态在中间挖出一个盆状，再把那个“琵琶”往上一摆，配上几块小奇石，加上水和植物，从主峰到配峰再到盆儿，浑然一体。

设计完成后，连傅增杰自己都惊呆了，这真是神来之笔！

之后，傅增杰天天琢磨这件作品，并且将这一作品按白居易的诗意，取名“琵琶行”。

“琵琶行”问世后，受到京城盆景界专家的一致好评，原北京盆景协会副会长兼秘书长、清华大学美院教授刘玉楼，看了这件作品以后叹服不已，他情不自禁地挥笔，写下赞语：“几见山石盆景琵琶行拍案叫绝，其山石趣味皆系天成，真乃鬼斧神劈，盆池以天赐更属难得，其作真乃神品也。”

傅先生受此启发，从此在天然异形石盆上大做文章。这种创新，无异于是在中国盆景艺术上的一次“革命”。

用天然石当盆儿，一下使盆景设计造型进入了新的艺术领域。

这之后，傅增杰在设计盆景的选材上越来越宽，他把自己青睐的豆瓣石、千层石、燕山石、斧劈石、鸡骨石等天然石料，都作为制盆儿的原材料。

利用这些石材的天然纹理和造型，利用石头内的凹陷，或蓄水为湖，或以坡作滩，或以高平处置山，配以精巧的植物，使盆儿和景儿融为一体，师承画理，宛若天成。

这些随形盆儿制作的盆景，既有大自然的神韵，又有诗情画意，意境深远，真是“一石太华千寻，一勺江湖万里”。小小的盆景，咫尺之内而瞻万里之遥，方寸之中乃辨千峰之峻。

刘玉楼先生称赞傅增杰：“巧妙地运用了天然石材做盆儿，

这是傅增杰对盆景艺术的一大贡献，在中国盆景艺术史上也是一个创新。”

跟“棒栽”叫板拿大奖

傅增杰从天然的石头中获得了艺术灵感，又把艺术灵感还原于石头盆景的艺术中。诚然，他把每做出的一个盆景，都当成了一件精心制作的艺术品。

我到他的小汤山盆景艺术馆参观过两次，艺术馆里的每件盆景，犹如一幅幅山水画儿，这些盆景的名字也耐人寻味，或叫“将相和”，或叫“大地回春”，或叫“黄山云雾”，或叫“深山问路”，而且盆景前立有标牌，写着石料来源，艺术指导、设计者、制作人等。

您站在这样的盆景面前，按名会意，越琢磨越有味，真可谓匠心独具、余韵悠长。

2005年4月，南半球最大的花卉博览会暨第十届澳大利亚墨尔本国际花卉博览会，特邀傅增杰参加。

傅先生带着11件盆景作品参展，组委会专门为他设了一个展厅，参观的人络绎不绝。

老外纷纷向傅增杰伸出大拇指说“标替付”，傅先生不懂英文，以为叫他的姓呢。他纳闷老外怎么知道他姓傅呢？后来儿子告诉他，人家在夸他的盆景美丽漂亮。

参观者夸他，可是博览会快结束了，评委会的人却没到他的展厅参观。

原来，日本盆景艺术家也来参展，他们展的多是插花艺术。日本人把盆景叫“棒栽”，评委会的人以为，中国的盆景也是“棒栽”，因为参展的国家和地区很多，就没到傅先生的展厅来。

傅先生知道后，心有不甘，中国的盆景怎么能是“棒栽”呢？他是代表中国来参展的，不能在这么重要的国际博览会上栽面儿呀。

他让儿子做翻译，特邀评委们来展厅参观。这些评委们第一次看到艺术水平这么高的盆景，不由得大吃一惊，认为这些盆景富有创意，能反映中国盆景艺术的文化内涵。

评委会的委员一致同意，把博览会唯一的大奖“盆景文化金奖”授予了傅增杰。

这是中国山水盆景首次在这一博览会上获得大奖，傅先生也算给中国人争了脸。

在2005年第八届亚太地区盆景赏石博览会上，傅先生的参展作品“琵琶行”和“黄山云雾”，获得了“最佳杰作奖”和“特别贡献奖”。

与死神擦肩而过

连获几个国际大奖，让傅增杰在国际花卉盆景界出了名，同时也让他的盆景产品在国际市场的开发上，确立了应有的地位，许多国家喜欢盆景的人纷纷向他订货。

傅增杰的独门儿盆景越玩越大，他也把目光瞄向国际市场。从2006年开始，傅增杰制作的盆景，先后有近千盆儿出口美国、巴西、澳大利亚、新西兰、荷兰、德国、挪威、希腊、卡塔尔、阿联酋、日本等国家，还有中国的香港、澳门和台湾地区。

这真是“一招鲜，吃遍天”。由于要货的人太多，一时间，让傅增杰有点儿招架不住了。

话说2005年4月，在广交会上，傅增杰的盆景让人眼热，他在跟美国客商谈判中，人家一开口就订200多盆儿。

200多盆儿盆景数量可观，利润也让人心动，但怎么能按合同上的日期交货呢？他一时着急，加上积劳成疾，血压升高，突发脑溢血，晕倒在地。

也是老天爷有眼，没让年富力强的傅先生早早儿到他那儿报到，身边的儿子傅饶见状，赶紧进行抢救，并打120，保住了他的生命，但口歪眼斜，弹了“弦子”（北京土话：半身不遂）。

就是在这种情况下，傅增杰依然不忘盆景，紧急把从墨尔本大学刚毕业的儿子傅饶叫回北京，接替他完成跟美国人签的订单。

傅饶“青出于蓝而胜于蓝”，在澳洲留学时学到的知识，这下派上了用场。

他的脑瓜比老爸还灵，在出口盆景的包装上，采用瓦楞纸箱，解决了包装难题，而且所有出口盆景实行售后服务，一年三次上门修整。

现在傅饶已能独当一面，父子同玩盆景让傅增杰又爆了一个“冷门”。

老傅也是不向命运低头的人，经过一年多的悉心治疗和调养，身体已基本恢复，只是走路不太稳当，不细看，瞅不出有脑溢血的后遗症。

与死神擦肩而过，他依然宝刀不老，接着又跟儿子一起，操练起他的艺术盆景。

生命与盆景融为一体

这次与死神擦肩而过，让傅先生的心态变得平和了。虽说玩盆景可以陶情养性，但老傅毕竟是有脑溢血后遗症的人，医生劝他千万不能劳累，否则后果不堪设想。

可他是个闲不住的人，脑子里成天转悠的就是盆景，病情刚好转，他便奔深山去采石，仿佛他的生命与盆景已经融为一体，离开盆景，他的生命便没了根。

傅先生对我说，他的盆景事业才刚刚开始，他要养精蓄锐，准备再大干一场。进入2010年以后，他又扩大了基地的面积，而且计划到新疆、甘肃、广西、云南等地采石，增加石材品种，在国际花卉盆景市场上，将把中国的盆景艺术淋漓尽致地展现出来。

当年，傅增杰在北京昌平小汤山建的盆景艺术馆，在中国属于规模最大的，而且大批量出口盆景他是第一人。但他并不满足。

他对我说，中国人玩盆景历来属于文人墨客的雅好，现在搞盆景经营的，也多是分散独立的小打小闹，没有形成规模，很多人半途而废转了行。当年，北京没有人从经济和市场的角度看待盆景艺术，真正以生产盆景为主的企业，在工商部门登记注册的他是第一人。

让他遗憾的是，到现在我们国家没搞过盆景赏石文化的博览会，北京的盆景协会也只是一个民间组织，这些空白都等着有识之士去填补。

当年，傅先生也是雄心勃勃，他曾对我说，想把小汤山盆景艺术馆，打造成国际知名的盆景艺术企业，同时树立自己的品牌，寻求与国外大企业合作，搭建一个大平台，让中国的盆景成为世界性的艺术财富。

但由于身体上的原因，2015年后，这些成了他的一个梦想。2017年春天，我给傅先生打电话，得知他现在已移民澳大利亚。

不管怎么说，傅增杰先生从一个盆景外行，在一个偶然的机会，进入这个领域，并且大胆创新，发明了石材盆儿随形造景的独门儿艺术，开辟了盆景艺术的新领域。

难能可贵的是他思想解放，目光远大，有经济头脑，把中国的盆景推向国际市场，并且打出一片新天地，为后人铺了路。

『核桃卢』

在核桃上雕出大千世界

旧京小市图
时在壬辰年岁夏月大暑小雨霏霏

乾隆爷的掌上“日月”

有这样一首诗：

掌上旋日月，
时光欲倒流。
周身气血涌，
何年是白头？

您知道这是谁写的吗？再问您一句：您知道这首诗写的是什么吗？

不是难为您，如果不是玩主，一般人还真猜不出来。

别让您费脑子了，告您吧：这是写文玩核桃的诗。谁写的？就是那位中国历史上300多位皇上里，活得岁数最大的那位乾隆爷。

说到这儿，您就明白了，乾隆皇上说的“掌上”能“旋日月”的核桃，不是人们通常吃的核桃，而是北京人喜欢玩的山核桃，即文玩核桃。

乾隆爷号称是目前为止，写诗最多的人。据有关史料记载，他一生共写了四万多首诗。这首小诗在乾隆的诗集里，看起来好像不起眼，像是他不经意，信手拈来的诗，但是您要细细品味，这首小诗却把玩文玩核桃的妙处，写得淋漓尽致。

小小的文玩核桃在手里来回揉捏，如同在掌上旋动的日月。

这是何等的境界呀？

当然，处于这种境界之中，也就忘了生活中的烦恼与忧愁，感受着神仙般的意境，仿佛时光倒流了。

文玩核桃在您手中不停地旋揉，周身的气血也会随之而动。每天如此，您会越活越有精气神，也会越来越年轻，不知道何年何月会老？

玩文玩核桃的好处，真是妙不可言。不知您是不是也玩文玩核桃？如果玩，是不是也有乾隆爷的这种感觉？

看起来，乾隆爷的这首诗，像是在给文玩核桃做广告，其实，北京人当初玩文玩核桃的时候，乾隆爷还没写这首诗。或者说，乾隆爷知道北京人玩文玩核桃，他也跟着玩，玩出美妙的感觉，才写的这首诗。

这都是一种猜测。但可以肯定地说，北京人玩文玩核桃在前，乾隆爷玩文玩核桃在后。因为从现存的史料上看，至少在明代，北京人就已经以揉核桃为乐事了。

当然这不是出自正史，正史也不会记这个，它出自明人的《笔记》。

天启皇上的独门儿核雕

明代有个天启皇上朱由校，不但木匠活儿做得好，打出的家具，让宫里的木匠汗颜，而且爱玩核桃，不但把玩核桃，而且自己还会雕刻山核桃。

野史中谈到这位爱玩的皇帝，有“玩核桃遗忘国事，朱由校御前操刀”的掌故。

不过，这位爱玩核桃的皇上，跟后来写“周身气血涌，何年是白头？”的乾隆爷没法比，人家活了八十九岁，他只活了二十三岁。

到了清代，玩，成了天子脚下臣民的生活主题。爱玩的北京人讲究平时手里不能闲着，大小得有个“抓挠儿”的物件。

平民百姓手里玩的东西不少，除了被称为“手捻儿”的小葫芦、象牙、玉器等“手把件儿”之外，就得说是山核桃了。当时，北京人还不兴玩手串儿，因为那会儿，手串儿还叫“念珠”，是寺庙里和尚的专利。

老百姓玩得美，才有可能引起那些王公大臣、包括宫里的皇上赏识。甭管什么玩物他们一上手，这东西就“金贵”了。民间最好的东西也都跑到他们手上了，再加上乾隆爷的诗，所以，山核桃也就沾上了“文气”，变成了文玩核桃。

当然，一加“文玩”俩字，核桃的身价也就不同一般了。据史料记载，清末的文玩核桃，便与竹雕、木雕、匏器等列为文化人赏玩的器物。

清末，京城曾流传过“贝勒爷手上有三宝：扳指儿、核桃、笼中鸟”的说法。

乾隆爷玩文玩核桃，并非出自稗官野史，是有实物为证的，现在北京故宫博物院仍保存着十几对乾隆皇上揉过的文玩核桃。经过二三百年，核桃的色儿已经变成了棕红，表皮包过浆后，润泽如玉。这些核桃分别装在精致的紫檀木盒内。

末代皇帝溥仪在《我的前半生》中，对此特别书了一笔，描述如下："在养心殿后面的库房里，我还发现了很多有趣的百宝匣，据说是乾隆的玩物。百宝匣用紫檀木制成，其中一个格子里，装有几对棕红色的核桃和一个雕着古代人物故事的核桃。"

您看明白了吧？溥仪写得很清楚，那些核桃是乾隆的玩物。

早年间，玩核桃的人讲究，玩新核桃三年之内，不能让别人上手揉，怕破坏了"血气儿"，影响核桃上色。

新核桃上色要经过"三冬两夏"，也就是说至少三年。这三年只能自己玩，让核桃吸收自己的"血气儿"。

再比如说，揉核桃有许多手法，如揉、搓、捏、扎等。讲究的主儿，这对核桃可以在手里随意把玩，但不能让它出声。因为在他们看来，核桃在手里揉得咯咯直响，有失体面。

您瞧，揉山核桃不但能起到保健作用，还属一种雅玩呢。人们是在雅玩之中，赋予了山核桃很多文化内涵。

贝勒爷核桃里的"密电码"

宫里皇上玩的核桃，当然是精挑细选的贡品。其实，真正把山核桃玩成宝物的还是民间的玩主。因为山核桃是野生的，一旦成为文玩，便会形成一帮专门玩这个的玩主，这些玩主为了玩出成色来，便会用心去琢磨它，民间也会有人上心去经营它。

于是什么品种的山核桃能上手揉，揉了以后能包浆上色？什么形状的山核桃能成为上品？什么样的核桃不值得一玩？便在玩山核桃的人眼里形成了尺度和标准。

到了清末，北京人根据文玩核桃的品种、品相、品质和形状，冠以其名，形成了“四大名核桃”的说法。

这“四大名核桃”是：“狮子头”“官帽”“公子帽”“鸡心”。这四类山核桃里，以“狮子头”和“官帽”为上品。

这种说法一直流传到现在，不过，人们在此基础上，根据山核桃的形状，种类又加以细化，如“狮子头”是一个大类，下面又分为：“虎头”“磨盘”“三棱”“四棱”“四座楼”等。

文玩核桃跟其他古董一样，在“文革”期间，遭到了扼杀。当时，在造反的红卫兵眼里，凡是老玩意儿都属“四旧”，凡是“四旧”，“必破”无疑。

而那个跟老北京文化紧密相连的“玩”字，也成了“罪孽”。在那个年代，谁还敢在大庭广众之下，手里揉山核桃呀？可怜这小小的山核桃也成了时代的“牺牲品”。

“文革”中，流传过这样一个段子：一帮红卫兵去抄一个贝勒爷后代的家，贝勒爷后代的家里肯定有不少古董。红卫兵在砸摔这些古董的时候，发现两对包了浆的文玩核桃。他们不知道这是干什么的？问贝勒爷后代：“这是什么东西？”

贝勒爷后代如实相告：“核桃。”

“胡说八道！”红卫兵小将当然吃过核桃，但吃过的核桃跟这两对核桃“长”得不一样呀！这是两对“官帽”，其中一对还是四棱，有鹅蛋那么大，而且还包了浆，您想跟平时吃的核桃能一样吗？

“从哪儿来的？”红卫兵厉声问道。

“是从我爷爷那儿传下来的，这是在手里揉着玩的核桃。”贝勒爷后代说。

“骗人！”红卫兵只知道核桃能吃，没听说核桃还能玩，认准了贝勒爷后代在欺骗他们，于是给了贝勒爷后代一顿皮带。

打完了接着让贝勒爷后代交代，这鹅蛋大小的东西到底是干什么的？贝勒爷的后代老实巴交，只能实话实说，但红卫兵小将就是不信，可是他们也琢磨不出来这核桃是干什么的。

突然有个红卫兵说，这会不会是特务组织的密电码？也许他刚看了样板戏《红灯记》，才有这样的联想。

也是巧劲儿，刚好这位贝勒爷后代解放前在国民党党部当过差，而且在抄家时发现了国民党的党旗和党徽。

一句话点醒了红卫兵的想象力，他们认准这核桃里有密电码。贝勒爷的后代怎么解释也没用。

红卫兵又是一顿皮带，把贝勒爷后代抽得遍体鳞伤，昏倒在地。这帮人为解开密电码，把这四个文玩核桃又一一砸开。诸位有所不知，山核桃跟能吃的核桃是不一样的，里面几乎没有能吃的东西。当然，更没有什么密电码。

红卫兵们又纳闷了，这是什么东西呢？是核桃，里头没有仁儿，不是核桃，长得又像核桃。于是，又抡起皮带接着拷问那位贝勒爷后代。

贝勒爷后代说，你们都把它砸了，能不能吃还用问我吗？最后，红卫兵还是把这两对文玩核桃，当成了能吃的核桃。

文玩核桃在“文革”中遭此命运，谁还敢玩呀？这小玩物慢慢儿地也就淡出了北京人的视线。

直到“文革”结束，改革开放了，一些老北京人才翻出尘封的箱子底，把藏在家里的这对小玩意儿给“请”出来，敢在手里把玩了。

不过，经过这么多年的折腾，上过手、包过浆的老山核桃存世的已不多见，人们开始把视线投到没上过手的新核桃上。

由于新中国成立后，政治运动一个接一个，揉山核桃属于“玩物丧志”，懒散庸俗的象征，不招人们待见，玩山核桃的人越来越少。

那些野生的山核桃树，也没人重视和保护，有些成材的树，因为结的果不能吃，遭到人为的砍伐，所以，一般的野生山核桃树也不多了，更别说能长出品相好的“四大名核桃”的树了。

因此，到1980年前后，即使是新的山核桃，也成了稀罕物。北京人就是在这种背景下，兴起的新一轮玩山核桃之风。我也恰在这时候认识的“核桃卢”。

老中医开药方：揉核桃

卢晓荣是地道的老北京人，瘦高个儿，无冬历夏留着寸头，长脸浓眉，一对小眼炯炯有神，透出几分憨厚，又有几分精明。

他是从20世纪80年代开始玩文玩核桃的，因为与文玩核桃相伴了三十多年，在圈儿里小有名气，文玩核桃已成为他生命的一部分，所以，人们见了面都叫他“核桃卢”，而实际姓名卢晓荣反倒很少有人叫了。

我与卢晓荣认识的时候，是20世纪90年代初，说老实话，当时，北京玩核桃的人寥寥无几，而且很多老百姓还不知道什么是文玩核桃。

卢晓荣比我小几岁，跟我一样，经历了“文革”，也经历了改革开放。他父亲是原北京市百货公司的干部，当过前门自行车商店的头儿。在计划经济年代，这个自行车商店在京城面积最大，也赫赫有名。

卢晓荣的父亲文化水平不高，但安分守己，做人本分，属于比较“正统”的那类北京人，对胡同里老北京人的“玩”，固守着自己的观念，认为那是“不务正业”，所以，他除了工作，就是上班，几乎没有什么业余爱好。

在这样“正统”的老八板儿父亲的熏陶下，卢晓荣的业余爱好也不多，何况经历了“文革”，许多老北京人玩的东西都被当成“四旧”给破了，所以，卢晓荣脑子里，一天到晚想的都是工作。在工作中，他也的确干得很出色。

可谁能想到他会得病呢？而且得的是糖尿病。三十多年前，人们对糖尿病的认识还很肤浅，得这病的人也不多，卢晓荣也只知道这病发展下去的危险，而且还是不治之症。

他歇了病假，四处寻医问药，看了西医看中医，本来身体还算结实的他，经过两年多的疾病折磨，像变了一个人，整天忧心忡忡。

那会儿，他才40岁出头，糖尿病让他精神萎靡，食欲不振，天天守着药罐子，痛不欲生。

有一次，朋友给他介绍一个老中医。老中医给他把过脉以后，对他说："你的病不是血糖高引起来的。"

卢晓荣拿出一大摞化验单，对他说："您瞧我的化验单，血糖一直很高，吃了多少药也下不去。不是血糖高引起的，是什么引起的呢？"

老中医笑着对他说："照你现在这样，你再吃几年降血糖的药也没用。你没治到根儿上。因为你的病因不在血糖高。"

"那在哪儿呢？"卢晓荣纳着闷儿问道。

"在这儿。"老中医指了指他的胸部，说道，"你得的是心病。"

"心病？我心脏没毛病呀？"卢晓荣说。

老中医听了呵呵乐了，说道："你心脏没毛病，但你的心理出了问题。本来血糖高不是什么要命的病，但你现在成天焦虑不安，过度忧思，自然会影响其他脏腑功能。所以，你当务之急不是降血糖，而是治心病，心病治好了，再吃降血糖的药也就灵了。"

"治我的病吃什么药呢？"卢晓荣问道。

老中医笑着说："你这是慢性病。治慢性病不能着急，得慢慢来。"

晓荣笑道："您说吧，我不怕慢。这病已经把我折磨成慢性子了。”

“那就好。”老中医笑道，“我的方子非常简单，你知道山核桃吗？每天到公园、河边，一边走一边揉，核桃不离手，手不离核桃，天天如此，同时再吃降血糖的药，两年以后，血糖不正常，你来找我。”

“真的吗？”卢晓荣听了，像遇到了救命恩人，站起来，连忙给老大夫打揖行礼。

踏破铁鞋找核桃

揉山核桃就能治好他的糖尿病？老中医言之凿凿，卢晓荣不能不信。但这会儿他还没见过山核桃，不知道山核桃什么样呢。

他问身边的朋友。正好这位朋友的爷爷手里有一对“楸子”。“楸子”也属山核桃，只不过跟“四大名核桃”相比，档次低一些。

通过这对“楸子”，卢晓荣知道什么叫山核桃了，但当时要买山核桃可就难了，卢晓荣走遍京城，没有一个地方卖这个的，他为此发了愁。

一个朋友对他笑道：“山核桃买不到，实在不行，你找两个能吃的核桃揉吧。”

但卢晓荣是个干事儿喜欢钻牛角尖儿的人，他不信自己在偌大的京城找不到山核桃。在店铺买不到，在别的地方能不能买到呢？

被逼无奈，他憋出一个主意，在大街面儿上淘换，见谁揉山核桃，就上去搭讪，求人家转让。这招儿倒有点儿像当年北京的年轻人上街“拍婆子”。“拍婆子”也是漫无目的的满大街踅摸。

但在街上转悠了几个月，卢晓荣也没发现有揉山核桃的，这下他感到有些失望了。山核桃，上哪找去呀？老中医是不是在跟我开玩笑呀？在迷惘之中，他甚至怀疑起那位老中医了。

真是天无绝人之路。就在他心灰意冷，断了找山核桃的念想的时候，他遇到了一位“贵人”。

这位“贵人”，实际上是一位路人。

那天，卢晓荣正在公园溜达，一位70多岁的老头儿从他身边走过。他一抬头，蓦然发现老头儿手里有个物件，再一细看，不由得“周身气血涌”，原来老爷子手里揉着一对核桃。

他身不由己地追了上去。“大爷，您手里的核桃我能看看吗？”他对那位老爷子说。

老爷子看他的样子挺憨厚，笑着把手里的核桃递给了他，问道：“怎么，你也喜欢玩这个？”

卢晓荣一看这核桃，便爱不释手。这对核桃是典型的“狮子头”，呈枣红色，如油浸一般，温润如玉，至少揉了有五十年，核桃的纹理已经快磨没了，但晓荣当时还不懂什么叫“狮子头”，只是感觉这对核桃握着很惬意，手感非常好。

“喜欢玩，但没有。大爷，跟您商量商量，您这核桃能不能匀给我？”卢晓荣憋了半天，跟老爷子打开天窗，说了亮话。

“什么？这核桃是我父亲传下来的，到我手上都快三十年了，匀给你？想什么呢？”老爷子瞪起了眼睛。

“我想您会匀给我。我要您这对核桃有用。”晓荣央告道。

“你有什么用？”老爷子问道。

“我用它治病。”晓荣说。

“治病？治什么病？”老爷子纳闷问道。

“治糖尿病。一个老中医给我开的方子。”晓荣坦诚相告。

老爷子哈哈笑了起来，揶揄道：“小伙子，说瞎话都不会说，核桃治糖尿病？你呀，哪儿凉快哪儿待着去吧！”说完，要过核桃扭头走了。

您说卢晓荣这不是自讨没趣吗？一般人要是碰上这种臊眉耷眼的事儿，也就善罢甘休，真找个凉快的地方待着去了。但卢晓荣则不然，他要是碰个钉子就回头，还是“核桃卢”吗？

穷追不舍买到第一对核桃

卢晓荣望着老爷子的背影，没有叹气，反倒自责起来：他跟人家素不相识，上来就要买人家手里正揉着的核桃，这不是夺人之爱吗？别说这老爷子，换了谁也会跟你瞪眼。老爷子这还算给他面子，换个愣主儿，给你两个耳刮子，你不也得受着吗？

想到这一层，他倒是觉得这老爷子挺仁义了。既然老爷子仁义，他当然不能放弃那对核桃。于是他在老爷子身后，一直跟他到了小区门口。

第二天，卢晓荣很早就在小区门口等这老爷子，果然老爷子有遛早的习惯。他佯作又一次与老爷子邂逅，二人边走边聊，东拉西扯，家长里短，就是不聊核桃。

临分手时，卢晓荣跟老爷子俨然已经成了朋友，俩人各自留下了住址，相约常联系。

转过天，晓荣拎着“二锅头”和点心匣子，又奔了老爷子住的小区，这次他直接上了老爷子的家。

俗话说，拳头不打笑脸人。老爷子一看晓荣带着礼来的，觉得不好意思。不过，他不糊涂，已经看出晓荣的殷勤和热情，是奔着什么目的来的，但他并没点破这层窗户纸。而晓荣也跟他装傻充愣，不提核桃俩字。

临近中午，晓荣执意请老爷子在老字号烤肉宛吃了顿烤肉。老爷子的儿女不在身边，平时忙工作，很少过来看他，下馆子的时候更少。这顿饭，让老爷子深为感动，但晓荣仍然不提核桃的事儿。

过了几天，卢晓荣又拎着两条活鱼来看老爷子。这回，老爷子终于忍不住了，拿出那对核桃，对晓荣说：“大侄子，你要是真喜欢它，就拿走，算我送你的一个纪念。咱爷儿俩有缘呀！”

卢晓荣这些天，一直在等老爷子这句话，现在这句话终于从他嘴里说出来了，他抑制不住内心的激动，一把握住老爷子的手，说道：“真是人心换人心呀！”

他向老爷子讲起得病的痛苦和老中医的良方，又讲起自己寻找核桃的苦衷，以及遇到老爷子的惊喜。

老爷子听他这么一说，不由得五内俱热，一定要把这对核桃送给晓荣。

晓荣哪里肯白要老爷子的两对核桃，转过天，向朋友咨询最好的山核桃的价位，人家说出了一个傻子数：二百五。当时，一个在职职工的月薪不过七八十元人民币。但晓荣实在，现跟朋友借了200块钱，又拿出自己的50元现金，给了老爷子。

原来，老爷子也询问了核桃的价位，多少知道一些行情，所以卢晓荣给他250元，他坚决不要，俩人争执半天，老爷子才收下150块钱。

就这样，卢晓荣买到了自己有生以来的第一对核桃。

揉核桃治好了糖尿病

虽然这对核桃人家已经揉过了许多年，但卢晓荣仍像揉新核桃那样每天不离手，体会揉核桃的妙处。

当时，社会上很难见到中青年的人揉核桃，人们从老人和影视里得到的印象，只有上了年纪的人才揉这东西，所以，卢晓荣揉山核桃走在街上，被人视为另类。

但他最初揉核桃完全是为了治病，所以并不管别人怎么说。他在揉核桃的过程中，看了不少医书，明白了手上有70多个穴位，这些穴位的具体位置，以及它们都有哪些功能。所以，他揉核桃不是瞎揉，而是有针对性地用核桃按压相关的穴位。

晓荣属于有心人，在揉核桃的过程中，坚持把自己揉核桃的体会都作了日记，后来，他总结出揉、捏、搓、扎等揉核桃的几大手法。

在揉核桃的同时，他遵照老中医的嘱咐，按时吃降血糖的药，坚持每天多走路，而且他一直不吸烟、不动酒，所有这些对他调理身体机能，都起到了有利作用。

晓荣揉核桃坚持了半年，睡眠好了，吃饭香了，精神状态有了明显的好转。

这时候，在京城的旧货市场，开始有小贩卖山核桃了。他结识了两个卖山核桃的小贩，从他们手里买了两对新的核桃，开始体验揉新核桃的感觉。

在揉了一年核桃的时候，他去验血糖，已经明显降低，他内心的喜悦难以表达。高血糖顽固得像一座冰川，几年时间他都没穿越过去，这期间，他不知吃过多少药，也不知花了多少钱。医生已经把他的病定为“不治之症”。

但是想不到揉山核桃，居然让他翻越了冰川，把血糖降了下来，这让他看到了希望，看到了曙光。他坚信老中医的话，两年以后再看结果。

时间是最好的化验单。不到两年，卢晓荣再验血糖的时候，血糖已经正常。医院的医生问他吃了什么灵丹妙药，晓荣亮出手里的核桃说：“它就是灵丹妙药。”

医院的大夫听后，扑哧乐了：“您可真会开玩笑。”

是呀，不但是这位西医大夫，估计您听了晓荣的话，也会觉得这是玩笑话。

怎么可能呢？揉核桃能治糖尿病，这不是天方夜谭吗？

但卢晓荣用自己的实例告诉您，这是真的。揉山核桃确实能治糖尿病，但是，您得接着往下看，您在揉核桃的同时，一定得坚持吃降血糖的药，二者缺一不可，吃药是主要的，揉山核桃只是一种辅助手段，或者说揉核桃能起辅助治疗作用。

后来，卢晓荣对揉山核桃的好处，又做了深入的研究，发现揉山核桃对许多疾病，都有辅助治疗作用，这是因为手上的穴位，与全身的血脉和五脏六腑都是相通的，您用山核桃的尖儿，不停地按压刺激这些穴位，怎么能不起作用呢？

晓荣告诉我："最见效的是缓解疲劳或缓解突然的头晕眼花，如果遇到这种情况，您用山核桃的尖，按压和刺激手上的劳宫穴，会很快起到缓压和醒脑作用。"

是不是真有这么奇妙，您可以揉揉核桃试一试。

核桃树的梦想

卢晓荣对揉核桃的妙处是深有体会的，自从血糖正常之后，他想把这一奇妙的治疗方法告诉每一位病友，所以，经常手里揉着山核桃去"布道"。

朋友见他一脸执着的神情，对他说："得了，你别光来现身说法，干脆直接卖山核桃得了。"

这句话倒是一下点醒了他。当时他所在单位不景气，正在改制，职工可以停薪留职，也可以买断工龄下岗。他想卖山核桃倒是一条生路，于是，咬牙跺脚，干起了这个买卖。

干就干呗，干吗要咬牙跺脚呀？因为当时北京很少有人玩山核桃，市场有做这买卖的，但山核桃主要是新核桃，即当年从树上摘下来的核桃。

您且看明白，那会儿，所有的山核桃都是野生的，人们还不知嫁接的山核桃什么样。

野生山核桃的货源得自己去找，而且野生核桃的生长周期不一样，遇到天灾，可能会不结果儿，颗粒无收。因此，做这买卖等于靠天吃饭，具有一定的风险性。

在这种情况下，卢晓荣只能先小本投资，一点一点儿地试水，然后再搞大的动作。他面临的第一个问题是寻找货源。做买卖，您首先得有东西卖呀。

当时，新核桃的品种主要是“鸡心”“楸子”“灯笼”等，像“狮子头”“官帽”“公子帽”，以及后来新添的“虎头”“罗汉头”等，在市面上很少见。

“鸡心”“狮子头”“官帽”等品种，主要产地是在太行山和燕山山脉的北京门头沟、房山、河北和山西的北部地区等，“楸子”的产地是东北地区等，“灯笼”的产地是陕西地区等。

现在山核桃已经“臭街”了，到处都有卖山核桃的地方，但是二十多年前，您别说买山核桃，就是到山里去淘换生的山核桃都很难。

卢晓荣只知道山核桃的产地，但产地大了，到哪儿去找核桃树呢？当时，没有人来指点，只能自己去蹚道儿。

那些年，为了找到山核桃的货源，他真是吃了很多苦。忍饥挨饿，风餐露宿是常事儿。有一次在山西的大山里找核桃树，他从几十米的峭壁上摔下来，多亏树农抢救及时，否则，他的小命就交代在山上了。

人心都是肉长的，后来，山里的树农一传十，十传百，都知道了从北京采购山核桃的卢晓荣，每年打下来的核桃都给他留着。

“白露打核桃，霜降摘柿子”。那几年，卢晓荣最忙的时候是立秋之后，每年的这个季节，他便动身到产地收购核桃，北方大部分山核桃产地他几乎都去过。“一回生，二回熟，三回吃饭在炕头。”几年之后，他跟产地的农民建立了很好的业务关系。

玩核桃让他结识名家

卢晓荣属于做事谨慎的人，在经营山核桃上，采取的是稳扎稳打策略，并不急于求成，他只收购现成的、眼睛能看到的果儿，最初连带皮的青果儿都不要。

他经营山核桃的时候，还没有包核桃树一说，所谓包树，就是把农民的核桃树给包下来，一年给他多少钱，秋天结出多少核桃都是你的。

当时有人劝他包树。那会儿，北京做核桃买卖的超不过20人，如果他答应，真是捷足先登了。

后来被媒体炒作的河北涞水南安庄的“狮子头”树，他当年去的时候还有四棵，后来死了两棵，他跟那儿的树农很熟，如果他愿意，一年两三万元就可以把这两棵树包下来，但是他没动这个念头。

后来，又死了一棵树，硕果仅存的那棵，被人一年花40万元给包了。承包的核桃商为了防人偷核桃，在树的周围装上了铁丝网和摄像头，还在树旁拴着狼狗，媒体曝光后，这棵树成了名树。

朋友看到这个消息，对卢晓荣说："要是当初你把这棵树包下来，早就发了。"

卢晓荣嘿嘿一笑说："我可没这野心，也没这么大胃口。"

卢晓荣从小受父亲的言传身教，信奉安分守己、本分做人的人生原则，未曾做事，先学做人。所以他在经营核桃时，把诚实信誉摆在第一位，而且做事踏实，比较低调。

当时北京人对揉山核桃的好处知之甚少，玩核桃的人主要集中在有范儿的老北京人、商界老板、书画界的画家、演艺界明星，以及部分白领，充其量有几千人，所以，当时能卖出几对核桃不容易。

正因为如此，卢晓荣一直没有开门店，只在天宁寺设了个摊位，以此为点，招揽回头客。

由于他在经营上，先以感情投资，跟人建立良好的诚信关系后，再在卖出的核桃上获取较少的利润，所以，很快聚集起一批玩核桃的朋友，这些朋友再对他进行口碑宣传，吸引新的买主。

这是最古老的经营模式，显然这种模式已经落后，但他依然固执地坚信自己的真心实意，会换来源源不断的客源。

也许当时核桃的购买群属于小众，他的这招儿倒也赢得一些玩主的信任，同时，他也和许多商界和演艺界的名人如马季、马德华、李增瑞等成为好朋友。

从玩核桃到写核桃

其实，就我对卢晓荣的了解，他不是一个纯粹的买卖人，与其说他是买卖山核桃，不如说他是玩山核桃。

您说做买卖有这样的吗？熟人到他这儿买核桃，他拿出几对核桃让您挑，然后对您说：看着好，您拿走。您问：多少钱？他说：您看着给吧。明明标价1000块钱，您给他800块钱也行，300块钱也行，甚至给他50块钱，他也不会让您再添点儿。

这是做买卖吗？

假如他的熟人只有五个六个也行，问题是您到他那儿买过核桃，就算熟人了。您想他的熟人有多少吧？“核桃卢”的绰号就是这么来的。

我曾经问过他：“你一年到头四处奔波，能挣多少钱？”

他苦笑道：“挣什么钱呀？我就是一个玩。”

他说的不是虚话，他是京城最早玩核桃的那拨人里的佼佼者，那些年，他玩核桃东奔西跑地够玩命的，但直到我认识他时，他仍然住在自己的老房子里，甚至连汽车都没买，出门还坐地铁呢。而在他之后玩核桃的，有的已经成了大款，租店买车买别墅了。

我结识卢晓荣是1998年，他玩核桃已经出名了，当时他正在琢磨出一部有关玩文玩核桃的书。因为我当时在《北京晚报》主办“京味报道”专版，每周以一个整版的篇幅介绍老北京文化，在北京市民中有些影响。卢晓荣是看了我在“京味报道”专版上的文章，找到我的。

说老实话，在认识卢晓荣之前，我对文玩核桃还没接触过，是在跟他的多次聊天中，我才对老北京人掌上的这个玩物有了认识，再加上晓荣送给我两对“鸡心”，我每天把玩揉搓，渐渐对玩核桃的妙处有所体会了。在跟卢晓荣聊天时，他告诉我想出一本写山核桃的书。

“写书？为什么要写书呢？”我有些纳闷地问他。

他对我说，这些年，玩文玩核桃有许多体会，北京玩核桃的人越来越多了，但是许多人玩核桃是跟风，看别人玩，自己也跟着玩。玩核桃有什么好处，进一步说文玩核桃有什么文化内涵，他们却并不知道。有些老北京人玩了一辈子山核桃，但您让他说出这里有什么“道道儿”，有什么文化，也未准说得上来。所以，要把玩文玩核桃往正道儿上引，很需要有一本有关山核桃的书。

我当然支持晓荣的想法，而且我还鼓励他挑战自我，填补这个空白。

一本书点了一把“火”

空白？没错儿，是空白！咱们前文说了，中国人玩山核桃至少始于明代，这是有文字记载的，实际上也许年头更长。

也许是中国人玩的玩意儿太多了，小小山核桃不值当为它去费心思琢磨，所以，国人玩了七八百年的山核桃，但截止到卢晓荣这儿，有关把玩山核桃的专著却一本也没有，您说在图书出版方面，这是不是一个空白？

填空是比较难的事儿，因为您没有依托和依靠，只能自己去搬砖和泥。为写成这本玩山核桃的书，卢晓荣真是下了功夫。

他对我说：“难在没有任何历史的和现实的资料可查。我先到的国家图书馆，后到的首都图书馆和国家档案馆，接着又跑了几个区、县的和大学的图书馆，别说有关山核桃的书，就是相关的资料也没有。让我感到不解的是，连国家图书馆和首都图书馆的资料库，也没有关于山核桃的任何资料。”

真是一张白纸，白纸一张。也就是卢晓荣有这种耐性和毅力，换了别人也许早就打退堂鼓了。

没辙，他只好独辟蹊径，从植物学和林业方面的书里寻找有关核桃的资料，最后终于找到一本从植物学的属类写核桃的书，作者是郗荣庭，是拿过世界冠军的乒乓球运动员郗恩庭的哥哥。

这本书只能在树种的认识上，给卢晓荣提供一些帮助，其他关于山核桃的历史文化，包括文玩核桃的起源、属性、品种，文玩核桃的功能，如何挑选，怎么玩，怎么保护等，都需要他查找历史资料和根据自己多年玩山核桃的经验体会来写了。

卢晓荣属于被“文革”耽误的一代人，充其量也就是高中文化水平，而且平时很少动笔写东西，现在居然要写本书，对他来说的确是一个挑战。

他对我说：“写这本书，实际上是一个学习的过程，有许多生僻字和学术上的术语，我得查字典。尤其是在文字表述上，别看平时嘴上能说，但变成文字，还是显得非常吃力。”

但他干什么事儿都非常执着，不达目的死不罢休。这本关于文玩核桃的书，就是他花了两三年时间，一点一点儿“吭哧”出来的。以他的文化水平能写出这本书，用呕心沥血来形容并不为过。

我见到这本书的初稿，已经是2005年了。卢晓荣不会用电脑，书稿是手写的，厚厚的稿纸装在塑料袋子里，拿着挺沉。

“你拿去看看，帮我润润色。”晓荣恳求道。

“好吧，我先看看。”我答应了他的请求。

那时，我在报社又当记者又当编辑，一天到晚实在太忙，但我还是用了几个晚上，把他的书稿看完。我感觉这部书稿，在布局谋篇和行文上有些乱，在结构上也需要重新梳理。

我约晓荣出来，就这部书稿单聊了一次，把我的意见告诉他，劝他再做修改。

“写一本书哪儿那么容易，且得改呢。”我对他说。

“要不你帮我修改吧，出版时署咱俩的名字。”他说得十分真诚。

我当然不会这么做。这本书他吭哧吭哧写了三四年，署我名，这不是夺人之美吗？

“怎么，七十二拜都拜了，就差一哆嗦了，你想脱身了？那怎么行？不是你的风格呀！”我对他说，“这种专业类书跟文学作品不一样，只要你把要说的话写清楚就可以了，所以，需要的是知识和经验，不需要什么文采，你自己完全有这个能力。再者说，写这本书，你就是杨利伟，第一个太空人。以后可能会有许多人写有关山核桃的书，但你是第一个呀！”

在我的开导下，他又花了一年多的时间，把这部书稿重新整理了一遍，他又把书稿拿给我看，这回书稿整理得有了书的模样。

当时，出这类书需要自费。卢晓荣几经周折找到了文物出版社，他们答应出版，但要求我为这本书写序。我当仁不让。

书出版后，现在的中国书法家协会主席苏士澍先生，当时是文物出版社的社长，请我和晓荣在社内食堂吃了顿饭，表示祝贺。

在这本书出版发行之前，我在《北京晚报》的“京味报道”专版上，用一个版的篇幅报道了“核桃卢”玩山核桃的事儿，在社会上引起点反响。不久，晓荣的关于山核桃的书出版。一篇报道和一本书如同助推器，使小小的山核桃在市场上迅速升温。

苏士澍先生也是通过出版这本书，才认识文玩核桃的。他当时说了一句话：“但愿这本书对人们玩核桃，能起到点化作用。”

岂止是点化，后来的市场发展证明，这本关于山核桃的书，等于在核桃市场上点了一把“火”。

男女老少“闹”核桃

现在，回过头看京城的山核桃市场的癫狂期，应该在2008年到2011年。在此之前，市场是相对平稳的，那会儿的山核桃市场主要有以下特征：

人们对文玩核桃的认识刚刚开蒙，而且就是把它视为一种把玩健身，或者纯是拿着玩的小玩意儿，并没想到它的商业价值。

经营文玩核桃的多属小商小贩，还有一批像卢晓荣这样，带着玩的心态的经营者，因为利润不大，谁也没指望靠卖山核桃发大财，更没有人把它作为投资的商业项目。

当时市场上的核桃，几乎都是野生的，看不到嫁接的品种，所以不论是什么品种，个头都不大。那会儿，还没出现用卡尺来量尺寸，以多少公分大小论价的情况。

那会儿好的核桃的标准，不是个儿大小，而是品相好、两个核桃长得像、底平、棱多、翅（核桃的两翼）大、手感重等为上品。从核桃的品种来说，上品为“狮子头”“虎头”“官帽”“公子帽”等；中品为“鸡心”等；下品为“楸子”“灯笼”等。

当时人们买核桃主要是自己玩或者送朋友，很少有人拿去倒卖的，所以没有投机性。

正是由于以上原因，当时的山核桃价位不太高，品相非常好的“鸡心”，不过二三百元，特别好的，也就是500元左右；上品的“狮子头”“官帽”在千元左右，极品超不过一万元。山核桃的这个价位，一般老百姓都能玩得起。即便是搞收藏，极品的价位也能接受。

但是在2006年后，市场上的山核桃便开始发生嬗变，最初是我在《北京晚报》上，写的那篇关于山核桃的文章，让很多北京市民对山核桃有了新的认识。

当时的《北京晚报》，在媒体中常常有一种新闻的引领作用，晚报报道的事儿，其他媒体往往要跟着采访报道，特别是我的那篇报道，提到了卢晓荣揉核桃治好了糖尿病，所以这成了新闻，好像山核桃是人们刚发现的“新大陆”。

于是，昔日甘于寂寞的山核桃，像出阁的小家碧玉，堂而皇之地走进北京人的视野，一时间，玩山核桃成了热门。

这轮新闻轰炸硝烟未息，电视台做的专题节目出来了，有所谓专家出场，谈文玩核桃的文化和收藏价值。这时的山核桃不只是自己揉着玩，也不是揉它治糖尿病了，原来它有收藏价值！

这种提法颇能撩拨人意，让许多人蠢蠢欲动。此时，市场上的核桃价位开始攀升，原来卖500元的“狮子头”，在几个月之内涨到了1000元以上，就连不起眼的“鸡心”也由原来的200元，涨到了500元。

核桃从文玩到全民“热”

转眼到了2008年，电视台的“收藏”“淘宝”类节目开始火爆，随着民间收藏的升温，这类节目的收视率一直居高不下，文玩核桃也成为节目的一个热点，引人关注，手串儿是紧随山核桃之后的热点。

在电视节目里，有专家开门见山，公开挑明观点：山核桃是非常有投资价值的收藏品，现在200块钱的核桃，经过“三秋两夏”的把玩，盘出包浆之色，可以卖到2000元或3000元。其升值空间会出乎人们的想象。这些话如同是在点“火”。

当时，正是民间收藏热呀，把山核桃引入投资领域，无疑是拿它吸金。

因为那会儿，收藏热搅得人们火烧火燎，“集邮热”在奥运首日封“片儿火”被炒到高点，之后炒家突然放水撤资，遭遇寒流而偃旗息鼓。一些炒家抓耳挠腮，正愁没有热点，山核桃的火热，引起了他们的注意力。

当炒家把山核桃作为投资项目的时候，山核桃，就已经不是人们以前玩的那个山核桃了。

炒家的市场运作是精心策划的，在“点火”的同时，必须得“煽风”，2008年后，市面上开始不断有“山核桃收藏”方面的书，大张旗鼓地把它列为收藏投资的理想产品。

由于进入了互联网时代，这种宣传要比我在“晚报”写的文章力度大，而且也猛。许多文章说玩山核桃不是治糖尿病了，可以说揉核桃能治百病。网上流传一首顺口溜儿：“核桃不离手，能活八十九，赛过乾隆爷，阎王叫不走。”

而且也不知从哪儿挖掘出许多玩核桃的奇闻逸事，其实都是根据想象瞎编的故事，但是编得好玩，又没人查这是真假，便在北京人当中流传开了。

山核桃既能自己把玩，又能长寿，还能收藏、赚钱，这是多好的玩意儿！在炒家的忽悠中，人们不知不觉地上了“火焰山”。

热，热浪袭人！2008年以后，市场上卖山核桃的明显增多，原来只是在天宁寺、玉蜓桥、官园、大观园、龙潭湖有几个摊儿，卢晓荣的摊儿就在天宁寺。

在不到两年的时间，卖核桃的摊儿在京城遍撒芝麻盐，十里河、弘善、大钟寺、亮马河，凡是有卖古玩旧货、花鸟鱼虫的市场，都有卖核桃的摊儿。当然这些摊儿，后来也卖各种手串儿，由核桃热派生出手串儿热。

再后来，不光是有专门的核桃摊儿，那些卖古玩玉石的摊儿也卖起了山核桃。甚至山核桃进了古玩城，跟瓷器、书画、玉器并列为“古董”级的玩物了。

北京的老百姓喜欢跟风儿，见别人手里揉着核桃，自己不揉一对手心痒痒，更何况这东西还有收藏价值和升值空间。买吧，买一对不行，至少两对、三对。揉，揉出来，好多卖钱。

您抬眼看吧，满大街都是揉核桃的人，不但大老爷儿们玩，老爷子玩，老奶奶玩，就连二十多岁的小姑娘也玩。人们见了面，便晒手里的宝贝，交流各自揉山核桃的心得体会。

与此同时，北京人还把手里揉着一对包过浆的山核桃，当作一种体面和派头，当作最好的藏品。

当时，山核桃也是馈赠亲友的贵重礼品。您的孩子上学、找工作，托人帮忙，送一对上品的“狮子头”，比塞他几万块钱的红包还体面，也更有人情味儿。

一时间，北京人玩山核桃成风，卖山核桃的趋之若鹜，许多年轻人甚至把挺好的工作给辞了，投资摆摊儿卖核桃。

这种风势，很容易让人想起北京人经历过的“热带鱼热”“红茶菌热”“甩手操热”“君子兰热”“鹦鹉热”等。

一对核桃拍出112万元

这么多人玩山核桃，自然会使山核桃的价位上扬，因为当时人们玩的还是野生核桃呢，您说野生核桃哪有那么多呀？

名贵的“狮子头”，可着全中国说，就那么十几棵树，而且结果还要看年头如何，赶上老天爷不高兴，一棵树一年也结不了几个果儿，结出的果儿还有大小、品相、配对等要求。

这么一来，那些有名品种的山核桃身价倍增，前些年一两千块钱一对的山核桃，陡然涨到了两三万元，甚至五六万元。

像和田的籽儿玉按克论价一样，这时候的山核桃也开始以尺寸论价儿了。从此，北京人再说山核桃，必得带上数，比如说：我这个“狮子头”是40的或53的。40，就是核桃的直径为40厘米；53，就是53厘米。

当然，个头儿越大，价儿越高。当时一对50厘米新的“狮子头”，能卖到8万元左右；一对46厘米的“四座楼狮子头”卖到了6万元，因为物以稀为贵，50厘米以上的野生“狮子头”十分少见。

文玩核桃属于玩物，本来没有价儿，进入市场，一对核桃，您说多少钱就是多少钱。这东西只要您喜欢，没有值不值一说。所以，当山核桃炒到癫狂的地步时，价格就像脱缰的野马，谁也控制不了啦。

到2008年以后，文玩核桃的交易，不仅限于市场、门店、摊位，而且大大方方地进入了各大拍卖公司的艺术品拍卖会。

由于炒作的功能还在发酵，那些有点儿年头、包浆色泽好的山核桃，在艺术品拍卖会上也成了受宠之物。

在北京2010年秋拍会上，一对清末的四棱狮子头，起拍价25万元，最后以45万元成交，在玩核桃的北京人中引起轰动。

在随后的嘉德艺术品拍卖会上，一对三棱“狮子头”，曾经拍出了112万元的“天价”。这对核桃据说是清末太监“小德张”玩过的，后来又到了梅兰芳的手里，再后来才到了卖家之手。

名人玩过，年头至少一百五十年，包浆色儿正，品相极佳，个头儿又大，文玩核桃的几大优点它全占了，难怪一对核桃会有这么高的价儿。

112万元人民币，这大概是已知的最高价位了。虽然后来在网上传出，冯小刚的一对核桃价值80万元，郭德纲手里的一对核桃60万元，还有玩核桃的一位名家手里的核桃90万元，但没有超过112万元的。

让人上瘾的赌青皮核桃

当一对核桃卖到112万元天价的时候，北京人的脑袋能不热吗？就市场规律而言，消费者买高不买低是普遍心理。您卖的山核桃越贵，他反倒觉得这东西好，也值这么多银子。

没辙，山核桃那几年的价儿越来越离谱，但越离谱，越有人买。山核桃似乎成了吸铁石，买的人多，当然，想干这买卖的人也越多。

而明摆着的事实是，确实有人卖山核桃发了大财。我认识一个哥们儿，不到50岁，在家行四，大伙儿都叫他四哥。他本来是开出租车的，但起五更熬半夜的，一个月撑死了4000多块钱，后来，看到别人玩核桃发了，他心眼也活泛了，把出租车转租给别人，投资几十万元，卖起了山核桃。

没想到，四哥干了一年多，挣了100多万元。他讲话："我卖出一对核桃，比我开一个月出租的钱都多。"

现成的例子比任何教科书都受用。四哥这样的事例的确有一定影响力。您琢磨现如今谁不想发财呀？

一方面，人们渴望升值期待暴富的心态，使山核桃炙手可热；另一方面，山核桃的品种有限，数量供不应求。这种行市，让买核桃的和卖核桃的心理都发生了变化。

什么变化？大脑发热。人的脑袋一热，感性的东西往往就会取代理性，必然会产生异端。所以，在2009年以后，山核桃市场发生了巨大变化。

首先是卖核桃的人骤然增多，市场竞争激烈，在这种持续高温下，出现了假核桃的暗流。一些不法商人用树脂制造的假山核桃，冠冕堂皇地在市场上搅局。

这些假核桃做得非常逼真，它们不是滥竽充数，而是以假乱真，从中渔利。由于许多玩核桃的人最初想不到核桃还会有假，所以上当的人不少。

我认识一个朋友，玩山核桃已经五六年，手里也有七八对品相不错的核桃。一天，我见他手里揉着一对品相非常好的“狮子头”，问他花多少钱淘换的？他说800块钱。当时，他这品相的“狮子头”市场价至少1万元，所以他认为捡了个大漏儿。

我出于好奇，拿过他的核桃看了半天，确实跟真的一样，而且两个核桃的纹理也有区别。

几天以后，我在另一个玩核桃的朋友那里，见识了一对假核桃，了解到假核桃的特征之一是手感发沉，而且把核桃在硬物上磨几下，会发现树脂的痕迹，也会闻到一种异味。

造假者为了蒙蔽人，可以设计十几种磨具，然后分别配对，所以会有两个核桃纹理不一样的情况。我把这些告诉那位朋友，结果他一化验，那对花800块钱买的“狮子头”是树脂做的。

其次是赌青皮核桃成为热点。以前卖的山核桃，是加工好的新核桃，个头大小、品相如何一目了然。由于货源少，一些年轻的商贩借鉴云南腾冲赌翠赌玉的做法，赌起青皮核桃来。

在新核桃下来的时候，从树农那里趸几口袋青皮核桃，在市场设摊儿，摆出十几对青皮核桃，开好价，让买核桃的人来挑选，挑好后，摊主当场削皮，个头大小，品相如何，您都得认头，既然是赌，当然有人赚，有人赔。

赌青皮颇受年轻的核桃玩主青睐，当然也纳入炒作序列，从最初的几百元一对，炒到2000元，最高的青皮“狮子头”甚至超过5000元一对。

嫁接的核桃露峥嵘

在“山核桃热”中，最初的主角是野生核桃。但货源有限，所以，山上的核桃树成为核桃商争夺的对象。

最初是包树上的核桃，您树上长多少核桃，商量一个价儿，我大小都要。后来，树农也聪明了，包树上的果儿也开始挑肥拣瘦了，谁给的价儿高，我卖给谁。

但树农再聪明也精不过商人。精明的核桃商来了个“卷包烩”，直接到山上包树农的树。这招儿果然让树农束手就擒。

玩核桃的商贩干过几年之后，各自都有自己的进货渠道。品相好的山核桃产地主要在北京、河北、山西、山东。核桃商贩每年到这些产地采购，对什么地方有什么品种的树都已经很熟，这些地方的核桃无疑成了抢手货。

有的商贩活动了心眼，看准某个产地的核桃，便直接花钱把核桃树给包了，一棵树一年给树农多少钱，树上的果实结多结少都是它，您就别管了。树农当然愿意有人包树，他可以旱涝保收，既省心，又省力。

包树后来也成了风，在商贩之间展开了竞争，你包这棵树一年5万元，我出10万元。你出10万元，我出20万元。鹬蚌相争，渔翁得利。

树农不傻，谁出价儿高，给谁。这自然又对核桃的价位提升，起到推波助澜的作用。如同房地产市场，地价一个劲儿地往上飙升，房价能不涨吗？

炒得最高的就是“狮子头”树，它的主要产地是河北涞水。其中有名儿的涞水县南安庄的一棵四棱“狮子头”树，从最初的每年包15万元，炒到每年40万元。

40万元承包一棵核桃树，您听了觉得不可思议吧？但据说这位包树的商人，后来却靠这棵树一年就赚了上百万元。因为以当时的行情，一棵树别多了，能出两对50公分以上的果，包树的钱就回来了。

在核桃商疯狂包树的同时，嫁接的山核桃树成功了，并且以迅雷不及掩耳之势，向山核桃市场大举进攻。嫁接的核桃树三年就结果儿，而且面积大，价钱低，您想这些优势，野生的核桃怎能抵挡得住呀？

山核桃再值钱，也是植物，植物是人能种植的，所以它是再生能源。玩山核桃的人在大脑发热的时候，恰恰忘记或者说忽略了这一点。但有机灵的主儿，在众人热窑似的炒野生山核桃时，早已把注意力转移到山核桃的嫁接上。

用现代的生物高科技手段，嫁接出山核桃树种并不是什么难事，很快种苗就出来了。于是，嫁接的山核桃种苗又成了热门，价位也被人炒了起来，从最初的几块钱一株，炒到几十块钱。

嫁接的山核桃大约是在2009年前后，便在市场上露头了，但当时野生山核桃占据着市场，嫁接的核桃还有点儿“犹抱琵琶半遮面”的感觉。由于最早嫁接的山核桃体轻，玩核桃的用手一掂便能识别出来，所以嫁接的核桃并不招人待见。

但是两年以后，嫁接的山核桃其品种和技术更加成熟，种出来的核桃与野生核桃更接近了。现代的种植技术，完全能做到嫁接的山核桃可以比野生的个头儿更大，品种更好，品相更佳。

同时，嫁接比野生更具威胁的是，产量可以无限地扩大，对市场来说，这无疑是一颗“原子弹”。

可怕的是当嫁接核桃以其明显的优势，顺利地攻克了野生的堡垒，向市场进攻吹起冲锋号时，很多玩主还沉溺在野生山核桃的涨价带来的喜悦中。

而更多的人则受到利润升值空间的诱惑，大把大把的钱投在种植和包树之中，渴望嫁接的核桃能让自己一夜暴富。殊不知，在欲望燃烧的冲动中，自己踏上的是开往陷阱的列车。

刹不住车的价码儿

说京城山核桃市场的风云突变，只是对这种表象而言，其实，就玩核桃的主体早在这之前，已经产生了分化，比如卢晓荣这样的玩主，在嫁接山核桃大举进攻市场的时候，已经看到了“山雨欲来风满楼”的趋势，暂时隐身而退了。

有人说核桃市场的崩盘是2011年前后，这大概是就市场的走势发生变化而言，实际上，所谓崩盘是一个渐变的过程，不是突然一声霹雷，房倒屋塌的泥石流。

这一过程，可能让那些驾车开到高速路的人意识不到，因为他们头脑正发热呢。但稍微有点儿理智的人，就会想到嫁接的山核桃到底值不值那么多钱？一旦嫁接核桃占领市场，会出现怎样可怕的局面？

记得2013年，我以北京文化学者的身份作为嘉宾，参加北京电视台做的关于文玩核桃的节目。同场嘉宾还有两位卖核桃的商人和一位山核桃的玩主。

在谈到文玩核桃价值和升值空间的时候，我曾说，嫁接核桃会让市场发生大地震，让现在价位居高不下的山核桃一落千丈，由于前期山核桃的价位被炒得已经失去了理性，嫁接山核桃的出现，会对这种离谱的价位产生报复。这种报复也许是人们难以想象的。

其实我的话已经说得很明白了，但当场遭到两位核桃商的反击。他们认为我不了解市场行情，也不懂山核桃的价值。其中一位核桃商说，嫁接核桃同样有不可逾越的价值，比如在一棵树上要选两个完全一样的核桃是很难的等。

出于他们的商业目的，这两位还在电视上忽悠人们花高价去买核桃呢。虽然当时“山核桃热”已经降温，但我的观点仍属于“皆醉”时的“独醒”，人们不会去理会的。

但市场是无情的，到2014年的秋天，我在电视节目里的话还记忆犹新，事实就验证了我的预言，嫁接核桃给市场带来的灾难凸显出来了，青皮核桃从头年的一对1000元，狂跌到400元至500元。一对45厘米左右的四座楼“狮子头”，头年2万元左右，从秋天起一路下滑，到这年的年根儿，2000块钱能出手，就念阿弥陀佛。

最要命的是玩核桃的北京人不买核桃了，这种观望态度，让卖核桃的感到有些不可思议。但已经驶上价格高速路的核桃商们，要想急刹车也难，即便到了一天卖不出去一对核桃的地步，他们仍心存侥幸，并没意识到寒冷的冬天已经来临。

据一位山核桃的玩主告诉我，当年的夏天，还有人投资百万元，在平谷承包山地种核桃。没辙，人的大脑热起来，真想揪着头发上天，谁也拦不住。

核桃市场的风云突变

进入2015年，京城的山核桃市场，真可以用风云突变来形容了，青皮核桃原来1000元，现在200块钱都无人问津了。头年，

40厘米的四座楼“狮子头”还能卖到2000块钱，这会儿，1000块钱都没人要了。

让那些核桃商心寒的是，以前像“狮子头”“虎头”“官帽”这样超过40厘米的名核桃，都是装在特制的锦盒里卖的，有的时候还要配个底托。这会儿，这些品种优良的山核桃，已经是用麻袋装着往外卖了。因为嫁接的山核桃产量实在是太高了。

这年的秋后，我在逛京城一家卖古董的店铺时，看到门口放着两个装糖炒栗子的大笸箩，在卖山核桃。我下意识地看了看笸箩里的核桃，都是“狮子头”呀！虽然个头儿大小不一，品相也是高低不等，但毕竟是当年的“四大名旦”呀！

“多少钱一对？”我问店主。

“100块钱一对，您随便挑。”店主说。

这句话太让我感到寒心了。估计当年牛气十足的核桃商要是听见，真得找个没人的地方哭一场。

出于一种莫名其妙的同情心，我在店主的笸箩里挑了一对40多厘米的“狮子头”。不忍心再讨价还价，我掏出一张100元面值的票子，给了店主。

“再挑一对吧，算我送您的。”店主接过钱，大大方方地说。

我看了看他屋里墙角堆着的麻袋，明白他有多少货砸在手里了。当然，我不会再白要他的核桃。

买的那对“狮子头”，我让一位玩核桃的主儿看了看。朋友说：“十年前，这对核桃得值2万元。”

从2万元跌到100元，价码儿的变化简直如同坐“过山车”。

到2016年，京城的核桃市场简直可以用“惨淡”来概括，而山核桃也可以用“臭街”来形容，价格一跌再跌，用一个核桃商的话说：“跌得已经快到谷底了。”

像当年山核桃的价儿往上狂涨，谁也拦不住一样，这会儿，核桃的价儿一路狂跌，也没人能收住它的缰绳。50厘米的四座楼“狮子头”，500块钱，愣没人要。48厘米的三棱“狮子头”，才卖400元，核桃商哭的心都有了。

以往“白露”前后，市场上人头攒动赌青皮的场面，已经看不到了，一对青皮核桃50块钱都没人要，赌它还有意义吗？

要命的是市场买高不买低的定律，让玩核桃的人持币观望，死活不再往里砸钱。而一般的市民，您亮出的是“白菜价”，他们也不认。

“现在的山核桃市场，简直说没有买卖了。”一位核桃商叹息道。

倒霉的是前几年大量投资，又大量囤货的那些商贩，当然还有那些租地或包地种山核桃的投资者。前两年，在山核桃价位高的时候，他们做着发财梦，谁知核桃还没长成，就遇到市场的突变，结的果儿不是论个儿卖，而是论斤称了。饶是这样，还没有核桃商愿意收。

看媒体报道，京城小有名气的核桃商陈佩霞，手里有一对从宫里出来的核桃，堪称镇店之宝。她说，当年有人出90万元，都没舍得卖，现在一落千丈，去掉一个0，9万元都没人要了。她投资400万元，在北京密云包地种的“狮子头”，现在又赔本赚吆喝了。

前几年，跟风种嫁接山核桃的，现在已经开始吃“后悔药”了。河北邢台的浆水县紧邻山西太行山，过去是野生山核桃的产地，但原生态的树种非常稀少了，当地农民开始种嫁接山核桃树。

有个村种了1万多棵，看到山核桃市场的火爆，本想能靠山核桃树发财致富。谁知道市场突变，2016年秋天，他们种出的山核桃堆积如山，却找不到买家。这东西又不能吃，结果农民赔得一塌糊涂。

没辙，村里的书记果断决定，来年所有山核桃树刨掉，改种能吃的核桃树。山核桃的市场灾难已经影响到树农的吃饭问题。

一哄而起，又一哄而散。京城“核桃热”的这种结局，让人想起当年的“君子兰热”“集邮热”“热带鱼热”“鹦鹉热”等风潮。这种“热”也会像干柴烈火一样，燃得急灭得快。

2015年以后，山核桃市场的价格一落千丈，到2017年好像还没跌到谷底，价格依然还在持续走低。卖山核桃的说，再跌，跟吃的核桃就没区别了。

可以想象得到，在这种市场风云变幻中，有多少人会望着成堆的山核桃出不了手，仰天长叹；有多少人会因山核桃砸在手里而债台高筑；又有多少人会被膨胀的价格破灭而倾家荡产。

这一切怪谁呢？

另辟独门儿玩核雕

您也许会问，在核桃市场的风云变幻中，那位“核桃卢”在干什么呢？他可是最早介入核桃市场的人，没卷入这场风暴里吗？

以我对他性格的了解，他的沉稳和理智会告诉他，暴风雨来临的时候应该怎么办。

记得2007年，核桃市场的价格暴涨的时候，我见到他，开玩笑说：“你不借机玩一把？一个核桃能赚几千块钱，你弄它几百对可就发大了。”

他对我笑道：“我的胃口小，饭量有限，吃多了怕撑着。”

那时，他已经看到价格暴涨的危险性，当本来100块钱的东西，炒到了1000块钱，甚至2000块钱，那不是在玩山核桃，是在玩命。

他在自己的微博里一连写了几篇文章，分析山核桃市场这种失去理智价格的可怕，提醒玩核桃的人，不要茫然掉进这种人为炒作的陷阱里。

“这种风险损失太大了，也许几年缓不过来。”他在自己的微博里写道。

可惜，当时玩核桃的人大脑都在发烧，这种警世的冷水尽管兜头浇在脑袋上，也无济于事。

那一段时间，“核桃卢”有些低沉，这种沉默是自己给自己扎针。他强迫自己不能忘乎所以，卷入这场风暴之中。为此，他采取了迂回战术，在核桃市场最火爆的时候，他独辟蹊径，玩起了核雕。

其实，核雕工艺在中国有上千年的历史，奇巧的工匠在小小的核儿上施展才艺，用刻刀雕琢出各种造型，使平淡的小核儿摇身一变，成为精美的艺术品。

卢晓荣玩的就是这个，即在核桃、橄榄核和其他核儿上，雕出各种不同的造型来。

卢晓荣告诉我，他玩核雕也不是心血来潮，灵机一动，是有准备的。之前，他的家人就已经把那些不成对儿或淘汰的核桃，锯成片状，在上面刻画，制作成各种小工艺品了。

在早，他还研究过故宫藏的乾隆玩的核桃，发现那些核桃并不是“素”的山核桃，也是雕琢过的。所以，他敏感地认为，今后人们玩山核桃会以玩雕过的为尊。换句话说，以后，人们玩山核桃将不以谁的个头大为好，而以山核桃有没有雕饰，核桃上的玩意儿是谁雕的为佳。

行！卢晓荣又在别人还沉浸在“核桃热”的余温里，掰不开镊子的时候，独具慧眼，把山核桃的玩法引入一个新的境界。

当然，他不是预言家，而是具体的实践者。从2007年，他就开始试手雕山核桃了，到2010年的时候，成品已经面世。

当时，他曾送给我一个《核舟记》。这是我们在中学课本里学过的一篇古文，作者是谁，现在已经不知道了，但文章写得非常生动，讲的是明代有个叫王叔远的奇巧工匠，在“径寸之木”上，雕的苏东坡和佛印、鲁直两位朋友乘船游赤壁的画面。

卢晓荣雕的《核舟记》就是照着文章所呈现的画面来雕刻的。这是一枚橄榄核，上面除了苏东坡及两个朋友之外，还有两个划船的，一共五个人，他们或阅手卷，或站在船头摇橹，动作和脸上的神态栩栩如生，船有八个窗户，还能开合，真是巧夺天工。

最初，我以为是卢晓荣从别人手里买了送给我的，后来他才告诉我，是他自己雕的，想不到他还有这手艺，实在让我刮目相看。

卢晓荣告诉我，他的核雕作为区级非物质文化遗产已经申报成功，他作为遗产的传承人，将在这个领域好好儿地玩一把，争取成为国家级的。

核雕打开另一扇门

2017年的8月，我又见到了卢晓荣。聊起这些年山核桃市场的大起大落，他对我说："虽然核桃市场的风云尚未尘埃落定，但已到了人们冷静下来反思的时候了。"

"的确，要反思的东西太多了。"我对他笑道。

经历过核桃市场价格"过山车"式的起落，任何一个身在其中的人恐怕都有一定的伤耗，尽管卢晓荣在暴风雨来临之际，华丽转身，但他也多有感触。

从他脸上的表情看，面对核桃市场的残局，他没有笑傲江湖的自得，反倒有些许痛定思痛的感伤。

“我打算再出一本书。”他对我说。

“什么？你又要出书！”

“是的，我要把这些年核桃市场的起伏和变化写出来，也要把这些年我对玩核桃的思考写出来。”他神情淡定地对我说。

我想这是他深思熟虑后做出的决定吧。的确，每个卷入“核桃热”的人，都应该冷静下来，反思一下，也许这样才能以平和的心态，面对下一个什么“热”，不至于“烫”着自己。

暴风雨过后，一切又都归于安宁。小小的山核桃，从最初的少数人玩，到后来的大众玩；从最初的几百元，最后炒到动辄上千元，上万元，甚至达到了几十万元、上百万元。京城的山核桃市场真是经历了一场前所未有的暴风雨洗礼。

人们折腾半天，终于明白山核桃不过就是核桃而已，再怎么玩，您就是把它捧上天，它也不过就是个核桃！

说了归齐，还是那句话：“世上本无事，庸人自扰之。”人们终于明白，把山核桃捧上天的是那些商人，而不是玩家。

经过这么一番折腾，山核桃怎么玩？又回到了原点。那些山核桃的玩家，该怎么玩，还怎么玩，因为他们压根儿就以一种平常心，来玩这掌上之物的。卢晓荣就是一个典型。

清代乾隆年间，有个文化人叫石成金，著有《传家宝》一书，其中有一段发人深省的话：“今人说快意话，做快意事，都用尽心机，做到十分尽情，一些不留余地，一毫不肯让人，方才燥脾（心理满足、过瘾的意思），方才如意。昔人云，话不可说尽，事不可做尽，莫扯满篷风，常留转身地，弓太满则折，月太满则亏，可悟也。”

我觉得玩核桃的卢晓荣，之所以在大风大浪面前，能稳坐钓鱼台，其在做人做事上就有“话不可说尽，事不可做尽”“常留转身地”的处世哲学，所以他玩山核桃才那么游刃有余，那么淡定从容。

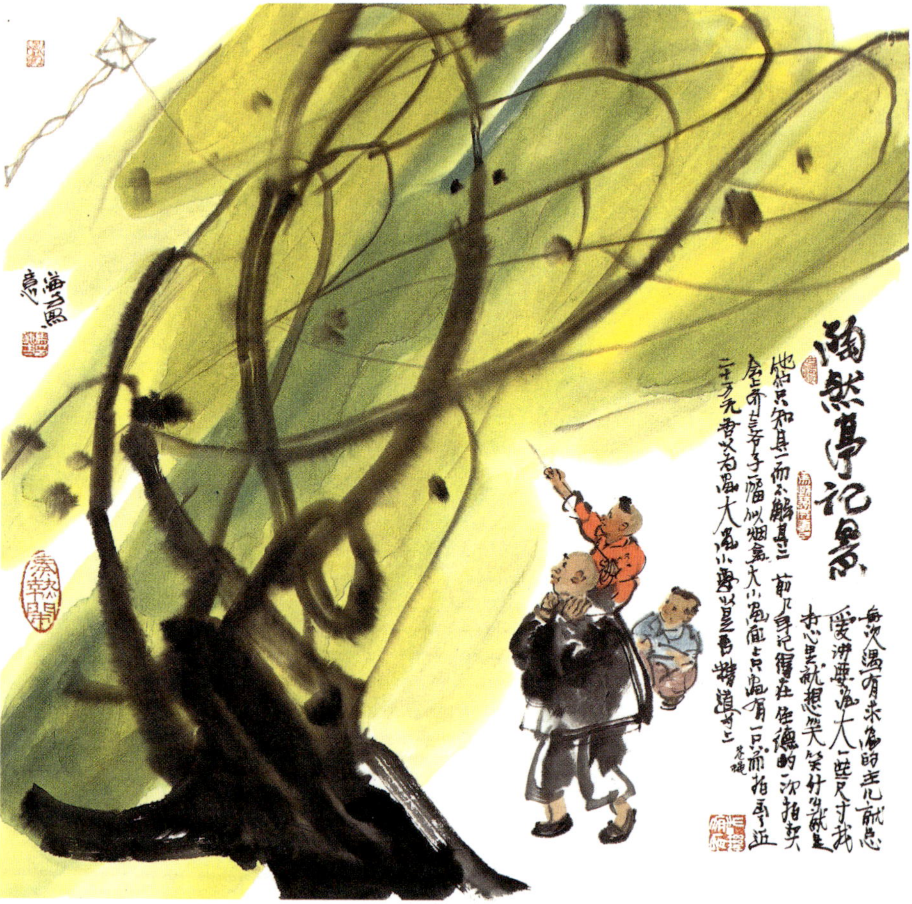
陶然亭记景

京城九爷

老泡儿『套』出名种观赏鸽

知音知趣图
北京人把玩儿什么玩儿的好的人称爷
电视剧那五里的那五爷也是一位爷不过他可以说是那种没玩好的爷
时在壬午年盛夏月
海方写意

玩鸽子赶上了“跨车尾儿”

九爷的大号赵增惠。我认识他的时候，正好六十六岁，“坎儿年”。

老北京人有句话：“六十六，不死也要掉块肉。”所以，六十六岁生日这天，亲闺女要到市场给老爸买块肉，趁天黑，把肉扔到房顶上，让野猫把它吃掉，这样老爸就可以平安度过“坎儿年”。这个风俗在老北京妇孺皆知。

但九爷对这些俗例儿满不在乎。

“什么掉肉不掉肉的？对我来说，有鸽子、有酒就行。我不怕掉肉。”他笑着对我说。

九爷是地道的老北京人。他住家最早在广渠门外的石香楼。这地名您现在听着生了，其实它就在劲松西口。

1975年以前，这一带还是农田，是十里河农业社管辖之地。石香楼是个不大的小村。

九爷的小名儿叫“九斤子”。他们家哥儿仨，他行大。为什么叫九爷？原来他拜过把子。把兄弟之中，他行九，故称九爷。

九爷是典型的老北京，身上也有爷的范儿，二两酒下肚，便口无遮拦。侃起鸽子，他更是口若悬河。

说起来，他算是玩鸽子世家，而且也玩出了独门儿。从他爷爷那辈儿就玩鸽子。

他对我说：“论玩，我赶上了‘跨车尾儿（读以儿）’。”

这是一句老北京土话，即赶上了个尾巴。言外之意，现在北京会玩鸽子的人不多了。当然他指的玩，不是一般的瞎玩。

能“套”80多种鸽子

京城玩鸽子的人，几乎都知道当年南城有个九爷。我采访九爷的时候，九爷刚淘换到一只白家雀儿。

这雀儿，肉嘴，通体洁白，纯麻雀儿，这可算是稀有品种，属于“岔毛儿”。

都说家雀儿难养，但九爷的这只白家雀儿在笼子里欢蹦乱跳，活得挺知足。

他笑着对我说，他这辈子不好钱，就好两样：玩鸽子，交朋友。

他“套”鸽子确有独门儿绝活儿，《鸽谱》上有的“孝头玉兰甘”（鸽子名）已然断种儿了，愣让他给“套”出来了。

“套”是玩鸽子人的术语，即拿公鸽子和母鸽子进行交配，让它繁殖出纯种的鸽子来。行话也叫“份鸽子”，也就是“繁殖”。不同的品种，交配出来的鸽子是有很大区别的。

“套”鸽子全凭眼力和经验，什么种儿的鸽子交配，能“套”出什么鸽子来，都在九爷的把握之中。

九爷对我说：“鸽子的种类有500多，但现在北京人玩的只有20多个品种，即‘铁膀点子’‘黑羽翅’‘黑乌头’‘紫乌头’‘黑银尾’‘紫银尾’‘黑三块玉’‘紫三块玉’‘黑四块玉’‘紫四块玉’‘斑点豆眼楼鸽’‘豆眼楼鸽玉翅’‘铁翅乌’‘铜翅乌’‘铁翅乌头’‘铜翅乌头’‘铁翅白’‘铜翅白’‘墨环’‘紫环’‘玉环’等。”

但是，九爷能“套”出80多个品种来，其中包括《鸽谱》上有、现在已失传的34个品种。如“连环套月”“毫秀紫环”“铜翅老虎幗”“紫雪花”“紫老虎帽”“紫乌”“七星铜背”“芝麻斑点豆眼楼鸽”等。

有些是《鸽谱》上没有，他自己“套”出的新品种，名儿也起得新奇。如“冰天雪地”“寒鸭”“喜鹊花”“一块玉”“银乌”“黄信”“雪梅”“紫雪花”“青毛”“雪里站”“扫脑乌头”等。

老爷子“套”鸽子完全用的是传统技法，当然这属于独门儿玩意儿，他不愿多说。

眼下，像九爷这样的“套”鸽子高手，京城已经不多见了。

“套”出名鸽“毫秀紫环”

老北京人玩鸽子，讲究相互交换。当然，那会儿也有鸽子市，但鸽子市上的品种较杂。

当时，某位爷淘换到一只名种鸽子，往往让鸽子玩家们众目睽睽，求之借去“套”鸽子的事儿经常有。

现在除非知己，一般人借鸽子回去“套”鸽子是很难张口的。由此可知世风已变。

九爷“套”出的名种鸽子，并非是名种“套”名种，他可以拿普通的鸽子相互交配。这确实要吃功夫。

九爷令玩鸽子的人津津乐道的是，他花了100块钱，买了两只白翅白尾的鸽子，又用一只灰尾儿的“点子”，“套”出了“连环套月”，又用它“套”出了“回头望月”。接着用“回头望月”又“套”出了“毫秀紫环”。

九爷说：“钱不在多少，这是眼睛。如同您上古玩铺，别人看着不起眼的物件，大玩家却能慧眼识珠，捡漏儿。”

北京人玩鸽子已经玩出了文化。虽说这种民间文化难以上教科书传世，但从“套”鸽到养鸽，从驯鸽到斗鸽，甚至包括“鸽子挎”和鸽子哨，都有一套相当讲究的艺术手法。

可惜这些文化没人进行系统整理，鸽子玩家大都年老体衰，疏于动笔，而已经面世的所谓“养鸽知识与技艺”一类书，不过是皮毛而已。

大玩家王世襄也玩过鸽子，他数年前写的《北京鸽哨》一书，曾作为北京文化的一部分，被译成多国文字，在国际畅销，还在国际图书博览会上获了奖。许多外国人正是从小小的鸽哨，来认识北京文化深厚底蕴的。

如果把鸽子玩家们的玩意儿和绝活以及奇闻逸事写出来，定会让人对北京文化大开眼界。

宋庆龄养的“铜翅环”

鸽子是北京人的几大玩之一。养鸽子跟养鸟儿略有不同。养鸟儿讲究“遛”，像“红子”“靛颏”“百灵”“画眉”这样的鸟儿，必须把它关在笼子里。

遛鸟儿是让鸟儿接近大自然和其他鸟类，但真正消遣养性的是养鸟人，鸟儿并没有自由，它活动的天地，只是那个鸟笼子。

养鸽子则不然，鸽子经过调驯，可以让它自由自在地翱翔于天空，充分享受大自然的乐趣。

北京人玩鸽子的初衷，有没有在这有灵性的小动物身上，寄托自己渴望自由自在的愿望，不得而知。

但从现在玩鸽子的北京人身上，您总能体会到一种洒脱和散漫。他们在玩鸽子的同时自然不自然地也陶冶了性情。

这种不愿受人管束，豁达开朗的性格，多少是受了喜欢在天空飞翔的鸽子的影响。

北京人玩鸽子不分贫贱，上自国家领导人，下至平头百姓，对鸽子都情有独钟。

老北京人都知道宋庆龄、梅兰芳、尚小云、程砚秋等名人喜欢鸽子，而且真正玩鸽子的主儿，还能说出这些名人玩的是什么鸽子。

比如宋庆龄养的是“铜翅环”和“铁翅环”，梅兰芳有一对“墨环”（色白，脖子是黑的）。他养鸽子是为了训练自己的眼力。

鸽子在空中转着圈飞，叫“飞盘儿”。它们飞的时候，养鸽子的人总要拿眼往天上看，梅先生认为这能养眼。

尚小云玩的是“铁翅白”，程砚秋玩“铜膀”。说起这些名家玩的是什么鸽子，九爷如数家珍。

为什么他对这些名家玩鸽子这么门儿清呢？因为这些名家虽然喜欢玩鸽子，但他们不会摆弄或侍候这些鸽子，尤其是“套”鸽子，更是属于绝活儿了，所以他们就要雇专门玩鸽子的人，这种人也叫“鸽子把式”。

老北京玩鸽子称得上玩家的并不多，这些玩家经常凑到一块儿，切磋“套”鸽子的技巧，当然“鸽子把式”也在其中了。

毫无疑问，这些“鸽子把式”是玩鸽子的“虫儿”，他们跟京城玩鸽子的名家都有来往和交流，所以，过去京城大宅门，谁家养什么鸽子，瞒不了人。

再者说，养鸽子要每天“飞盘”，真正的鸽子玩家，拿眼往天上一瞄，就知道“飞盘”的鸽子是什么品种。

北京人玩鸽子讲究有品有相儿

鸽子的种类很多，通常人们把鸽子分为信鸽、观赏鸽；后来又有广场鸽、肉鸽等等。但名贵的鸽子还得说信鸽和观赏鸽。

如果您细心琢磨，就会发现自然界和人类的许多奇妙的现象，同样是鸽子，一只名种鸽子能值几万甚至几十万元，而一只普通的鸽子却几块钱就能买到手。

前些年，有人对鸽子上了餐桌大发感慨，感到不可思议。谁不知道鸽子是和平的使者和象征？过去人们说到鸽子，往往命名它是“和平鸽”。

“和平鸽”怎么能吃呢？一些正义之士悲天悯人，对这小动物动了慈悲之心，并为此大声疾呼：鸽子怎么能吃呢！

其实他们并不知道，肉鸽和信鸽、观赏鸽是有区别的，而且人工繁殖的肉鸽其繁育能力极强，所以，肉鸽虽然也是鸽子，但身价极低。

眼下，人们对肉鸽繁殖的认知已经普及，吃肉鸽跟吃鸡鸭鱼肉没什么区别了。相反，名种鸽子谁也不会舍得拿它下锅，因为它的价值摆在那儿。

内行人都知道，“套”出一只名鸽往往要花几年的工夫，而且一只好鸽子往往要经过几代才能“套”出来。说起来，这才是玩家的本事。

那么，北京人都玩什么鸽子呢？

北京人玩的鸽子俗称家鸽，严格地说，它不属于信鸽，又有别于观赏鸽。

家鸽以“点子”为主要品种，因为它比较容易调驯，而且记性好，善飞。

家鸽的名称，取之于它身羽的形状，比如头上有黑色立羽的叫“凤头点子”，俗称“凤头”。头上没有立羽的叫“平头点子”；头形浑圆，正中有黑羽像滴着一点儿墨的叫“黑点子”；头上有“点墨”，身羽是蓝紫色的叫“紫点子”。

形状如“点子”，而头上没黑、紫之羽，羽尾却是黑色或紫色的叫“倒车儿”，也叫“倒岔儿”。

全身洁白没杂色的叫“鹭鸶白”；全身都是白的，颈间有黑羽的叫“鸦脖子”，有紫羽的叫“紫鸦脖儿”。

如果全身洁白而翅边数羽是黑的，叫“铁膀儿”，紫的叫“铜膀儿”。“铁膀儿”和“铜膀儿”要以对羽五六根为上品，多了或少了都会掉价儿。

如果一边有“铜膀儿”，一边没有，称为“斜膀儿”，“斜膀儿”的品位就差多了。

全身皆白，边羽呈黑色的叫“鹤袖”。鸽子黑色的叫“黑老虎帽儿”。所谓黑，指的是通身是白色，尾巴是黑色或紫色，头部从顶到肩，羽是黑色或紫色，像老年间小孩冬天戴的“披肩老虎帽”，故有此名。

“墨环”是京城家鸽的名种，所谓“墨环”，指全身洁白，只有颈部是黑色的。环儿必须完整和丰满，环一半或环一点叫“缺环”，“缺环”这就不值钱了。

“黑玉翅”也是家鸽的上品，它通身全黑，唯独两翅边翎是白色的。

“黑玉翅”落地时看不出白色，只有“飞盘”时，才亮出白翅，黑白鲜明，令人赏心悦目，所以北京玩鸽子的，常拿“黑玉翅”当“盘头”。

“乌头”是以它的头黑命名的，说是“黑乌头”，身尾都是白色。如果黑头、黑尾，两翅也是黑的叫“铁翅乌”，又叫“四块铁”。

全身黑色，颈部有白羽环绕叫“玉环”，身尾都是黑色，头尾和两翅为白色，叫“四块玉”。

黑是铁，白是玉，北京人给鸽子起名，也是带讲儿的。

以此类推，以鸽子的身形和羽毛的颜色来分，京城家鸽的品种和名称有数百种。

“套”鸽子的高手难找了

因为鸽子天性好干净、讲卫生，所以养鸽子是劳神的差事。鸽栅、鸽厨、鸽窝，要逐日打扫，不留宿粪。

老北京人玩鸽子，讲究“飞盘”斗法，也就是斗鸽子，您放飞一“盘”鸽子，相邻的玩鸽子主儿也撒天上一“盘”，绕屋而飞，相互往各自的“盘儿”里裹。

这时，鸽子的主人则挥动竹竿，上面系着红色或黑色的布条，来回晃动指挥，七荡八决，以两盘分胜负，非常有意思。

但有时也因此而斗气，伤了和气，所以老北京人也管鸽子叫“斗气虫儿”。

现在玩鸽子的人居住比较分散，而且大都搬进了楼房，斗鸽子的景儿很难看到了。

玩鸽子首先得会相鸽子，相形相色相头尾，辨公母辨羽条等都挺有学问。

九爷算是玩鸽子的高手，他拿手一握鸽子，就知道是公是母，这全凭经验。

怎么这么灵呢？我曾为此请教北城玩鸽子的高手谢增禄。

谢先生对我说，看鸽子的雌雄，要手握鸽子，微扭它的膀颈，看它的眼睛是开是合，然后以二指抵其裆，眼睛急开急合，裆部发紧的是公的，反之是母的。

相鸽子还讲究相头、嘴、眼、翅、尾、爪、闪。所谓“闪”，就是鸽羽在太阳光下映出的色泽亮光。这里有一套手法和学问，不过，讲难度，还得说“套”鸽子。

谢增禄比九爷小几岁，玩鸽子，也玩蛐蛐儿蝈蝈儿，在北城有一号，他的四弟谢增芳，小名四儿，也好玩。哥儿俩都是“套”鸽子的高手。

几年前，我曾就份蝈蝈儿和点药的绝活儿，采访过谢增禄。他跟九爷是老朋友。

他对我说，份蝈蝈儿有绝活儿，但比起“套”鸽子来要容易一些，“套”鸽子是玩家的绝活儿，讲独门儿，你应该去访九爷。

九爷对我很敬重，他儿子是开饭馆的，专门请我吃过两次饭，京城玩鸽子的有一个朋友圈儿，其中说相声的于谦也在这个圈儿，有几次他们活动，九爷特意叫我参加。

后来，听说九爷得了脑血栓，半身不遂了。我想，这一定是酒闹的，但朋友告诉我，他还是离不开酒，只可惜“套”不了鸽子了。

但这之后，九爷给我打过一次电话，告诉我他“熬”了一只鹰。

“熬鹰”是北京土话，鹰是野生动物，有野性，老北京人为了调驯有野性的鹰，要一天24小时不让它闭眼，“熬”着它，直到它身上的野性被“熬”尽，听从主人的指挥为止。这一过程一般要经过40天左右。

北京人讲玩，最牛的是“跑狗架鹰”。再烈性的狗，能调驯得对主人服服帖帖，百依百顺，那才牛。同样，再有野性的鹰，能调驯得架在主人肩膀上，任由主人调遣，也才有牛的资本。

但调驯狗和鹰都是比较难的，而且驯者都有独门儿绝活儿。九爷能在“弹了弦子”（北京土话半身不遂）之后，“熬”出一只鹰来，可见他玩的功夫。

可惜的是我那段时间太忙，没有工夫过去，所以，九爷“熬”的鹰也没看着。听说，后来九爷把这只鹰送了朋友。

大约两年后，九爷“走”了。他儿子说，老爷子“走”的时候很安详，身边有个蝈蝈儿葫芦。他是听着蝈蝈儿叫，告别这个世界的。

2018年的春节，我见到了京城鸽哨“永”字辈的第四代传人何永江，跟他聊观赏鸽时，他提到了“九斤子”。

“说‘套’（繁育）鸽子，现在很难找九爷这样的玩家了。”何永江对我说。

他的脸上流露出对九爷的怀念之情。

賣豆汁兒圖
古北京街頭小吃

张锠

北京『泥人张』的第四代传人

捏泥人儿
写旧京风情并题于京华南城了然斋

参与大冯的“抢救工程”

十多年前，我见到张锠的时候，他还为“中国民间文化遗产抢救工程”忙乎着。

当时，他还是清华美院的教授，又外出讲学，又搞雕塑创作，还得张罗着“抢救工程”，确实一天到晚马不停蹄。

单听这“工程”俩字儿，您就会觉得非同一般。发起这一“工程”的是他的老朋友大冯，冯骥才。

冯骥才因为身高一米九几，所以人称大冯。看过电影《神鞭》和小说《三寸金莲》《感谢生活》的人，都知道大冯是位作家。

其实大冯多才多艺，也是个玩家。想当年他不但是位篮球运动员，还能写会画，当过天津工艺美术大学的教师。这几年，大冯一门心思致力抢救民间艺术。

大冯的社会活动能力很强，2001年中国文联换届，他连任中国文联副主席，又担任了中国民间文艺家协会主席。

当了主席，总想干点儿事。当时，我们国家对联合国2003年提出的非物质文化遗产项目，还没有足够的认识，也没有提到议事日程。但经过“文革”的严重破坏，以及老一代艺术家的相继离世，许多民间艺术濒临失传，大量民间手工艺的独门儿绝活儿面临绝迹。

正因为如此，大冯作为中国民间文艺家协会主席，与十几位有名望的民间艺术家，发起了“中国民间文化遗产的抢救工程”

的建议。这个建议受到国务院的重视，并拨专项资金投入“抢救工程”，大冯作为这一“工程”的牵头人，不能没有张锠的鼎力相助。

张锠是“泥人张”的第四代传人，时任清华大学美术学院雕塑系教授、中国民间文艺家协会副主席、中国雕塑专业委员会副会长。张锠跟大冯同庚，说起来又同是天津人。

张锠是在天津上的小学、中学，1954年，才随父亲来到北京。而喜欢绘画的大冯，从小就受到了“泥人张”彩塑艺术的熏陶，正因为有这些渊源，张锠与大冯走到了一块儿。

据张锠介绍，“中国民间文化遗产抢救工程”，受到中央领导的高度重视，既然把“抢救”称为“工程”，那就不会是一锤子买卖。

“工程”分为三大部分。一部分是抢救民俗，计划要进行十年。一部分是民间文学，还有一部分是民间艺术，计划要搞五年。要出120部专集，专门介绍民间艺术家，此外还要搞专题片、建数据库、搞中国民间艺术博物馆等，总之这个动静不小。

天津跟北京近在咫尺，津味儿与京味儿，二者是你中有我，我中有你。张锠这几年一直四处奔走疾呼：中国加入WTO以后，要在文化上强调本土化。

大冯在这方面更是不遗余力。头二年，天津搞老城区的改造和开发，要拆百年老街估衣街。大冯急了，经多方奔走呼吁才保住了这条老街。

张锠对大冯如此钟爱中国传统民间艺术非常敬佩。当然，他也想为抢救民间艺术做点事儿，因为他始终没忘自己是“泥人张”的传人。

一晃儿，十多年过去了，张锠说的“抢救工程”十年计划，基本上已经完成，许多民间艺术不但出书、录像、录音，而且全国各地都相继建起了民间艺术博物馆。

尤为可贵的是，正因为有了这一传统文化的抢救工程，才唤醒了政府对传统文化的重视。在随后的非物质文化遗产的保护中，已有1372项民间艺术项目被列为国家级非物质文化遗产，29项被列为世界非物质文化遗产，是世界上非遗项目最多的国家。

在袖子里捏人像

泥人，也叫泥塑，它是用特制的黏土，拿手捏制而成，再施以彩绘。所以捏泥人能体现出极高的手工艺术。

不过，在老北京，走街串巷或在庙会上捏泥人的民间艺人很多，但真正出名的却寥寥无几。

为什么呢？因为一般捏泥人不需要高深的艺术功底，熟能生巧，只要掌握捏泥人的技巧，能按一般的套路捏，就能出活儿。

但是要在泥人当中体现出一定的艺术性，则需要极高艺术水平，因为从某种意义上说，泥人艺术可以跟通常的雕塑艺术相媲美。

泥塑在中国有三千多年的历史，在这当中涌现出许多民间捏泥人的高手，甚至大师级的人物，“泥人张”可以说是近代泥人艺术的代表。

“泥人张”的彩塑艺术，是在吸取了我国民族彩塑传统技艺的基础上发展起来的。远在三千多年前，我国已经运用了在泥俑上施彩的方法，如殷墟出土的男女奴隶俑，战国楚墓和汉墓出土的陶俑上都有绘彩。到了隋唐以后，寺院庙宇中的神像，已经普遍地使彩塑结合，泥彩塑艺术日臻完善了。

说起来，“泥人张”是天津的绝活儿，怎么会跑到北京来了呢？天津的“泥人张”跟北京的“泥人张”是不是一码事儿呢？

这事说来话长。

算起来“泥人张”到现在已然是第六代了。“泥人张”的祖籍是浙江绍兴。在一百六十多年前，第一代“泥人张”张明山的父亲张万全，在绍兴府给一位县太爷当书隶。后来县太爷丢乌纱帽，张万全也跟着丢了饭碗。

为了找饭辙，张万全只好四处流浪，靠捏泥人这样的雕虫小技，卖艺谋生，最后落脚在当时北方最大的水陆码头天津。

张家在天津最初住的地方，现在叫红桥区大丰收路。张万全最早捏的还不能说是泥人，他主要是捏鸟兽鱼虫一类的小玩意儿，上色后到街上叫卖。

张万全的儿子张明山，受父亲的熏陶，从小就迷上了泥团。他勤奋好学，又有灵气，捏出来的活儿跟父亲的不一样。

开始，张万全觉得他标新立异，没当回事儿，可是张明山捏出来的玩意儿，在小市上比他的卖得还快。

一来二去的，张万全服了气，对儿子说：“我看你翅膀硬了，干脆也别跟我学了，自己撒开巴掌自己干吧。”

张明山没拜过师，也没正经念过书，他能成名，全靠自学。他的启蒙老师是上官周画的《晚笑堂画传》。这本画册，他几乎每天不离手。

他的造型艺术完全取自于民间，当时张家附近有座庙，庙里有不少佛像。张明山只要得空儿，便拿着泥奔了寺庙，照着这些佛像捏，直到捏得形象逼真为止。

天津人崇尚民俗，各种庙会不少，庙会上曲艺、杂耍、戏剧等各种演出很多。张明山常到庙会上，揣摩各类戏曲人物，当场就捏。

张明山十八岁那年，到戏园子看戏，当场捏出了几个戏曲人物，其中有余三胜（余叔岩的父亲）、刘赶三（名丑儿）等，人物的造型和神态栩栩如生。人们看了争相购买。这几个戏曲人物，让张明山一下出了名。

人一旦出名，难免被神化。当时，天津人相传，张明山捏泥人有神功，他能当场捏泥造像，而且还能在袖子里，不用拿眼瞧，就能为人捏像。

这种说法一传十，十传百，把张明山说得神乎其神，从此“泥人张”的绰号不胫而走，他也成了天津家喻户晓的人物。

“泥人张”贱卖海张五

张锠虽然是清华美院的教授，但他却没一点儿教授的架子，跟我聊起“泥人张”，打开话匣子就关不住。

他对我笑着说：“其实，在袖子里给人捏像，不过是一种传说。世上哪儿有不用眼瞧，就能给让塑像的，那叫艺术创作吗？”

据张镅介绍，虽然袖子里捏像是传说，但第一代“泥人张”确实常到戏园子里现场给人捏像。

有一次，一位丑角儿在台上正演着戏，发现“泥人张”在给他塑像，这位爷急了，马上返回后台，他怕“泥人张”把自己的丑模样给塑出来。

天津有个恶霸盐商叫海张五，此人专横跋扈。有一天，把张明山叫到他们家。

张明山进了门，海张五连身子都不动，挥手一指，让张明山当场给他塑像。

张明山见他不可一世，盛气凌人的样子，气不打一处来。心说，你仗着有钱有势，太拿我们民间艺人不当回事儿了。

但是他又不敢当面得罪海张五，打了个晃说：“五爷，对不住了，我这两天正闹肚子，怕给您捏不好，毁了容，改日再给您捏吧。”

海张五听了很生气，但又不敢把“泥人张”怎么样，因为当时张明山在天津已经有了名，没办法，只好让张明山走了。

谁知，海张五当时横眉竖目的德行样儿，已经印在了张明山的脑子里，回到家，他凭瞬间的记忆，把海张五歪戴着帽子、张牙舞爪的流氓相给塑了出来。

几天以后，张明山把这个泥人，放在北城闹市的一个小摊儿上出售，并且写上“贱卖”两字。

老百姓一看，就知道这个泥人塑的是海张五的丑态。消息很快传开，天津人说话也哏儿，说“泥人张”在摊儿上贱卖海张五。

海张五得知此事，把“泥人张”恨得咬牙切齿，但也无可奈何，最后一想，总在摊上“贱卖”也不是一个事儿，只好让人把他的塑像买回了家。

天津有关“泥人张”的传说很多，20世纪90年代，还将他的故事，改编成电视连续剧《泥人常传奇》。

“泥人张”的代表作“严仁波坐像”现存天津艺术博物馆。当年，徐悲鸿看了之后，写了篇《泥人张感言》，称他的艺术造诣能与罗丹的雕塑媲美。

我在张锠家，曾看到了当时的《大陆》杂志，刊登的徐悲鸿的这篇文章。

徐悲鸿写道：“至范老尊人像，无须，戴眼镜，衣背心，口角略陷，现微笑之容，皆泥制敷色，色雅而简，至其比例之精确，骨骼之肯定，与其神情之微妙，据我在北方所见美术作品中，只有历代帝王像中宋太祖、太宗之像可以拟之。若在雕刻中，相惠之不足多也。”

能让徐悲鸿写出这样赞叹的话，由此可知张明山的泥人是多么传神。

第三代传人进美院

1947年2月22日，天津《大公报》在“天津人物志”栏，纪念张明山的文章中写道：“宋、金、元雕塑艺术，虽各具神妙，但能手成像，画生肖逼真者，则唯有天津泥人张氏。”

张明山一生创作了近万件彩塑作品。他的作品曾获得过巴拿马赛会及南洋各地博览会的大奖。

令人称绝的是他的代表作《蒋门神》，此像只有寸余高，人头有蚕豆那么大，但却把蒋门神张狂的神态，刻画得栩栩如生。

张明山在1906年去世，现在谁手里能藏有他的作品，一定能卖出大价儿。

我曾经问过张锠，他手里藏着多少张明山的原作？他微微一笑说：“只有几件。”

可见张明山的原作传下来的实在不多。

张明山活了八十多岁。他的儿子张玉亭把他的独门儿绝活儿传了下来。

张玉亭算是第二代“泥人张”，在家谱上他排行老五，人称五爷。

五爷在继承第一代“泥人张”的独门儿绝技后，又有所发展。第一代在艺术上讲究静中求变，他是动中求变。

张玉亭的泥人作品多以反映民俗的场景为主，如婚丧嫁娶等场面。人物主要塑的是三百六十行里的小人物。他的代表作是《钟馗嫁妹》，长两米，队列性的组雕，有神态各异的几十个人物。

五爷张玉亭性格内敛，平时很少说话，沉默寡言，张锠对我说：“听我父亲讲，让他说句话，比让他捏个泥人还难。”

人怕出名猪怕壮。解放前，天津是出混混儿的地界，民间的各种恶势力相互争斗，“泥人张”作为民间艺人，常受他们欺负。

五爷不敢得罪他们，便把这社会丑恶现象反映在自己的作品中，老爷子在天津解放后，被聘为天津文史馆馆员，活了九十多岁。

第三代“泥人张”，以张玉亭的侄子张景祜为代表。张景祜的父亲早年病逝，他从小跟五叔张玉亭学艺。

天津在解放前夕，经济萧条，百业凋敝，艺人纷纷改行，“泥人张”的艺术品也陷入绝境，手艺面临失传，当时，全靠张景祜苦苦支撑门面。

新中国成立后，党和国家对民间老艺人非常重视，“泥人张”才获得新生。1950年，张景祜在天津参加了美术工作队，后来根据当时文化部部长沈雁冰先生的指示，调到北京，在中央美术学院专门成立了“泥人张”研究室，一门心思搞彩塑。1964年，他调到北京工艺美术研究所。

也就是说，解放后，天津的“泥人张”艺术跟着张景祜到了北京。

但是“泥人张”在天津，已成了民间艺术的一个品牌，“泥人张”的传人也不是景祜一人，我们只能说张景祜是第三代“泥人张”的代表。

后来，以“泥人张”的后人为主，在天津专门成立了“泥人张”民间艺术公司，“泥人张”在天津生了根。

泥人受到毛泽东的夸赞

中央美院，可以说是中国当今艺术的最高殿堂。张景祜作为民间艺人能在中央美院有自己的创作室，规格已经相当高了。

当然，中央美院也为张景祜提供了很好的创作条件。这一时期的“泥人张”已经完全摆脱了商业化的色彩，全身心地投入艺术创作的领域。

张景祜的泥人取材广泛，直接反映现实生活，人物形象刻画得更加细腻逼真。在继承独门儿绝活儿的基础上，他在泥人彩塑上有了新的造诣，把“泥人张”提高到前所未有的艺术高度。

张景祜也受到党和国家的关怀，被选为中国美协常务理事、中国文联全国委员、全国政协委员。“泥人张”生前多次受到毛泽东主席、周恩来总理的接见。

张景祜的代表作有《惜春作画》《泼水节》等。毛泽东主席看了他的这些作品，在接见他时，曾对他赞赏道：“你的《惜春作画》塑得好。”

周总理为“泥人张”找接班人

1950年，张景祜在中央美院搞泥塑时，只带了一个学生叫郑于鹤，他是李可染的外甥，后来在历史博物馆当研究员，从事“泥人张”创作。

有一年，张景祜在全国政协会上，见到了周恩来总理。

周总理在天津念过书，对“泥人张”的情况非常了解。他对张景祜说：“‘泥人张’是国宝，一定要后继有人才行。你现在只带一个学生太少了，我看起码得带十个人。”

张景祜笑道：“上哪儿找那么多人去？”

周总理微微一笑道：“没人吗？你找不到，我替你找。”

张景祜当时以为周总理是在跟他开玩笑。他心想总理日理万机，一天到晚有多少国家大事要处理，哪儿顾得上一个捏泥人的事儿呢？

但是，让他没想到的是第二天，中央工艺美院就接到了总理办公室的电话。

遵照总理的指示，中央工艺美院很快就办了一个泥塑班，面向全国招了十多个学生，跟张景祜学泥人雕塑。

斗转星移，现在这些学员已成为国内工艺美术的大师级人才。

1963年，文化部在中国美术馆搞了一次“泥人张”艺术展览，规模很大，引起国内美术界的轰动。

陈毅副总理不但亲自到场，而且在现场主持了两次中外记者招待会。郭沫若在现场即兴挥毫，吟诗一首：

用泥造人首女娲，明山泥人锦上花。

昨日造人只一家，而今桃李满天下。

在这次展览之前，张景祜带着儿子张锠到政协礼堂看电影，正好周总理也来了。

当时，周总理经常利用看戏、看电影的机会，与政协委员们会面谈心。

周总理一眼看见了张景祜，特意坐在了他的身边。总理一边看电影，一边问“泥人张”的情况。

当得知张景祜已带出十多个学生，而且要搞一个“泥人张”艺术展览时，总理激动不已地说：“这很好嘛，‘泥人张’的艺术，一定要传承下去。”

独门儿绝活儿后继有人

张景祜1967年在北京病逝，活了七十六岁。

张锠是张景祜的儿子，他到北京的时候，五爷张玉亭还健在。跟前三代“泥人张”不同，张锠走的是艺术“科班”的路子。

他从北京十四中毕业后，考进了中央工艺美院雕塑班，以后，进北京工艺美术研究所工作，1979年，考上中央工艺美院的研究生班，师从郑可和何燕明教授，研究生毕业后，留校任教，直到退休。

在“泥人张”的第四代传人中，张锠的岁数最小。第四代传人中有张钺、张铭、张铜，都是他的叔伯哥哥。张铜是中央工艺美院雕塑系毕业，后在学院基础部工作，早已退休。

身为大学教授的张锠，言谈举止中带有一股做学问的儒雅之气，他说话颇具理性化，往往一语中的。

他认为从纯艺术的角度看，对民间传统艺术应该在继承的基础上有所发展。如果一味地照搬，就会使它失去生命力。拿“泥人张”来说，虽然是一代一代传下来的，但每一代的风格都有变化。现在是21世纪了，应在继承老一代“泥人张”以写实为主，强调作品的传神、意境的表达和静中有动感的同时，还应开拓选题，关注时代生活，反映新人新事新风貌，同时探索新材料的运用，强调空间语言。

张锠作为雕塑家这些年，除了从事传统“泥人张”的小型泥塑外，还致力把“泥人张”的艺术扩大到公共场所的大型雕塑上，如劳动人民文化宫里他创作的时传祥的雕塑，是高3米的铸铜像。延庆妫川文化广场上的《妫水情》，是用不锈钢雕塑的，高21米。涿州的涿鹿广场《中华世纪龙》雕塑高17米。马鞍山钢铁公司门前的《钢人铁马》，铸铜10米高。

不过，在张锠的代表作《断桥》《踏雪寻梅》等泥塑中，我们仍能看到老一代“泥人张”的神韵。

张锠对我透露，他的最大心愿是按“泥人张”的传统技法，制作“聊斋”故事里的系列人物。经过几年的努力，这套作品的一些泥塑已经问世。

他对我说：“由于党和政府对‘泥人张’的关心，早在多年前，‘泥人张’的绝活儿后继有人问题已经解决。从我父亲开始，‘泥人张’就走进了院校。过去‘泥人张’是家庭小作坊式的制作，绝活儿只能传子不能传外人。从我父亲这儿起，就突破了家族模式，为社会培养人才，把‘泥人张’变成国家的和人民的艺术，而不仅仅是张家门的独门儿绝活儿，现在许多外姓人已经成为‘泥人张’泥塑艺术的骨干。”

早在1954年，天津就成立了“泥人张”彩塑艺术工作室，杨志忠等人已成为高级美术师。张锠的学生也很多，如胥建国、陈辉、李邦秀、张荣达等人，现在都是很有成就的雕塑家。

张锠的儿子张宏岳，中央工艺美术学院雕塑系毕业后，成立了一个“泥人张”艺术开发公司，招的都是外姓人。

所以，张锠不会为“泥人张”后继无人而担忧，因为“泥人张”的艺术是社会的。

张锠的这番话令人深思，当我们为许多民间的绝艺绝活儿成为绝唱、面临失传而忧虑时，当大冯为了抢救民间的非物质文化遗产而大声疾呼四处奔走时，如果我们能冷静下来思考，在那些有独门儿绝活儿的民间老艺人身体硬朗时，能为他们提供有利的条件，帮助他们解决生活上的困难，鼓励他们打破传统的家庭观念，多带一些徒弟，何至于后来着急呀？

『葡萄常』

用嘴吹出来的『葡萄』

老北京的五十年代六十年代的大街小巷里都能见到捏面人儿的手艺人
捏面人

细说写“葡萄常”的因由

“葡萄常”是北京的非物质文化遗产，在政府的扶持下，她的传人常弘把这一独门儿手艺续上了“香火”。

虽然，现代化的高科技，已然能把玻璃制品演绎得千奇百态，但“葡萄常”这一古老的传统工艺，依然一花独放，展示着自己独有的魅力。

作为老北京民间手工艺的代表，“葡萄常”的传人常弘，已经成了名人，采访报道她的人很多，这些年，又出书，又见报，又上电视的，的确扬名立万了，但是出书的、见报的那些文章，可以说多半儿摘抄的是我写的文字，而且他们最初采访的线索也出自于我。

我说这话，并非吹牛，有白纸黑字的报纸为证，我是改革开放后，最早报道“葡萄常”的。

我之所以要说这话，并非表功，其实做记者的写篇报道也无功可表，只是有些人避而不谈，好像我压根儿没写过这类文章，也好像他们压根儿没看过我的文章似的，他们得到的是第一手材料。您说这是不是有点儿忘了“盐从哪儿咸，醋从哪儿酸”了？

我大约是从1992年起，开始关注并采写北京民间的老玩意儿的，而且陆续采访了一些北京民间的老艺人，比如做鬃人的“鬃人白”白大成，做毛猴儿的“毛猴曹”曹仪简、曹仪策老哥儿俩，做皮影的路景达等人。

但是当时民间艺人的生活状况很差，他们做的玩意儿市场上也没人认，许多老的民间手工艺面临失传的命运，于是我根据采访的材料，在《北京晚报》发表了整版的报道《谁来抢救北京老玩意儿》，这篇报道在社会上引起一定的反响。

2005年冬，我跟当时的北京工艺美术行业协会秘书长朱洪聊起了“葡萄常”。

说起来，“葡萄常”算是京城民间工艺的独门儿。当时，老北京的这门绝活儿已基本上失传了。

说它“基本”，是因为“葡萄常”的后人还在，但没人再干这一行了。

说它“失传”，是因为市面上早就看不到“葡萄常”的葡萄了。

我那会儿曾在古玩市场上，看到过一个摊主出售“葡萄常”的一串葡萄，开价上千元。摊主说这是绝品。绝品当然要卖高价。

我对朱洪先生说，行业协会如果能把“葡萄常”的绝活儿拾掇起来，算是为抢救和恢复民间传统工艺立了一大功。

朱洪为人爽快，对我坦言：这确实挺难。别的甭说，“葡萄常”的传人，我们找了一年多还没找到。

按行里人的说法，“传人”指的是技术上的传承者，并不单指后人。说老实话，当时，掌握“葡萄常”绝技的人实属难得。

老北京手工艺的民间艺人一般都比较保守。您忘了那句老话：“教会了徒弟，饿死了师傅。”许多绝活儿都不外传，这正是绝活儿失传的主要原因。

“葡萄常”也不例外。当年，常氏立下规矩，绝活儿不传外姓人，即便是家里人也是传女不传男。所以，如今能把“葡萄常”绝技拿得起来的人太难找了。

采访“葡萄常”的后人

为了能及时抢救“葡萄常”的绝技，我相继采访了“葡萄常”的几位后人，查阅了相关的史料，对“葡萄常”的历史发展和失传的现状，做了一番调查，这些，对后来有志于抢救恢复“葡萄常”绝技的人，还有书写和宣传“葡萄常”的人都有所帮助。

记得是在2000年，我在广渠门内大街一栋新建的回迁住宅楼里，采访了“葡萄常”的创始人常在的重孙子媳妇刘悦民，还有她的两个女儿常弘和常燕。

常家传到第二代，基本上是女性干活儿，换句话说，是女性掌握了“葡萄常”的绝活儿。

当年常氏姑侄女“五处女”独挑“葡萄常”门户之事，名闻遐迩。

“五处女”之一常玉龄是“葡萄常”最后的传人。常玉龄终身未嫁，晚年，一直跟刘悦民一起生活，她的后事也是由刘悦民及女儿办的。

所以，刘悦民及女儿对常家的历史，了解得比较清楚。当时她们为我提供了许多鲜为人知的“葡萄常”家事。

慈禧太后给“葡萄常”写匾

“葡萄常”的沉浮与兴衰，可以说是北京城老根儿人家的一个缩影。

有关“葡萄常”的来历，现今能查到的文字资料有几种“版本”：

比较普遍的说法是，清朝末年，一位姓常的蒙古族清兵，为逃避兵役从正蓝旗兵营里搬出来，为了养家糊口，他的妻室，一位姓富贵（满族人以名为姓）的妇女，学会了用泥做葡萄工艺品出卖，这就是“葡萄常”的第一代。

这位姓富贵的妇女的儿子常在，在母亲的熏陶下，也学会了用泥做葡萄。不过，他后来从泥坯改为用玻璃料制作了，这种玻璃制品也被称为料器。以后，常在做料器的技艺逐渐成熟，也渐渐地有了小名气，这就是最早的“葡萄常”。

1884年10月间，慈禧太后过生日，想要一架葡萄，而这个季节真葡萄很难找，下面的人只好以常在家的料器葡萄来应景。

常在精心制作了一架葡萄，慈禧太后一见，深为惊讶，一时竟认不出真假来，以为10月里还有鲜葡萄挂枝，是一种天义。

事后，慈禧太后得知是常在的绝活儿，便赐给了常家一个“天义常”的字号，于是“葡萄常”便名扬京城了。

另有一说是，慈禧太后在颐和园过六十岁生日时，看到常在做的葡萄，非常高兴，传旨常在到颐和园，送给他一块“天义常”的匾。

前一种说法出自北京出版社1983年出版的《北京工艺美术集》，后一种说法出自新华出版社出版的《中国工艺精华》。

对“葡萄常”的考证

经过我的考证，觉得这两种说法都不确切，或者只能说这是一种民间传说。

1884年10月，是慈禧太后的五十岁生日，老佛爷是想搞隆重的礼仪来过五十大寿的，但1883年12月爆发了中法战争，前后延续了一年多，直到1885年4月，中法在天津签订了停战协定，这场战争才算结束。

这期间，宫廷内外交困，西太后哪有心思大办寿礼？

慈禧太后五十大寿没办成，便憋着在六十大寿时大办一下。没想到1894年，中日爆发了甲午之战，清军连吃败仗，苦心经营了二十多年的北洋水师全军覆没。

在这种情况下，慈禧被迫下诏：“颐和园受贺事宜，立刻停办。”

只有到了她六十三岁那年，才在颐和园办了生日庆典，在德和园大戏楼连演了八天大戏。所以慈禧在过生日时赏“葡萄”之说，无从谈起。

而且以慈禧的身份和地位，也不可能下诏引见一个做料器的民间艺人进宫。如此看来，慈禧赏葡萄的说法是民间以讹传讹了。

不过，这种传说印证了“葡萄常”绝艺的不同凡响。

据刘悦民回忆，她们家确实有一块“天义常”的老匾，上面的字依稀可见，是不是慈禧手迹，她记不得了。

解放后，这块匾一直用来盖存煤球的棚子，“文革”时，常家被红卫兵抄家，这块匾就不知去向。

常弘听长辈人讲，老佛爷很喜欢“葡萄常”的玩意儿，常在也曾经进过宫，老佛爷还赐给过他四品官。当然这也属于闲聊天。

一个民间艺人因为有绝技被封官，清史上没有这种记载，也不可能出现。

客观一点儿分析，“葡萄常”做的葡萄确实精湛，几可乱真，一向喜欢古董和民间工艺的慈禧太后，对“葡萄常”的葡萄十分宠爱，兴之所至，提笔赠字，刻匾相赐，这倒是有可能的，但与她过生日无关。

当初做的是“泥葡萄”

常玉龄是常在的孙女。1981年她七十岁时，发表了由她本人口述，王占魁整理的《葡萄常》一文，此文收进了北京出版社出版的《花市一条街》一书。

这篇文章的一些情节，虽然亦有“传说”成分，但总体上是本人的亲身经历，应该说是真实可信的。

从常玉龄的口述中可知，常家的祖籍在原来的蒙古，清朝末年，清皇室在蒙古选中了一位公主，她爷爷常在随这位公主从蒙古来到了北京，住在正蓝旗的蒙古营里。

所以常家属于正蓝旗。一家人靠皇室发放的俸禄生活。

清末，清政府入不敷出，断了一部分旗人的俸禄，许多旗人开始自谋生路，常在也从蒙古营搬了出来，四处找活儿干，但做买卖没本钱，干体力活儿舍不得卖力气，一时生活没了着落。

后来他在街上看到小孩玩的泥人、泥葫芦挺好玩，于是他从郊外挖来泥土，试着做泥人、泥葫芦和泥葡萄珠，用细篾片把葡萄穿成串儿，再涂上色，拿到街上叫卖。

果然，这些泥做的小玩意儿挺招人喜欢，从这儿起，他便以此谋生了。

“葡萄常”在巴拿马获奖

常在心灵手巧，也爱琢磨花样儿，他看到花市一带有几家料器作坊做出的料器，摆到桌上挺是样儿，便买了一些烧玻璃的原料，在家里砌了火炉，开起了作坊，试着烧料器葡萄。

他经过反复试验，烧出的活儿再染上霜，非常逼真。于是他拿到小市上出售，很快被人抢购一空。从此，他便改烧料器葡萄了。

常在烧制的葡萄与众不同，很快在京城传开了，因为他是独门儿，找他订货的人纷至沓来，就连外国商人也来订货。

当时“葡萄常”的料器葡萄远销巴拿马、荷兰、英国、印度尼西亚等国。

据常玉龄回忆，她爷爷除了能做料器葡萄，还会做各种禽兽的料器眼珠，一张虎皮，配上他做的料器眼珠，栩栩如生。

慈禧太后赏赐常在“天义常”的牌匾，让“葡萄常”九城扬名。常在为感激皇室的恩赐，精心制作了一批料器葡萄、眼珠和葫芦，送到宫里，其中有一套“子孙万代”的葫芦，至今还保存在故宫博物院。

1915年，“葡萄常”的料器葡萄，参加了巴拿马国际博览会，并且获了奖。

孙子败了家业

常在有两个儿子、三个女儿。长子扎伦布、次子伊罕布，长女桂福、次女桂禄、三女桂寿。扎伦布又有四个儿子，以“华光普照”起名，分别叫玉华、玉光、玉普、玉照，一个女儿叫玉清。

伊罕布只有一个女儿，就是常玉龄。

常在活着的时候，长子、次子跟着他学手艺，常在去世后，这哥儿俩就把“天义常”的字号继承下来，“掌作”（掌管作坊）了。

应该说“葡萄常”的第二代，还是能吃苦耐劳的，他们靠父亲传下来的独门儿绝活儿，踏踏实实地挣钱养家。

“天义常”的名气已经有了，订货的人不断，他们也没少挣钱，而且在花市大街60号置了一所很是样儿的宅子。

手艺人凭本事吃饭，当时常家的生活虽算不上富有，但也称得上殷实。只是到了第三代，娄子事儿就出来了。

据常玉龄的回忆文章说，大爷二爷对四个儿子百依百顺，吃饭时单给他们做菜。他们不但不学手艺做活，还每天出去玩，手里常有零花钱，从小就养成了游手好闲的生活习性。

四个儿子长大以后，又不正经谋生，靠着家里的名声和父辈姑母们用血汗换来的钱，在外面吃喝玩乐，钱花完了，回家张口就要。

那会儿，一般的老根儿人家都重男轻女，大爷二爷又不愿把手艺传给外姓人，于是家里的几个女孩就成了主要劳动力，大爷二爷把“葡萄常”的绝活儿传给了她们。

常在的三个女儿学手艺时，老大才十岁，老三不到七岁。大爷二爷手艺不错，但思想绝对保守，怕独门儿手艺传给外姓人，就连自己的妻子都保密。

常玉龄的母亲在常家几十年，到死也没摸过一枝葡萄。有时活儿忙不过来，她母亲想过来打打下手，都被她几个姑姑支使开。

常家的独门儿手艺，为什么传女不传男呢?

常家到第三代，女孩在家做葡萄，男孩在外头瞎折腾，常家这时已露出衰败的迹象。

常玉龄的回忆文章中说，华、光、普、照这哥儿四个，经常打着“天义常”的旗号去借钱，要不就是偷姑姑们做好的葡萄拿出去卖，最后干脆偷家里的东西往当铺里送。

大爷干生气也管不了。大姑桂福为几个侄子的事儿，常跟大爷争吵，最后觉得无望，1930年，已经三十六岁的桂福，一气之下削发出家当了尼姑。

二姑桂禄和三姑桂寿，为了家里的手艺能传承下去，横下心来，发誓终身不嫁。

1937年，二爷伊罕布去世；1944年，大爷扎伦布也撒手人寰；玉华、玉光也前后脚死去；玉普、玉照出家当了和尚。

这哥儿四个留下了三个刚满周岁的男孩。大爷扎伦布尸骨未寒，债主们便找上门来，这个说华、光、普、照哥儿四个借了他们钱；那个说这哥儿四个欠了他们多少债。

姑姑们对几个侄子在外面的事儿并不知道，来人要账说多少，就得给多少，这个走了，那个来。常家三代人辛辛苦苦攒的家底儿，几天的工夫就给折腾光了。

债主仍然不断，不还钱就要打官司。娘儿几个最后没辙，把花市的老宅子给卖了。

当时三个姑姑，加上常玉龄和常玉清两姐妹，五个处女抱着三个刚满周岁的孩子，迎着呼啸的北风，真是悲痛欲绝。

也许正是由于常家的孙子，把这么一个大家庭给败了，所以留下了“葡萄常”的独门儿绝活儿传女不传男的家训。

五女自立挑起门户

“葡萄常”在20世纪40年代败了家。“华光普照”哥儿四个把这个家给折腾光了，死的死，出家的出家，只剩下三个老姑娘和两个侄女，带着三个孩子，那日子可想而知。

常家把花市的老宅子卖掉，后来搬到了下唐刀胡同。家里没了男人，生活塌下半边天。“葡萄常”的葡萄也做不下去了。

“天义常”的牌匾被迫也摘了，炉冷灶清，娘儿几个撂下绝活儿，只能靠卖烤白薯、炸油饼、捡煤核儿、给人拆洗缝补被褥维持生活。

这种苦日子一直熬到北平解放，她们才重见阳光，“葡萄常”的绝活儿也由此起死回生了。20世纪50年代初，北京市崇文区政府得知“葡萄常”后人的生活境况，为了不使老北京的这一绝活儿失传，找到常家姑侄女，动员她们恢复“天义常”的葡萄。

娘儿几个自然很高兴，她们制作了一批料器葡萄很快上市，并且参加了1952年，在天坛举办的全国物资交流大会。

这次活动让人们再次领略了“葡萄常”绝活儿的魅力，不少报纸报道了常氏五女的绝活儿，“葡萄常”又一次名扬中外。

“葡萄常”起死回生

1956年公私合营时，北京手工业合作化运动也随之展开。政府动员常氏五女参加合作化，二姑常桂禄手艺最好，也在家里当家。

她最初担心合作化体现不出“天义常”老字号的名气，把祖宗留下的东西丢了，不愿加入合作化。

政府理解她的心情，在她们成立合作社以后，让她们依然保持“天义常”的字号。

这个字号一直到“文革”前才摘，应该说当时政府对老字号是非常重视的。

“葡萄常”走入合作化之后，政府不但为她们的产品寻找市场，而且还帮助她们从通县调来两个烧玻璃珠的炉工，并从外地招收了四个女徒弟。

通过媒体的宣传，“葡萄常”的知名度越来越高，一次，一张订货单达到了五万枝葡萄的数量。

二姑常桂禄的手艺好，每月工资达到了130元，常玉龄的月工资也达到70多元。

130元，在当时相当于大学教授的月工资水平。同时，她们的社会地位也很高，常桂禄被评为老艺人，当上了政协委员。

“葡萄常”在新中国可谓是枯木逢春。

常氏五女终身不嫁

曾任北京市委文教书记的邓拓，20世纪50年代，当过《人民日报》总编辑、社长。邓拓虽然是福建人，但长期在北方工作，对北京的人文历史非常感兴趣，并做过深入细致的研究。

常氏五女终身不嫁，一心一意做葡萄的事引起他的关注。1956年，邓拓以普通记者的身份，采访了常氏五女。

常玉龄后来回忆当年邓拓到她家采访的情景："他的语气和蔼，待人热情，没有一点儿架子。大概是他由常家姑侄姊妹都不出嫁这件事，联想到中国历代手工业者，用一切办法保守技术秘密的许多悲剧：担心这幕悲剧在常家还没终场，所以问我们，不出嫁是为了保守常家祖传技艺的秘密吗？我们没有正面回答，只是搪塞道，我们喜欢自在，才不想出嫁的。邓拓看出我们的苦衷，才转了话题。"

1956年7月28日，《人民日报》发表了邓拓的文章《访"葡萄常"》。这篇报道记述了"葡萄常"的发展历史和现状，给后人研究"葡萄常"留下了珍贵的资料。

采访"葡萄常"时，邓拓有感而发，写了一首"画春堂"的词，送给五女：

"常家两代守清寒，百年绝艺相传。葡萄色紫损红颜，但梦如烟，合作别开生面，人工巧匠天然。从今技术任参观，比个媸妍。"

邓拓的文章和词，使"葡萄常"的影响越来越大，也让常家五女感受到社会的关爱。但是，由于种种原因，常氏五女一直墨守祖训，没把独门儿绝活儿传给外人，甚至没有传给常家的男性。

刘悦民的长女常弘对我说："'葡萄常'的绝活儿不是吹玻

璃球，而是上色和上霜。‘葡萄常’的葡萄之所以形象逼真，绝就绝在挂霜上。”

为什么常家的绝活儿传女不传男呢？常弘解释说，主要因为从“华光普照”那一辈起，常家的男性大都不争气，以至于后来把家都给败了。常氏五女之所以发誓不嫁人，其苦衷就在这儿。

邓拓先生的文章不可能把这些背景写进去，五女都是老北京，也怕家丑外扬，不便向外人讲这些事儿。

看来，“葡萄常”的绝活儿不传外姓人和常家男性，有着比较复杂的家庭内部原因。

“葡萄常”再遭厄运

据常弘介绍，常在有三个孙子：秀厚、秀宽、秀忠。这三个孙子都是当年常氏姑侄女拉扯大的。常秀厚是常在的孙子常玉华的儿子，十四岁便在中共崇文区委当通信员，也曾在崇文区法院工作过，20世纪50年代，调到北京绢花厂任党支部副书记，没做过料器葡萄。常秀宽和常秀忠也没做过料器葡萄。

常秀厚于1983年去世，活了四十九岁。他的妻子刘悦民（常弘的母亲）我采访时时年七十岁。她对我说，我爷爷是做绢花的，人称“翠花儿刘”，跟“葡萄常”是朋友。我嫁到常家后，便与常玉龄朝夕相处。

由于常家在旗，老规矩多，她常想三个姑姑拉扯这几个侄子不容易，只能委曲求全来尽孝。常玉龄后来腿摔折了，下不了床，是她给这位老姑奶奶端屎端尿，伺候到死。

“文革”时，常氏五女因邓拓同志的文章受到了株连，红卫兵来抄家，把“天义常”的匾给砸了，常家保存了几十年的料器样品、照片、资料也被烧毁。

在最困难的时候，是刘悦民和常弘姐妹照顾着这几位老姑奶奶。二姑桂禄1968年去世，没受什么委屈，出家的大姑桂福后来还俗，1977年去世。

到“文革”结束后，常氏五女只剩下常玉龄。当年的小姑娘也成了快七十岁的老姑娘。

因为“葡萄常”是京城的绝活儿，“文革”结束在恢复老字号时，有人提出恢复“葡萄常”的建议，引起了北京市领导的重视。抢救“葡萄常”的文件，再一次拿到了北京市政府负责人的办公桌上。

常玉龄年逾古稀“出山”

1979年，当时北京市崇文区（崇文区后来与东城区合并）的领导，到常家看望常玉龄老太太，向她传达了中央领导关于恢复“葡萄常”传统独门儿绝活儿的指示。

常玉玲听了万分激动，在区政府的帮助下，她重新披挂上阵，在自家的小院垒起了炉灶。当年的老炉工也重新出山，跟老太太一起干起来。没用多长时间，中断了十多年的“葡萄常”又东山再起。当“葡萄常”的产品重新面市时，人们无不惊叹这一老北京绝活儿的新生，独门儿没绝。

多家报纸对此做了报道，美国、加拿大、英国、法国、泰国等国的商人纷纷上门订货。“葡萄常”的作品也在广交会上露了脸。

1982年，常玉龄又协助东城区安定门联社办起了“葡萄常”工艺厂，厂长肖秀芳拜常玉龄为师，生产的料器葡萄远销欧美国家。

1986年，常玉龄病逝，活了七十六岁。过了几年，“葡萄常”工艺厂也因种种原因，不再制作料器葡萄了。

到20世纪90年代中期，“葡萄常”又一次在京城销声匿迹。

“葡萄”是“吹”出来的

“葡萄常”的葡萄是纯手工操作的技艺。说老实话，烧制这种料器葡萄是一种苦活儿。

您想，要把一锅烧化的玻璃变成一串串栩栩如生、有枝有叶还挂着白霜的葡萄，没两下子行吗？

首先，您得对各个品种的葡萄样子熟谙在心。葡萄珠有大有小，葡萄叶有黄有绿，有的葡萄珠在生长过程中，免不了挤碰，破口流汁；有的熟透了、烂了还会留下斑痕，做出的葡萄要表现出这些特征，才能逼真。

所以“葡萄常”得反复揣摩葡萄的样子，烧制葡萄比种葡萄可难多了。

其次，是在炉上吹珠，锅里滚烫的胶水和蜡汁，吹好的葡萄珠要放到蜡汁里蘸蜡上色，蜡要蘸得光滑均匀，一颗葡萄珠要蘸几次，才能涂好一层蜡，稍不留神蜡汁溅到手上，就会烫起一层水疱。

葡萄珠“灌把儿”（往葡萄珠里插铁丝）更不易，用劲儿小了插不进去，用劲儿大了，玻璃珠就会碎。碎玻璃扎到肉皮里，针尖都挑不出来。

当年常氏五女的手个个伤痕累累，老茧鳞鳞，因长年搓料器，手指头都变了形。所以说做料器葡萄除了有绝艺，还得能吃苦。

记得当年，常弘跟我分析“葡萄常”之所以断档的原因，除了过去常氏五女的思想保守以外，还因为干这活儿忒苦，更何况料器葡萄在市场又卖不出高价，所以付出这么大的辛苦，并不能赚到什么钱。

常弘说的不无道理，您想，现在城市里的孩子多是独生子女，哪个家长舍得让自己的孩子受这份累去？

当然，现代的审美观也变了，北京城早就不兴在家里摆假花假果品了。所有这些，在客观上制约了“葡萄常”的复苏和发展。

但它毕竟是北京的老玩意儿，而且还是有代表性的传统民间手工艺产品，一旦失传，将是对老北京传统工艺的一大损失。

独门儿老玩意儿“枯木逢春”

2005年，我在《北京晚报》关于抢救“葡萄常”的一个整版的长篇报道发表后，在社会上引起很大反响，也引起了北京市政府的重视，在政府的关心下，常弘决定把常家的传家独门儿绝活儿捡起来。

她当时在建外的“贵友”大厦当业务员，为了恢复“葡萄常”，她办理了提前退休，一门心思搞独门儿的再生。

常弘对我说：“当年二爷（旗人把姑姑称爷）常玉龄，是看着我长大的。因为常家的绝活儿传女不传男，所以常玉龄生前把祖传的一些技艺都告诉了我和母亲。这些为恢复‘葡萄常’打下了基础，同时我母亲也有恢复‘葡萄常’料器葡萄的想法，所以，我们娘儿俩开始整天琢磨这些独门儿绝活儿。”

“葡萄常”的绝活儿，主要是染色和上霜的技法，这是常氏的秘方。

常弘告诉我，当年二爷在的时候，有个吹活儿的师傅技术比较高，她听说这老爷子还健在，而且技术也没传外人，于是她费尽周折找到了这位老人。

老人听说“葡萄常”要恢复，主动要“出山”把撂下多年的记忆拾掇起来，为恢复“葡萄常”尽一份心出一份力。

常弘又经过有关方面的努力，得到了一些资助，她又拿出自己的一些积蓄，请会盘炉的师傅，把烧制“葡萄常”的炉支了起来。

老玩意儿往往给点儿阳光就灿烂，2006年的春天，常弘给我打电话要见我。

见面后，她拿出两串新做的“葡萄常”葡萄让我看。

“这是我们新做出来的。”常弘笑着对我说，“没有您在《北京晚报》上发的那篇报道，就没有‘葡萄常’的恢复，所以我们生产出的第一串葡萄，首先想到的就是您。”

她的脸上流露出的是真诚，说的也是肺腑之言，没有半句虚词。

我细看那两串“葡萄”，珠粒均匀饱满，色泽逼真光润，上面带着霜，更显生动，确有“葡萄常”的韵味儿，也能看出几分匠心，只是挂的霜有些糙，细看有假的成分，不过，它让我看到了恢复“葡萄常”的希望。

一晃儿，十多年过去了，当年的常弘也已经是“奔六”的年龄。十多年，“葡萄常”作为老北京的独门儿绝活儿，已经被列为北京市的非物质文化遗产。

常弘她们做的葡萄，多次参加全国性的民间手工艺品展览，还出国进行过交流，知名度越来越高，只是受市场开发和供需不协调等方面的限制，没有进一步批量生产，依然属于“作坊式”小规模作业。

但是不管怎么说，老北京的独门儿绝活儿“葡萄常”算是保留和传承下来。

经过百年的风风雨雨，几起几落，“葡萄常”能在新时代、在世人面前重现它的光彩，的确是不容易。

茶房 七三北京茶馆
兴于二三十年代当时的
大茶铺门外有天泉轩
等四十年代初茶馆开始
不景气并同时各种茶
馆出现和路边席棚
和各种茶摊同时出现

郝德立

放百米『长龙』飞天

皇城根儿下

玩“屁帘儿”长大的

老郝，大号郝德立，身材奇瘦，脸上没有多余的肉，小腰的腰围不到两尺。

虽然年过七旬，走道儿健步如飞，能连打几个旋风脚，二八妙龄的少女都羡慕。大病小病见了他得绕着走。

您若问老郝哪儿来的这么好的身板儿和精气神儿？一句话：玩风筝玩的。

老郝是地道的老北京。父亲郝广桐，是解放前老三合木材厂的内当家。爷爷是通州的秀才。

郝广桐四十四岁时，才有的郝德立。德立上边四个姐，下边三个妹，当中间就他一个男孩儿，自然成了家里宝贝疙瘩。

说来也怪，郝德立的母亲生了七个闺女，就这么一个儿子，但郝德立小的时候，他妈一直拿他当闺女养。老人家忒喜欢女孩儿了。

郝德立小时候，脖子上挂着长命锁，左边耳朵上拴着一个小秤砣，脑袋后头梳着小辫儿，不认识他的，真会把他当女孩儿。

直到上小学，他脑袋上的小辫儿还留着，所以落下一个外号叫“歪毛儿”。

老郝从小身上就不爱长肉，猴儿淘气，上房摘枣，下河捞蛤蟆骨朵儿，到陶然亭逮蛐蛐儿，一天到晚不着家。

他的中学是在北京31中学念的，体育老师是原国家足球队的“大门儿”（守门员）徐奇。

徐老师看他体形好，让他入了学校的技巧队。20多个学生叠罗汉，他在紧上头拿倒立，您说他的功夫怎么样吧？

说起玩风筝，郝德立讲话，这是他小时候玩剩下的。当然，那会儿郝德立玩的风筝都是自己糊的，北京的孩子管这叫“屁帘儿”。

这种“屁帘儿”，在北京胡同住过的孩子几乎都玩过，我也会糊会扎。找张糊窗户的高粱纸，弄两根竹签子一扎，下边贴两张长长的纸条，找根线一拴，就能飞着玩。

但这种“屁帘儿”能飞过房顶或树高就不错了，严格说，这不叫风筝。

那会儿，住胡同的孩子家里生活都不富裕，买不起老北京人玩的沙燕儿，只能自己糊“屁帘儿”飞着玩。

不过，郝德立在梳小辫时代，不光就玩“屁帘儿”，让他得意的是上小学时，玩过一礼拜沙燕儿。

怎么回事呢？

有一天，郝德立在胡同里放“屁帘儿”，飞着飞着，忽然来了一阵风，从半空飘下来一只断了线的瘦沙燕儿。

嘿，大概是老天爷知道我喜欢风筝，特地赏给我一个吧？乐得他合不拢嘴。这只从天上掉下来的断线风筝，让他喜欢得一宿没睡。

他的脑瓜灵，照着这只沙燕儿，自己糊了一个，但放了两次，风筝就断了膀儿。

他在懊恼之中，暗下决心，有朝一日一定要扎糊出像回事儿的沙燕儿来。

跟儿子玩“孙猴儿”

虽然有玩风筝的心，但参加工作以后，每天朝九晚五的工作节奏，哪儿有时间玩呀？老郝真玩风筝是在20世纪80年代。

当时，他上小学的儿子上手工课，老师让每个学生糊一个风筝。他帮儿子扎了一个孙猴儿（孙悟空）。儿子拿到学校，被老师夸奖了一番。

“是你糊的吗？”老师问道。

“不是，是我爸爸帮我糊的。”郝德立的儿子如实相告。

“孙猴儿糊得倒是很好看，但是能飞吗？你问问你爸爸。”老师将信将疑地说。

郝德立的儿子回到家，把老师的话告诉了郝德立。

郝德立想了想，对儿子笑道：“风筝嘛，不能飞还叫风筝？”

“我不信它能飞起来。”儿子摇了摇头说。

“不信？那好，我让你看看！”老郝带着儿子奔了天安门广场。

哪儿知道儿子说对了，孙猴儿画得挺好看，但它把郝德立差点儿没给折腾成猴儿。他拿着那风筝在广场跑了大半天，孙猴儿就是飞不起来。

老郝起了急，对儿子说：“得了，我重给你扎一个吧。”

他当时在机床研究所搞机床设计。画图，这是个细活儿。有画精密仪器图纸的底子，他不信扎不好风筝。

费了几天工夫，他扎了个大“蜈蚣”，拿到天安门广场放飞，这回还真让他给飞上了天。

由这儿起，郝德立跟风筝结了缘。光玩“蜈蚣”不过瘾，老郝后来主要玩“龙”。

天安门广场放“长龙”

风筝讲究扎、糊、绘、放“四功”。郝德立以前画过机械制造图纸，没画过画儿。

为了学画风筝，他先后请教了风筝界的三位前辈：孔祥泽、刘汉祥和费宝龄。

孔祥泽是曹氏风筝代表，他绘制风筝讲究造型的艺术性。刘汉祥的风筝注重骨架，绘画在风筝界独树一帜。

虚心加上肯钻，郝德立很快掌握了绘制风筝的技巧，他不想嚼别人的馍，而是借鉴了三位前辈的绘画风格，凭借自己对风筝艺术的理解，创作出自己的独门儿。

敢情画风筝跟画国画儿是各走一功。墨分五色：焦、浓、次、淡、白。国画讲究工笔重彩，泼墨写意，忌火忌跳。风筝则与之不同，讲究远近都相宜，追求大火大跳，飞出几十米去，还能色彩鲜艳。老郝画的“龙”，就达到了这种效果。

20世纪90年代，天安门广场还是人们自由出入的地方，人们可以在广场上漫步游玩，当然也成了北京人放风筝的好地方。

每天这里都有几十位放风筝的常客，郝德立后来就是常客之一，在天安门广场放风筝的人，几乎都认识老郝，因为他放的“龙”，不但庄重大气，而且体形也大，显鼻子显眼。

要玩就要玩大的，郝德立制作的最大的一条“龙”有100多米长。他告诉我，是用平板三轮拉到天安门广场的，这个风筝从人民大会堂东门广场放起，一直到天安门广场中间。

放飞的那天刮的是三级风，风不大，但起飞后，一个人拽不住了，眼瞅要放线，上来六七个小伙子帮忙，才缚住这条不驯服的“苍龙”。

这种场景已经成为历史镜头。天安门广场早已经不让放风筝了。

“长龙”在香港拿金奖

您别瞧郝先生体形瘦削，体重只有百斤出头，但他正经练过太极。四十多岁时，单杠铃，举起过60公斤。

他告诉我：“没有结实的身板儿玩不了‘龙’。”

的确，郝德立的风筝在北京属于独门儿，他突破了传统风筝“放”的局限，让风筝变得越来越大，飞得也越来越高了。

郝德立的独门儿风筝，自然让同行刮目。郝德立做的“龙”，为北京的风筝界露过脸。

1986年，北京市风筝协会在月坛体育场举办了第一届北京市风筝比赛，他放的“龙”获得了龙类第一名。

风筝比赛大体上分八项：龙类、硬翅类、软翅类、拍子类（也叫板子类）、硬翅串类、软翅串类、立体类、自由类。

郝德立制作的“龙”，连续五年获北京市风筝比赛龙类第一名，并五次代表北京参加全国风筝比赛。

1989年，在全国风筝比赛中，获龙类第一名和“全国十佳风筝”称号。1991年在香港举办的第三届国际展能节上，他放飞的“龙”获得金牌，并获得了北京市政府的嘉奖。

1999年，在中央工艺美院展览厅举办的风筝精品展上，他设计扎糊的大龙头获优秀奖。2001年，郝德立随北京市文联和台办组织的“京味文化之旅”，到台湾展示和演练风筝，受到当地风筝界的好评。

2003年，老郝绘制的“国粹掌中宝系列”《中国风筝》出版，算是圆了他多年的“风筝梦”。2005年，他的“龙头蜈蚣”被中国美术馆收藏。

讲风筝成了专家

这几年，郝德立经常到各地讲风筝。讲风筝文化，教大伙儿扎糊，以自己的亲身体会，告诉人们放风筝的好处。

现如今，都市人甭管学习和工作，低着头的时候多了，尤其是进入网络时代，出现了大批“低头族”。

长期的伏案或低头劳作，会使人的颈椎造成疲劳，现在颈椎病人急剧增加。

郝德立对我说："颈椎一旦出了毛病，一般都是保守性治疗，几乎没有特效药。治疗和防止颈椎病的最好办法就是放风筝。"

郝德立以自己的亲身经历，说明放风筝的好处。他原来在单位搞设计，伏案低头画了几十年的图纸，到现在颈椎一点儿没事儿，原因就是他喜欢放风筝。

在城市的空场上放风筝，人与大自然会紧密地融合在一起。蓝天，白云，绿草地，不但让人心情舒畅，胸襟开阔，而且双目打远，仰头望着天空飘动的风筝，能活动颈部、腰椎，同时还能治疗和防止近视眼。

现在，生活在都市的人大多住楼房，楼与楼的间距有限，出门还是高楼大厦，成长中的孩子没有远眺的机会，这正是近视普遍增多的原因之一。而到户外放风筝，恰恰给人们远视创造了条件。

郝德立认为，要想让中小学生摘掉眼镜，最好的主意就是让他们常放风筝。甭多了，每周一次就管事儿。这大概是老郝玩"龙"玩出的经验吧。

郝德立的风筝确实非同一般，不但悦目，还能治病，当然，治疗颈椎病，放任何风筝都有辅助疗效，并非是他的独门儿。

童戲圖
寫意并題于京 葉子然

哈亦琦

让老北京『沙燕儿』成国礼

卖风筝图
京城最有名
的风筝是哈国良与金忠福两家
每年厂甸庙会开，哈金两家都有自
市已家的风筝摊
旧京人物

风筝为什么叫风筝

风筝是人们喜欢的民间工艺品之一，放风筝在中国有两千多年的历史。据史书记载，春秋时期，鲁班曾削竹子做了一个鹊，“飞天三日不下”。

按这个说法，鲁班爷做的这个竹鹊，应该是风筝的始祖。后来，风筝成为借助风力进行通信的工具和打仗的武器。

风筝作为民间的放飞和观赏的玩意儿，最早见于宋代画家苏汉臣的作品。不过，那会儿的风筝还不叫风筝，叫纸鸢。

风筝这个词儿怎么来的呢？明代的陈沂写了一本书叫《询刍录》，其中记述：“五代时李邺于宫中作纸鸢，引纸乘风为戏，后于鸢首以竹为笛，使风入竹，声如筝鸣，故名风筝。”

宋代商承的《事物纪原》里，也有“纸鸢俗谓风筝”的话。

由此可见，风筝一词大概是宋代以后出现的。也是从宋代以后，由皇宫里的游戏演变为民间的玩意儿。

按过去的民俗，老百姓平时不放风筝，只有到了正月十五元宵节以后才放，一直放到开春的清明节。

清代高鼎的《村居》诗里有这样的描写：

草长莺飞二月天，拂堤杨柳醉春烟。
儿童散学归来早，忙趁东风放纸鸢。

风筝除了放飞，作为观赏的民间工艺品则是清代以后的事儿。到现在，已有三百多年的历史。

老北京风筝的“四大家”

风筝讲究扎、糊、绘、放“四功”。当然，风筝不是中国独有的，中国的风筝有“南派”“北派”之分，北京的风筝作为民间工艺品，有自己的独到之处，可以说是“北派”的代表。

老北京的风筝以沙燕儿为主，根据制作的工艺特点和自己的独门儿，分为两大家：一家是“风筝哈”，另一家是“风筝金”。

金氏几代人在地安门大街的火神庙前摆风筝摊，哈氏几代人在琉璃厂开风筝铺。一北一南，各有特色。

老北京人玩风筝，一般都认这两家，至今还流传着“南城的大沙燕儿、北城的黑锅底”的说法。

所谓“黑锅底”，是用烧柴锅的锅底灰当颜料涂的色，做出的沙燕儿黑白分明，远视效果极佳。

金氏风筝的传人金忠福和金淑琴，兄妹俩住后门桥一带，一辈子没结婚，也没留下后代，二人去世后，“风筝金”断了香火。

到20世纪70年代，京城做风筝的又出现了两大家，一家是曹氏风筝的代表孔祥泽，另一家是具有文人画意的风筝代表马晋。

1973年《文物》杂志发表一篇文章，说发现了曹雪芹的一部遗稿《废艺斋集稿》，其中有《南鹞北鸢考工志》，主要讲风筝的制作工艺，曹雪芹对风筝工艺很有研究，《红楼梦》中多处提到了放风筝的事儿。

孔祥泽通过这部书稿，挖掘出曹氏风筝的工艺造型，并加以绘制，形成了独立的门派。

马晋是位画家，他做的风筝独树一帜，可惜的是他去世后，其子马龙以绘画为主，不做风筝了。我采访孔祥泽先生时，他已七十八岁，还能绘制风筝，他的儿子孔令民和孙子孔秉军接了他的班，做出的风筝具有独门儿特点。

除了这风筝界公认的“四大家”之外，京城做风筝的还有刘汉祥、费宝龄、郝德立等名家，但没有形成流派。

民间工艺要想形成流派，首先要有自己的独门儿风格特点，其次是大家公认，最后就是流传较久。

就上面说的这“四大家”而言，京城风筝界，真正承传有序，并在保持传统工艺的基础上有所发展的，首推哈氏风筝。哈氏风筝到现在已经是第四代传人了。

哈氏五兄弟都玩风筝

“风筝哈”是回族，祖籍河北河间县，其祖辈是考武状元时进的北京。

后来，中过武状元的哈氏家道中落，在西琉璃厂把口儿开了个两间门脸儿的铺子，位置现在“一得阁”门前停车场把角儿处。

“风筝哈”的第一代是哈国良，他最初是做灯笼的，中年以后，才开始琢磨起风筝来。

哈氏风筝一般是用高级的绢做的，选材严谨，骨架坚固平整，画工精致生动，品种繁多，各具特色，最出名的是大沙燕儿。

孙殿起写的《琉璃厂小志》中记载：“哈氏风筝在路北仁威观。数十年以哈氏风筝制售为最著。”可见当时哈氏风筝名不虚传。

“风筝哈”的第二代传人叫哈长英，子承父业，专做风筝。当时哈氏住在护国寺大杨家胡同4号，这是个有11间房的独门独院。

哈长英有五个儿子一个女儿。老大哈魁斌，老二哈魁寿，老三哈魁亮，老四哈魁光，老五哈魁明，女儿哈昌漪。

六个孩子都住在这个小院，跟哈长英一起做风筝。其中大爷哈魁斌和五爷哈魁明扎糊绘的技法最好。二爷哈魁寿长得人高体壮，专管试飞。

老北京做风筝的艺人是三季做，一季卖。一年之中，吃的是大年三十到正月十五这十多天的买卖。

由于“风筝哈”在京城做风筝有名，四九城的人都奔哈记风筝铺买风筝，最火的时候，一天卖过73块大洋。

73块大洋，在当时是什么行市呢？这么说吧，当年，300多块大洋能在北京买个小院。

旺季当然能多挣点儿钱，到了淡季，就门前冷落车马稀了。

每到这时节，哈记风筝铺为了维持生计，便改做清真小吃，卖烧饼、年糕了。

哈氏风筝早在一百多年前，就为北京人在国际上争了脸。1915年，当时的京城农商会买了哈氏四件风筝作品：蝴蝶、蜻蜓、仙鹤、凤凰，到巴拿马世界博览会参加展览，让外国人大开眼界，四件作品获得了银奖。

哈长英1946年去世，哈氏五兄弟把父亲的独门儿绝活儿继承下来。哈记老铺直到解放后公私合营时还卖风筝，但五兄弟中，真正支撑门户的是五爷哈魁明。

邓小平关心哈氏风筝

哈魁明是“风筝哈”的第三代传人，他在京城，称得上是位玩家。除了风筝扎得地道，他还爱玩鸽子，玩鹰也是一把好手。

哈魁明玩鸽子的绝活儿是相鸽子，他能在鸽群中辨别出哪只鸽子飞得高飞得好。熬鹰，他也很有功夫。

此外，他还是京剧票友，学李多奎，唱老旦。哈魁明年轻那会儿，玩过跤，个子不高，长得非常敦实。

哈魁明为人豪爽仗义，1956年，缅甸的总理吴努来华访问时，我国领导人送给他两件礼物，其中有两只哈氏风筝，一素一花两只蜻蜓。

当时，外交部的工作人员来找哈魁明，买他的风筝。哈魁明听说这两只风筝是当国礼用的，坚决不收钱。

后来，外交部的工作人员送给他一支“派克”钢笔，留作纪念。此事登载在当年的《文汇报》上。

“文革”时，风筝被红卫兵当成了“四旧”，进行了“横扫”。哈魁明深知“风筝哈”在京城的知名度，担心因风筝而引火烧身，便在深夜，偷着把父辈留下来做风筝的画稿和竹子、工具等放在一个大缸里，一股脑儿地都烧了。

据哈魁明的二儿子哈亦琦回忆，因为要烧的玩意儿太多，父亲含着眼泪，在院子里烧了三四天才烧完。现在想起来，实在是感到可惜，因为那些资料非常珍贵。

晚年，哈魁明根据自己的记忆，整理了一部哈氏风筝的画稿，起名《筝践》，由于许多实物已烧毁，缺少佐证的史料，这本书留下许多遗憾。

新中国成立后，实行社会主义工商改造，国家不允许有私营买卖，哈氏的风筝门脸儿只好关张，哈氏兄弟也相继到国营企业，有了固定的工作，哈魁明加入的是西城饮食公司，在小吃店做清真小吃，扎绘风筝只能用业余时间了。

1979年，二爷哈魁寿的儿子哈永增从部队复员，到五叔哈魁明家串门儿，看到他挤在昏暗的小屋子里扎绘风筝，而且年纪已大，老眼昏花了。

哈永增感慨万分，眼瞅哈氏风筝要后继无人，他辗转反侧，思考几天后，便给当时的国务院副总理邓小平写了一封信，恳求国家对民间艺人提供从艺机会。

想不到这封信会得到邓小平的重视，没过多久，邓小平同志的秘书给哈永增打电话，让他们找当时的国家轻工部工艺美术总公司下属的工艺美术研究所。

工艺美术研究所接纳了哈魁明，当时哈魁明已六十二岁，他在研究所工作了三个月，考虑到自己的岁数，他便主动请辞，后来在西城饮食退的休。20世纪80年代初，北京市成立了风筝协会，哈魁明当选为副会长。

让风筝跟国际接轨

哈魁明的次子哈亦琦，算是“风筝哈”的第四代传人。哈亦琦从十岁起，就跟父亲学做风筝。他十六岁跟一位老师学素描、色彩、油画。这些绘画基础，为他扎绘风筝打下了基础。

哈亦琦是“七〇届”（1970年初中毕业生）学生，初中毕业时刚十七岁，就被母校北京第四中学分配到首钢。

哈亦琦在首钢，开始在车间干活儿，后来被调到公司工会搞宣传，从1976年开始介入风筝界，在父亲悉心栽培下，他把哈氏风筝的绝活传承下来。

与“风筝哈”的前三代不同的是，到了哈亦琦这一代，不墨守成规，开始把传统的技法跟国际上的先进制作工艺，有机地融合到了一起，使哈氏风筝有了新的发展。

为了传承哈氏风筝，哈亦琦毅然决然地从首钢辞职，专心做风筝。他玩风筝不固守哈氏独门儿绝活儿，而是跟国际接轨。

那些年，他频繁地出国参加比赛、表演和讲学，使他接触了大量的外国风筝，开阔了自己的眼界，他告诉我，目前他已收藏了不同国家的上百件风筝作品。

1983年，他参加了在美国旧金山举办的中国风筝展，在那儿待了一个多月。展览会最后一个项目是现场制作比赛，他当场利用菲律宾的竹子和从北京带去的面料，扎了一个八尺的瘦沙燕儿，获得了特别嘉奖。

在这次风筝展上，他看到一些新型风筝，如一个几何形体的风筝，有一房多高。

哈亦琦对我说："我们国家的风筝讲究的是扎、糊、绘、放，属于民间工艺，外国风筝以放为主，风格完全不同。但外国风筝用的材料新，体形大，有动态，这一点特别值得我们借鉴。"

在美国旧金山举办的中国风筝展结束后，哈亦琦回北京，把自己的观感告诉了父亲。

哈魁明听了不以为然，看到儿子亦琦动手做新型风筝，跟他急了："你家传的风筝还没学扎实呢，你怎么学这个？"

"家传的风筝也要创新呀！"哈亦琦对父亲说。

"创新？那还是老祖宗留下来的玩意儿吗？"哈魁明含怒道。

"时代在发展，现在的中国已经不是穿马褂、梳辫子的时代了，还守着老祖宗的老玩意儿不创新，怎么跟国际接轨？现在的年轻人也不认呀！"哈亦琦认为自己的观点没有错。

为这茬儿，他跟父亲心里较着劲，三四天没说话。

后来，哈亦琦主动跟老爷子交心："传统的技法当然不能丢，但总吃老本儿，跟不上社会的进步，时代的发展，'风筝哈'到我这代就得断了。"

通过交流，老爷子理解了儿子亦琦。

哈亦琦现在做的风筝已经突破了原有的哈氏风筝色彩。他说："传统的民间工艺往往不受局限，只靠艺人的感觉，到我这儿，在制作上要讲工艺，使之规范化，不能光凭感觉。"

2001年，北京市为争办2008年奥运会，在莫斯科搞了一个大型文化交流活动，当时的北京市委书记代表北京市政府，送给莫斯科市长卢日科夫一件礼物，选的就是哈亦琦做的鸳鸯沙燕儿。当时的北京市副市长送给莫斯科副市长尚采夫一件哈亦琦做的蝴蝶风筝，两个小风筝镶在玻璃框子里，显得非常精美。

哈氏风筝作为精美的工艺品，非常受国外朋友的喜爱，同时，通过这些文化交流，也提高了中国民间艺人的社会地位。

哈亦琦应邀到美国西雅图市讲风筝的制作，市长亲自到机场去接他。1998年，荷兰的海牙建市七百五十周年，搞了一个国际风筝会，跟哈亦琦提出做一条龙。亦琦做了一条150节长100米的龙，上面画了750个仙鹤，在风筝节上获得了金奖，并且把他的这件作品，永久性存放在海牙市政厅陈列。

由于哈亦琦多次出国，以风筝为媒介进行文化交流，使哈氏风筝赢得了国际声望。有一年过年，加拿大、德国、澳大利亚三国驻华大使的夫人请哈亦琦的全家吃饭。

当然这顿饭也不能白吃，干吗？三位大使夫人想拜哈亦琦为师，请他教中国的风筝的制作。

您别小瞧这风筝，它现在已成为中外文化交流的一个纽带。

不忘父亲的嘱托

哈魁明1993年因病去世，临终前，他对自己的儿子哈亦琦说："该教给你的，我一点儿没糟蹋，剩下的道儿，就靠你自己走了，我没什么可遗憾的了。青出于蓝而胜于蓝，我相信哈氏风筝不会断根儿。"

哈亦琦对父亲的话，牢记在心。

说起来，哈亦琦肩上的担子不轻。哈氏到哈魁明这一辈算第三代，大都已作古，到第四代，共有九个男孩，十一个女孩。

这么大一个家族，只有哈亦琦一个人现在做风筝。哈亦琦的哥哥哈继琦，曾跟父亲学过一段，后来扔下了。他后来在金融系统工作。亦琦的妹妹哈肇秋早已退休，也没干风筝这一门。

更有意思的现象是，哈氏的第五代，加在一起有30多人，也没有一个人做风筝。

哈亦琦跟我都是西城胡同里长大的，而且同属"七〇届"，也许是这个缘故，他跟我很能谈得来。

有一次跟哈亦琦聊天时，他对我说："制作风筝是门综合艺术，小小的风筝作为工艺品，有很深的文化底蕴。你光有绘画基础还不行，做骨架，你得是木匠，大的骨架要用刀斧刨磨，活儿很累的。此外，扎绘完了还要试飞，没有好体格，动作迟缓，你玩不转它。”

亦琦的夫人贺有铭是汉族，两人是玩风筝结下的姻缘，但不幸的是几年前患癌病故，他们的女儿在美国留学，学的是金融专业，毕业后，在一家跨国集团工作。

当年，哈亦琦在国际学会讲风筝课时，讲到了哈氏家族的历史，一位美国朋友问他：“你的女儿会不会跟你学做风筝？”

哈亦琦笑道：“北京的民间工艺是在小作坊式的生产模式上发展起来的，当时家庭成员甭管老少为了谋生，都要参与，现在的社会发展很快，一切都变了，每个人都有自己的志向和发展空间。我不能强迫女儿非要学我去做风筝。她长大以后会有自己的选择。”

这番话说得很诚恳，赢得在场的人一片掌声。

“沙燕儿”还要高飞

哈亦琦作为“风筝哈”的第四代传人，主要精力是挖掘整理哈氏风筝艺术的文化底蕴。哈氏风筝作为北京风筝的代表，已经被列入国家级非物质文化遗产，他现在是北京民间文艺家协会副主席，每年都要举办多次民间艺术的交流活动。

2017年，他筹备多年的专著《中国哈氏风筝》一书出版，其中有哈氏风筝画谱，大约250幅。对于他来说，这是一个大工程，一幅画谱要用二十多天时间才能完成。

有人问他，你画了这么多，是不是想卖钱？他说，不想卖，这些画谱是留给后人研究和制作哈氏风筝的宝贵资料，将来画谱要捐献给博物馆。

哈亦琦告诉我，哈氏风筝作为独门儿绝活儿，已经有了接班人，他有一个侄子对风筝酷爱，他要把这门艺术传给他，不过，对他的培养需要工夫。

至于面向社会，招收传承人的问题，他认为可以考虑，但他的要求高，这方面比较谨慎。

随着年龄的增长，哈亦琦对哈氏风筝的承传越来越有信心了。他认为：现在是民间技艺传承的最好时机，国家对非物质文化遗产保护和重视的力度是前所未有的，每年都有大量的扶持基金，我们没有理由不努力。

他的最大理想就是，让哈氏风筝与国际接轨，让老北京的“沙燕儿”越飞越高，越飞越远，而且不断线儿。

『花儿金』

把绢花儿做成了『鲜花儿』

童戏图

老北京的花市和簪花儿

北京有一条很有名的街叫花市，它是老北京南城有名的商业街。这条东西走向的街很长，所以被分为东花市和西花市。

在北京话里，花是春意的象征，是很可爱的植物，所以说到花，一定要加儿化韵，花市，也就读成了花儿市。

您一听这地名，准会想到，过去这地界儿是卖花儿的集市。

没错儿，花市在老北京的确是卖花儿的，但卖的花儿，不是咱们现在说的鲜花儿，而是绢花儿，老北京也叫簪花儿。

簪花儿是老北京的一绝，所以也叫“京花”。当然后来花市也有卖鲜花摊儿，不过，当初叫这地名，完全是因为簪花儿，而不是鲜花儿。

什么叫簪花儿呢？它是用绢、绸、缎、绒、绫、纸等不同质料，用手工做的假花儿。

有一本反映老北京生活的书叫《旧都文物略》，书中写到簪花儿时说：“彼时旗汉妇女戴花成为风习，其中尤以梳旗头之妇女最喜色彩鲜艳、花样新奇的人造花。”

老北京的妇女甭管岁数大小，都讲究头上或衣服上戴一朵两朵簪花儿，这种风俗一直延续到20世纪50年代。

为什么老北京的妇女以戴簪花儿为美呢？相关的民间传说很多，其中有名的传说是：唐朝，皇宫里有个妃子头上长了疖疮，传染给很多人。头上长了疮，皇上肯定不会喜欢，这些长了疮的宫女怕寒碜，便想出了戴假花遮丑的主意，没想到皇上偏偏喜欢戴假花儿的人，于是没长疮的宫女也纷纷效仿，渐渐地在皇宫成了风气。

以后这种头饰花儿传到民间，老百姓也开始效仿，于是让民间的艺人们有了“饭碗”。

因为戴簪花儿成为风俗，戴的人多，所以，当年花市做簪花儿的作坊一家挨一家，每逢花市开集，四九城的百姓买簪花儿都奔这儿。

在花市众多的“花作”中出现了几位做花儿的能工巧匠，“花儿刘”“花儿金”“花儿高”“花儿龚”等，其中影响最大的是“花儿金”。

金家五代一花独秀

“花儿金”到现在已有第五代传人了。他们的老宅院在花市下二条，可以说是花市的根儿。“花儿金”是满族的旗人。有人说金家是“皇带子”，但“花儿金”后人金铁铃查了族谱，金家的老祖儿满族的正白旗。

第一代“花儿金”叫金桂，他做的簪花儿在花市出了名，曾被皇宫选用。

第二代“花儿金”叫金文广，第三代叫金保顺，也以“花儿金”名闻京城。值得一说的是第四代“花儿金”金玉林。

金玉林年轻时，曾当过皇家禁卫军的骑兵，后来继承祖业，以做绢花儿为生。他从小聪明过人，对绢花儿工艺的悟性极高。

跟父亲学艺，掌握基本功以后，便做起自己的独门儿花。

经过几十年制作，金玉林突破传统，推陈出新，用自己的灵性和一双巧手、不断创新的绝活儿，把“京花”工艺推到了极致。

以往的“京花”多以头饰花儿和服饰花儿取悦于人，金玉林的独门儿是盆儿花。

凡是植物界有的花草，金玉林都能用绢绸缎绒绫纸等材料，做成假花儿，而且栩栩如生，能以假乱真。

难能可贵的是，金玉林把绢花儿推而广之，做成大花篮和各种装饰品，使“京花”这一古老的工艺，成为大众化的美化环境的装饰物。

这种与时俱进、不墨守成规、勇于创新的精神，在京城的老艺人中非常难得。“花儿金”在新中国成立后，之所以受到党和国家的尊重以及人民群众的喜爱，就在这儿呢。

三十多岁当工艺大师

工匠和大师的区别是什么？简单一句话：工匠把活儿当饭碗，大师把活儿当艺术。

金玉林没什么文化，但他是中国美术家协会最早的会员之一，也是北京市第一拨儿被命名为“老艺人”称号的工艺大师。

一个民间老艺人能当上中国美协会员，说明他确实有独门儿的绝活儿。

在老北京的花市，做绢花儿的人成百上千，为什么他能独领风骚？就因为他把绢花儿当成一种艺术来对待，他跳出了“匠”的思维定式。

有道是“梅花香自苦寒来”。金玉林能成为大师，除了机遇以外，还因为他有一种为艺术献身的精神。一般人总也摆脱不了师傅传授的技艺，师傅怎么教，我就怎么做，反正有师傅的名气给罩着呢。他却不然，一心想走自己的路。

上百年来，老北京人做的绢花儿，已形成固定的模式，众多的民间艺人也是代代传承，照方拿药就有饭吃。

金玉林却走出了这种窠臼，他在制作工艺上秉承传统，但在花儿的设计上独辟蹊径，从大自然中找灵感。

他有句名言：真花儿有的，假花儿就能做出来。他做绢花儿下样之前，先奔各大公园、田间荒野，仔细观察鲜花的色泽和姿态，然后才出样儿，这种照着植物的花儿来做花儿，当然要比照着假花儿做假花儿要生动。

能把假花儿做“活”

金玉林的儿子金铁铃对我说：“当年老爷子为了做簪花儿，简直成了‘花儿痴’。比如他为了做梅花，愣在雪花飘舞的露天地儿，一站就是几个小时。做文竹盆景，他反复观察，用细纱剪成小片儿，再拿放大镜一点一点儿地劈开，琢磨了几个月才找到灵感。”

人们惊叹“花儿金”做的文竹盆景以假乱真，殊不知他为此所耗费的心血。有时“花儿金”构思图案，夜里从梦中醒来接着干。绢花儿文竹盆景现在已没人能做。

“花儿金”还有几个独门儿绝活儿：比如俏色染活儿，甭管是哪儿产的绫罗绸缎染，他能做到染十次都是一个色儿，而且任凭日晒雨淋都不掉色。

再比如他做出花儿有露珠儿，据说是在花儿上洒水银一类的东西。

可惜的是，这两个独门儿绝活儿现在已失传。

新中国的成立，让金玉林枯木逢春。1949年解放大军举行入城仪式时，“花儿金”用树枝蜡果和各样绢花儿，做成枝繁叶茂结硕果的大树摆上街头，表现中国革命结胜果的意境，受到群众的赞叹。

1954年，“花儿金”做的绢花海棠和大型棉花盆景，受到中央领导朱德的好评。这一年，他带头加入了北京第一绒绢纸花生产合作社。

到1958年，他打破以往绒绢纸花分行的界限，创作了前所未有的形象逼真的全株纸花产品，并且与老技师和青年艺徒研究出二十多种绢花儿新品种，参加了法国工艺美术展，并在全国工艺美术展中获大奖。“花儿金”让“京花”名扬海内外。

新中国成立后，每年的10月1日国庆节游行，都有金玉林设计的大型花车。

他的作品海棠、玫瑰、月季、水仙、棉花、菊花等刊登在十多种国内外杂志和画报的封面上。

克里玛申给他画像

金玉林老爷子1974年去世。作为北京老艺人，他生前曾享有许多殊荣，他是北京市政协第一届至第四届委员，崇文区第一至第五届人大代表，参加过1959年全国“群英会”，从1954年到“文革”前，每年都参加国庆游行观礼。

因为他是第一批被国家命名的“老艺人”，所以从20世纪50年代初起，他的工资与高级教授拿的一样多。可见当年党和政府对他这样的民间艺人的重视。

1954年，苏联著名画家克里玛申来华访问，拜会齐白石先生后，慕名来到花市金玉林家，为“花儿金”画了一张肖像。

此事在花市居民中引起轰动，这张画像连同金玉林的绢花儿，后来刊登在苏联的报纸上，使苏联人民了解到北京的老艺人和特种工艺品绢花儿。

1959年，《北京晚报》发表了这张画像和追述报道，现在“花儿金”的后人还保留着当天的晚报，说起这段往事，感慨颇多。

花市以绢花儿闻名，但当年的花市又是京城民间艺人的荟萃之地。有名的“葡萄常”住在花市的下唐刀胡同。1956年邓拓采访“葡萄常”的同时，也采访了“花儿金”。后来，邓拓在《人民日报》上发表了介绍“花儿金”的文章。

“花儿金”与“葡萄常”两家的关系非常好，金玉林的孩子们管常在女儿常桂禄叫姑姑。

后来金玉林所在的合作社合并到北京绢花厂，“葡萄常”的孙子常秀厚当过绢花厂的负责人，金家与常家算是世交。

肖像成了照相馆的“模特”

进入新时代，娱乐界的明星大腕成了商业广告的代言人，街头站台到处是他们的大照片。但是在20世纪50年代到70年代，京城的街头宣传画和各照相馆的玻璃橱窗内，摆放的多是劳动模范的照片，那是一个以劳动为荣的年代。

当年，在王府井“中国照相馆”，花市的“容真”“建华”等照相馆的橱窗里，长年摆放着时传祥、金玉林、张殿洪（北京珐琅厂老艺人）的标准照。此事在花市的老街坊中成为美谈。

“花儿金”因绢花儿成了名人，但他始终没忘自己是普通劳动者。不论在工厂，还是在日常生活的胡同，老爷子的人缘极好。厂子里的工人管他叫二叔（他在家行二），胡同里的孩子管他叫金爷爷。

画家高北峰年过七旬了，还记得金爷爷坐在胡同的槐树下，给他讲老北京的传说。

老爷子好交朋友，京剧名家侯喜瑞和关洪彬（广德森）当年住花市，跟“花儿金”常在小饭馆见面，谈天说地，一聊就是小半天。

“花儿金”喜欢京剧，年轻时当过“票友”，上了岁数以后，在厂里的春节晚会上还演过姚期。

他爱好广泛，还喜欢收藏古玩字画，与画家陈半丁、李竹泉等是好友。

老爷子在行里名气大，但技术上不保守，全国各地都有他的学生，有的人跟他通信请教技艺，到死也没见过面，但他毫不保留地写信告诉人家。

“花儿金”后继有人

金铁铃是“花儿金”的四子。在金玉林的子女中，真正继承“花儿金”独门儿绝活儿的当属他了。

算起来，金铁铃是“花儿金”的第五代传人。他自幼跟金玉林学做绢花儿，1978年进北京绢花厂任设计组组长。

金铁铃有文化，聪明伶俐，入门早，而且得到父亲的真传，二十岁出头，他做的绢花儿便出手不凡，在全国工艺美术百花奖同行业评比中，获得过金奖、银奖。

1984年，金铁铃随北京市青年代表团访问日本，1995年到美国进行艺术交流，被联合国教科文组织授予“中国民间工艺美术家”称号。曾任北京市青联第五届委员、民族组组长、中国民间文艺家协会会员、北京民间艺术家协会理事，《北京日报》《北京晚报》都曾报道过他的事迹。

20世纪80年代，北京的工艺美术行业进入体制改革转型期，许多国有企业的工艺美术工厂转轨变型，有的实行股份制，有的调整组不复存在，有的改行做了别的，有的干脆关张，工厂卖房卖地，用这笔钱买断职工工龄，自谋生路。

在这种大变革时期，北京绢花厂也落得不得不“谢幕”的境地。

一是摆放鲜花儿成为时尚后，戴假花儿或用假花儿做装饰的越来越少了，绢花儿的市场需求大幅度地减少；二是老国企，企业背的包袱重，所以不得不转制，这一转制，自然会让一些老职工另谋出路，正是在这种情况下，金铁铃离开了绢花行业。

簪花原本是一家一户的手工作坊的经营模式，这种民间手工艺，在1956年公私合营后，一律改为“国有”企业。当年花市的20多个做绢花儿的手工作坊都被“合营”，在此基础上，成立了北京绢花厂。

北京绢花厂当年曾是北京工艺美术行业的重点企业，汇集了一大批像“花儿金”这样的老艺人，所做的绢花儿，大量出口，为国争了光，在20世纪50年代至60年代，曾是享誉中外的工艺美术企业。因绢花儿是京城独门儿，他们还为其他省市培养了一批能工巧匠。

但是在改革开放的浪潮中，由于体制上的原因，这个有几十年历史的老厂日益萎缩，在20世纪90年代末，北京绢花厂经济效益一天不如一天，老艺人纷纷退休和作古，生产出的绢花儿找不到市场，北京绢花厂已名存实亡。曾名噪一时的绢花儿，作为京城工美的独门儿，也面临失传的境地。

2005年春天，我见到当时的北京市工美行业协会秘书长朱洪，谈到北京绢花儿时，他一脸苦涩和无奈地对我说，为了迎接北京奥运会，搞了几次大型活动，需要用绢花儿来装饰，这些绢花儿北京已经生产不出来了，北京人不得不到河北省去采购。这应该说是“京花”的悲哀。

我跟金铁铃是朋友，有一次，我跟他一起喝酒，聊起这事儿，他听了心有不甘，技痒难耐。他对我说，作为“花儿金”的第五代传人，他有责任重新归队，拯救这一民间工艺，让快要凋零的“京花”，重新绽放出夺目的光彩。

2008年北京奥运会后，金铁铃为了让“花儿金”的绢花儿不失传，又重新回到自己热爱的绢花行业。他重整旗鼓，成立了自己的工作室，把丢了多年的独门儿绝活儿又捡了起来，当然出手不凡，做出的几件作品，在国内大型展销会上一露面，就让人赞叹不已。

金铁铃现在是北京市民间文艺家协会理事，东城区民协副主席。“花儿金”的绢花儿，已成为北京市非物质文化遗产。

金铁铃不忘初心，牢记使命，尽自己的最大努力，把“京花”这一老北京的独门儿绝活儿传承下去。

『面人汤』

能在核桃里塑人的汤夙国

吹糖人儿

核桃里的小面人

把一个核桃一分为二，在半拉核桃里塑着27个面人，而且带山景和鸟兽，人的脸上有不同神情，带黑白眼珠，个个栩栩如生。这就是面人汤的独门儿绝活儿：核桃面人。

这件作品叫《二十四仙朝王母》，您欣赏它，要拿放大镜。如今，面人汤的核桃面人已成绝品。

老面人汤已然过世多年，第二代面人汤汤夙国先生，也于2015年离开了人世。第三代面人汤虽然已经把汤氏独门儿绝活儿传承下来，但要达到核桃面人这种艺术水准，还需要继续磨砺。

汤夙国是第二代面人汤的代表人物，其生前，我多次采访过他，也算是挚友。

记得汤夙国先生对我说："塑核桃面人得在四十岁以前，它不仅需要艺术功力，而且得有好眼神。"

现在别说塑核桃面人，就是手里收藏核桃面人的都很少。汤夙国曾对我说："京城收藏面人汤核桃面人的，我记忆中只有两位，一位是原戏曲学校的教务长王少楼，还有一位原住干面胡同的80多岁姓张的老先生。"

王少楼是汤家的老主顾。早年间，汤家断了顿儿，便让孩子去找王少楼，一个核桃面人能换一袋白面。王少楼手里面人汤的玩意儿不少。

这是十多年前说的话，现在连说这话的人都已经作古，那两位藏家想必也成了历史人物。由此可见，面人汤的核桃面人是多么珍贵。

把玩汤夙国家藏的《二十四仙朝王母》，不但被面人汤精湛的艺术所折服，而且惊叹这面塑的小人，居然存放了五六十年愣没干没裂没走色。真是绝了。

一身的“艺术范儿”

到2018年，汤夙国已经“走”了三年，但是当我躺在床上，闭上眼睛回忆，他的音容笑貌犹在眼前。

他实在是一位有性格的艺术家。面人汤是独门儿，汤夙国先生也是独门儿。

汤夙国是地道的老北京，在他身上您能看到北京的“爷味儿”。

汤夙国称得上是位奇人。说他奇，是指其性格上的独门儿。我认识他的时候，他已经快七十岁了，那时他还不服老，不知自己已经老之已至，依然信心满满，要干这干那，像个小伙子。

他身量不高，一头蓬蓬松松的白发散落在脑后，有点儿爱因斯坦的风度。因为耳背，说话大嗓门儿，爱瞪眼，平时就穿运动服和球鞋，那股子落拓不羁的劲头，让您很难想到他是中央美院的副教授。

当时，老汤已经跟妻子离婚两年，六十八岁当了“光协”（光棍协会的谑称）常委，一人住在帅府园老中央美院要拆没拆的灰砖筒子楼宿舍。

那房子有点儿狭促，一间屋子半间床，这是我当时采访他时的情景。现在这栋楼已经拆了，老汤搬了家。

也许是因为当时正等待拆迁吧，所以屋里的陈设透着简单。简单而不乱，一切物件井井有条，由此可以看出老汤性格中的另一面。

老汤是个要面儿的人。他特逗，我在一篇介绍他的文章里，提到了他离婚的事儿，他见了我便跟我翻扯："你别说我离婚的事儿呀！"

我笑道："干吗？您还保密呀？我想借机给您做一个征婚广告不是。"

他有点儿不高兴了："你别忘了我是教授。"

北京的爷们儿都爱面儿，家丑不外扬。我觉得自己暴露了他的隐私，有点儿对不住他。

其实，老汤是一个非常重感情的人，他不让我对外披露他离婚的事儿，敢情是另有隐情。

原来他跟妻子还是有感情基础的，虽然因为性格上的差异，一起过日子总是磕磕绊绊，互掐，最后也闹得分道扬镳，但在内心深处都还不忘初心。

老汤之所以不愿我对外说他离婚的事儿，是期待着跟妻子破镜重圆。事实上，老汤在几年后，果然跟妻子重归于好，在他生命的最后时间段，妻子又回到他身边，俩人复了婚。

您别瞧老汤的脾气倔，人可是个好人。人，谁没点儿个性和脾气呢？

老汤是非常有意思的人，您不能拿常人的眼光看他。他七十多岁时候，每天早晨还要绕北海跑一圈儿，这一圈儿至少五公里。回来洗洗，一顿饭能吃半斤面条或五个包子。

他属于情绪型的人，生活没规律，有时来了情绪，夜里两点钟就起来写诗填词。一高兴，来了激情，敢大冬天儿，穿着短裤上街跑几圈儿。有几次，他前边跑，夜巡的警察在后边追，以为他是劫道的呢。

当时，老汤正处在不安定的时期，跟媳妇闹别扭，脑瓜一热就稀里糊涂离了婚，住房要拆迁，住的地方都是临时的，所以他觉得暂时没有条件搞艺术，之所以那么玩命健身，是为了今后。留得青山在，不怕没柴烧。

虽然奔七十岁了，他想干的事儿还很多。老汤说话办事爱较劲，但分跟谁，碰上知己，他也能心平气和地打开话匣子。

捏面人的也有流派

面人，也叫面塑，是地道的北京民间工艺。

宋代的孟元老在《东京梦华录》中，曾有关于面人的记载："清明节，……寒食前一日谓之炊熟，用面造枣锢，飞燕，柳条串之，插于门楣，谓之子推燕。"

明代沈榜的《宛署杂记》中也有记载："七月，宛平农家岁以是，祈祷年丰，备用面果送纸钱，挂田禾之上，号曰挂地头。"这里所说的枣锢、飞燕、面果都是用熟面或面，捏后蒸熟的面塑祭品、供品，它们是最早的面塑工艺品。

面塑技艺来自民间，经过数百年的发展，才成为供人们玩赏的工艺品。老北京的庙会上，常有许多敲唐锣捏面人的手艺人。他们用蒸熟后上了色的面团，当场捏一些小娃娃、小猫、小狗等，或神话故事里的人物。

这些民间面塑艺人现在也能看到。但他们捏的大都是行活，与面塑艺术家的作品有很大区别。

眼下，京城搞面塑的不少，除面人汤之外，还有“面人郎”、“面人彭”、曹仪策等，掰掰手指头，能数出几十号。

“面人郎”叫郎绍安，满族人，1908年生，从十二岁起跟赵阔明学艺。他做的面人色彩娇艳雅致，神态逼真，如他塑制的《穆桂英挂帅》，盔甲全为白铠，再镶上蓝白两色边珠，透着高雅。

郎绍安20世纪40年代在京城闻名，新中国成立后调到北京工艺美术研究所从事面塑。他的面人捏得非常地道，现在他的女儿郎志丽子承父业，还在从事面塑。

面塑最初是难登大雅之堂的。把捏面人这一民间玩意儿引入艺术殿堂的，得说是面人汤——汤子博，也就是汤夙国的父亲。

老北京的面人有两路。一路是蒸锅铺，也就是现在的馒头铺应活做的面人，老话叫“捏胡氏”。

这种做面人的，有一个塔形的木头架子，转圈摆上面人，有佛，有戏出儿。家里办丧事时，摆在棺材前边上供用。

另一路是山东面人。老年间的庙会和街头巷尾，能看见背着小木箱的捏面人的艺人。

这些艺人大都是山东曹州府（今菏泽）的人，那地方捏面人有年头了。因为捏面人用的面是江米磨的，所以人们又把面人叫江米人。

这种面人我们现在也能看到。艺人用面直接在竹签上捏，造型已经程式化了，不是孙悟空、猪八戒就是老和尚、老渔翁，属于“套子活”。

一双巧手创独门儿

面人汤的第一代叫汤子博，名有彝，别号潞河居士。清光绪八年（1882年）生于北京的通州。

汤子博自幼喜欢绘画，念了几年私塾，也在潞河学校接受过现代教育，先后拜通州有名的画师田朝阁、钱吉生和“扇子画丁”（丁子锐）为师习画。正因为他懂诗文，能书擅画，所以他后来捏出的面人与众不同。

说起汤子博捏面人，还有点传奇色彩。子博出生在工艺之家，他父亲汤禄林是刻砖花的石匠，生了五男二女。大哥跟父亲搞砖雕，二哥在京城首饰楼做首饰，子博行三，下边五弟在京城的“帽作”做盔头（唱戏用的）。

一家几兄弟都是搞民间工艺的，汤子博心想我也该干点儿什么。

一天，汤子博到通州万寿宫赶庙会，看到一位山东曹州人在捏面人。他觉得挺有意思，心想我要是把画上的人捏成面人多好呀。

于是他跟那位山东艺人请教，人家当然不肯轻易教他。他一赌气说：“跟您学，您不教我，我买几个行吧？”

那位艺人看了看他，指着架子上的面人说：“当然可以。你买哪个？”

汤子博笑着说：“我不买你的面人，买你捏面人的面。”

那个人听了一愣，他捏了许多年面人，没人买他的面呀，心想这孩子一定是拿回家自己捏着玩，于是就卖给汤子博一团面。

汤子博把人家的面买回家，便开始琢磨了，拿捏了一段时间，他把传统捏面人的技艺给改革了。

以前的面人都是竹签串或线提的，到了他这儿改成了托板，成为案头陈设的艺术品。以前的面人是“套子活”，人物就那么几个，造型也是那么几个动作。到了他这儿，题材可就多了，而且塑出的人物有表情有神韵。

人物造型按绘画的技法，讲究“行七坐五盘三蹲四”，人的头脸比例讲究“竖三鼻横五眼，左兰台右亭玉”，汤子博学过绘画，懂得这些基本功。

他善于揣摩人的各种神态和表情，体会不同人物的性格，所以他塑出的面人看上去惟妙惟肖，形象生动逼真。

经过几年的潜心琢磨，汤子博还能捏出核桃面人。从此他便以捏面人为生了，背着小木箱，先在北京、后到天津，以后又去华北、东北捏面人。

他每到一地，先体验民俗，游览名胜，参观古迹，观察大自然，然后与画家和艺人切磋技艺。

经过十多年的实践，他的面塑技艺已炉火纯青，但由于一直投身泥塑，直到四十岁他才回到北京，结婚安家，此时的面人汤，已在京城家喻户晓。

面塑让黎元洪称奇

有人说，大凡有成就的艺术家，总有与众不同的性情，也就是人们常说的个性。

汤子博也不例外，他1971年5月在北京去世，虚岁活了九十岁整。

面人汤的一生带有传奇色彩。他自幼练武术，年轻时参加过义和团，以后参加过五四运动大游行。八国联军攻打北京时，汤子博的四弟死在联军的枪口下，哥儿四个急了，汤子博带着俩哥一弟手拿火通条潜入军营，杀死了站岗的哨兵，给老四报了仇。

子博学会了捏面人，带着二哥和五弟来北京靠捏面人谋生，汤氏三兄弟很快在京城出了名。当时，京城的文人雅士如刘半农、梅兰芳等家里都摆着面人汤的作品。

天津三益公司的经理李道衡喜欢面塑，把子博请到天津，做了一批面人到天津办的手工艺品展览会上展览。以后，又拿到巴拿马艺术品展会上，面人汤的面人均获得了金奖。

此事，被当时的大总统黎元洪得知，他觉得面人挺神奇，产生了兴趣，让人把汤子博邀到总统府，为他做面人。

黎元洪信佛，当时正是七月十五中元节，他让面人汤捏“群仙祝寿”。祝寿的神仙要乘船，黎元洪让子博仿北海的船做。

汤子博最烦自己捏面人时，别人给他指指点点，临时大总统也如是，在他眼里，没有什么权贵一说。

听黎元洪这么一说，他皱着眉头说：“北海的船太俗，神仙乘的船应该有荷花瓣。您非让我仿北海的船捏，我捏不了。”

这番话让黎大总统来了个大窝脖，但他拿汤子博也无可奈何，只好改戏，让他按自己的构思捏出了“群仙祝寿”图。

这件作品让黎元洪看了啧啧称奇，不得不佩服汤子博的功夫。

事后，朋友对汤子博说：“你可真够愣的，怎么连大总统都敢顶？”

汤子博微微一笑说：“甭管是谁，也得尊重艺术。”

被爱国义举感染娶媳妇

汤子博捏面人足迹遍布北方诸省，但长江以南没去过。您会问了，他怎么不去南方？

原来，当时的北京人有个规矩叫“少不征南，老不扫北”。这是什么意思呢？

是说南方相对比较开化，而且漂亮的姑娘多，年轻人到南方谋生，怕被年轻貌美的姑娘诱惑，毁了自己的前程。

北方气候冬天很冷，而且多风沙，人上了岁数怕受不了这天气，所以老了就不到北边来了。

汤子博痴迷于捏泥人艺术，本来打算终身不娶的。他已经给自己的一生规划好，等自己面人捏不动了，把攒的钱往庙里一捐，便出家去当和尚。

但天意难违，在他四十岁那年，偏偏让他遇到了意中人。

后来成为他妻子的这个人叫李懿清。李家是老北京人，李懿清的父亲是个厨师。但这不是一个普通厨师。

您别看他是平民百姓，却有一腔爱国热血，八国联军攻进北京时候，这位厨师把俩儿子和媳妇反锁在屋里，身子泼上油，点了把火把屋子烧了，准备全家殉国。就在这千钧一发之际，院里的邻居冒死冲进火海，才把一家人从死神手里夺回来。

汤子博被李家的壮举所感动，才决定娶李懿清。李懿清婚后，也跟汤子博学会了捏面人，两口子捏了几十年面人，一直白头到老。

汤子博的爱国情怀一直很强烈，抗战时期，面人汤的生活陷入绝境。当时有个日本人看了他做的面人，提出要把汤子博和全家送到日本。

汤子博说，他真是瞎了眼，我宁可饿死，也不能给侵略自己国家的人去捏面人呀！

看蚂蚁爬行意外被捉

面人汤在艺术上的追求和探索，用现在人的眼光看，简直是不可思议。

汤子博在京城搬过十多次家，搬家的频繁跟他的艺术创作有关。他最早住在东四大街，房子临街，他在街面儿上，开了个“面人模型制作所”。这个“制作所”为他的面人制作打开了局面。

汤子博的面人创作题材大体可分为三个部分：佛教人物、古典文学人物和戏曲人物。

当年老北京的永定门外后村，被人称为“戏装村”，这里家家户户都给京城戏班做行头（戏装）。

汤子博为了跟当地人学戏装，愣在后村租了几间房，把家搬到那儿。他用了一年半，收集了大量的行头图案，才举家迁回城里。

有一年，汤子博拎着一袋玉米面，奔了永定门外的庄稼地。拿玉米面跑那儿干吗？敢情他是喂蚂蚁。

他把玉米面撒在庄稼地里招引蚂蚁，是为了观察蚂蚁的动作，然后进行面人创作。

村里的人哪儿知道他撒玉米面，是为了捏面人呀？有个村民警惕性比较高，以为他在庄稼地里撒毒药呢，便把这一情况报告给大队部。

那会儿，还是讲“阶级斗争”的年代，大队部的民兵听说有人在地里撒毒药，自然想到了“阶级斗争新动向”，于是派十几个民兵，把汤子博当成“阶级敌人”给捉了起来。

当时汤子博已经年逾七旬，而且还是北京市政协委员，但他并没露出自己的身份，只是如实相告，自己撒的不是毒药，而是玉米面，撒玉米面的目的是观察蚂蚁的爬行。

村里的民兵当然不会相信他说的话，最后给中央美院打电话，美院来人向村里人说明情况，他们才把老爷子放了回来。

中央美院给他设工作室

新中国成立后，汤子博依然靠捏面人谋生，家庭的生活状况并没好转。

20世纪50年代，国家对民间手工艺人给予高度重视，一些老艺人得到很高的政治待遇。

汤子博儿子汤夙国，当时正在北京第五中学念书。一天，他看到报纸上牙雕老艺人杨士惠，受到国家领导人接见的报道，对父亲说："人家牙雕老艺人那么受重视，您这搞面塑的也是老艺人呀，为什么不受重视？"

汤子博对儿子说："这只能说你父亲没本事。"

汤夙国觉得，这是国家有关部门不知道有面人汤这门民间艺术。为了让有关部门过问自己的父亲，汤夙国给当时的文化部长沈雁冰（茅盾）先生写了一封信。

信中详细写了汤子博的生活处境，希望政府重视和关心民间老艺人。

汤夙国没想到这封信寄出不到半个月，沈雁冰先生很快回了信。信中表达了对老艺人生活状况的关心，并且让汤子博拿着沈部长的信，去东四头条，找艺术事业管理局刘建安局长。

汤夙国收到这封信，欣喜若狂，第二天便陪着父亲来见刘局长。刘建安热情地接见了汤子博父子。

刘局长办事爽快，非常讲究效率，当问清了汤子博的艺术创作情况后，建议他到中央美院搞教学工作。

这不是好事吗？谁知汤子博并不领情，直截了当地对刘局长说："这差事我不干了。我是一个艺人，就会捏面人，不做官面儿上的事。"

刘建安听了一愣，问汤子博："为什么？"

汤子博想了想说："官面儿的差事受限制，行动不自由，而且天天要去点卯（上班），刮风下雨也要上班。"

您说，这老先生说话直不直吧？

刘建安还是善解人意的，他知道这些民间艺人过去都是个体作业，行动上无拘无束，对每天的"坐班制"肯定不适应，于是对汤子博说："既然您不习惯受约束，那就对您特殊照顾，您不用每天按时踩点上班，每月给美院送几件面人作品，让学院每月给你30万元工资（合现在的30元），您看怎么样？"

这番话让汤子博大受感动，他心想，既然刘局长已经说了这话，自己再推辞就不合适了。

汤子博对刘建安说："您对我们老艺人太重视了，中央美院是美术的最高学府，我一个没念过几天书的民间艺人，能到中央美院工作，这是多大的荣幸呀？再说您不让我上班，却要每月领薪水，这不是无功受禄吗，这么做，我会寝食不安的。"

“一切都由您自己来决定。”刘建安对汤子博说。

汤子博还有什么可说的？就这样，他进入了中央美院。美院的工艺美术系给他设立了一个工作室。他也很自觉，坚持每天到美院上班。

走着到天安门观礼

1956年，中央美院工艺美术系单划出来，成立中央工艺美院。新成立的中央工艺美院又单给面人汤设了工作室。以后，中央工艺美院给泥人张（张景祜）也设了工作室。

到“文革”前，汤子博已经八十多岁了，国务院特批他不上班仍可拿原工资，但他仍然坚持上班。

当时的院长张汀见了他，劝他说：“您那么大岁数再上班，可让人笑话了。”

他对张院长说：“笑话就笑话吧，我每月拿国家的钱，不上班那对得起谁呀？”

老爷子一直干到“落了炕”（走不动了），才不每天到单位上班。

汤子博是一个非常有个性的老艺人，20世纪50年代，他当了政协委员。

当时每年的五一国际劳动节和十一国庆节，首都都进行游行活动。老爷子很风光，每年的“五一”“十一”都被邀请到天安门观礼台观礼。

这是很高的政治待遇，中央美院为了方便他到天安门，在观礼前通知他，给他专门派车接送。老爷子坚决不用。

他说："我也不是官儿，坐什么轿车？"

每次去天安门参加观礼，他都坐公共汽车，到东单下车，然后自己溜达着过去。

老爷子身上处处体现着老北京人的古道热肠。有一次，他在王府井大街，被一骑自行车的青年工人把胳膊撞骨折了，住进了医院。

那位工人得知撞倒的是老艺人面人汤，心里懊悔莫及，拎着点心匣子去赔礼，并且主动提出赔偿老人的医疗费。

汤子博了解到这位青年工人家里有三位老人需要照顾，自己挣的工资也不多，便动了恻隐之心，对他说："医疗费的事儿你甭管了，我看病有公费医疗，你拉家带口的不容易。"

这句话让那位年轻工人感激涕零。

见青年工人没空着手来，汤子博让他把带来的点心匣子拎回去："留给你爹吃吧，他年龄也不小了。"

工人临走，老爷子又掏出十块钱给了他，让他给孩子买点心吃。

这就是面人汤，让人给撞成了骨折，反倒安慰撞他的人。多么可贵也可敬的人品呀！

后辈个个有出息

汤子博有三个儿子，个个出息，三个都是大学毕业，长子麟瑞，北京大学原子物理系毕业，是原二机部的高工；三子麟成，北京建工学院毕业，是建筑工程师。子承父业搞面塑的只有次子汤夙国。

汤子博的二兄汤有贵和小弟汤有益，一直跟他搞面塑。早年京城曾有面人汤三兄弟之誉，如今三兄弟都已作古。

汤子博的二兄汤有贵除了做面人，还会做金银首饰，他的儿子麟祥，也是做金银首饰的高手，可惜二十多岁就去世了。

汤有贵曾教过俩徒弟，北京的“胖陈”和天津的“六一子”。

汤子博的弟弟原来叫汤有益，后来翁偶虹先生给他改名，叫子高。汤有益会做京剧的盔头，也是捏面人的高手，据说，溥仪结婚时，专门把他请到故宫捏面人，后来在武汉工艺美术研究所工作。

汤有益有三个儿子，老二早年去世，长子汤麟玉、三子汤金章，继承了捏面人的绝技。

长子汤麟玉后来去了沈阳，把捏面人的绝活儿传给了长子汤福祥。现在，汤福祥的女儿汤羽将绝活儿继承下来，并已将“面人汤”申请为辽宁省级非物质文化遗产。

三子汤金章，早年在北京朝阳修理公司工作，后来，从父亲手里接过了捏面人的绝活儿，所做的面人在20世纪八九十年代，享誉京城，可惜在应邀到新加坡做面人表演时，心脏病发作去世，活了六十四岁。

现在汤金章的女儿汤铃继承了他的绝活儿，作为“面人汤”的第三代传人，她做的面人已经被列为北京市的区级非物质文化遗产。

在面人汤的后人中，成就和影响力最大的要说汤子博的次子汤夙国。

独门儿绝活儿又回来了

汤夙国绝对有北京爷的范儿，他从年轻时性格就与众不同，脑子极聪明，但思想却天马行空，放任不羁。

他从小跟父亲学习绘画，但特想当中国的爱因斯坦，可是考上北京工业大学后，上了一年半，又喜欢上父亲的绝活儿，中央工艺美院的吴达志教授看出他的想法，劝他退学，到中央工艺美院跟他父亲学面塑。

他退学后，在面人汤工作室给父亲当助手，但当助手没学历哪成？他又重新参加高考，1961年，他如愿以偿，考上了中央美院雕塑系。

在中央美院毕业时，赶上了“文革”，再回中央工艺美院已经不行了，先到农村，后到部队接受再教育，再后来，他居然到了中医研究院，不是当大夫，是搞人体模型。

这职业显然不是他最初的理想。当时他父亲汤子博已去世，汤家的后人没一个搞面塑的，前面所说的汤家那几位，也是后来才搞的面塑。眼瞅面人汤要在他这辈断桩，汤夙国坐不住了。

1976年前后，当时的国家主席李先念在接见老艺人时，曾问过面人汤。有人告诉李先念主席，面人汤已经去世，他儿子在中医研究院做“舌苔”。

李先念主席感到面人汤失传，非常可惜，此事被在场的新华社记者作为报道，发了内参。

不久，汤夙国给当时的文化部部长黄镇写了一封信，要求抢救面人汤。黄镇接到信后，两次约见了汤夙国，并为此做了批示。

1978年，在中央领导的过问下，中央美院雕塑系专门成立了面人汤工作室，汤夙国算是重新归了队。

汤夙国有父亲的真传，再加上在美院的五年“科班”，其面塑技巧自然非同寻常。当时，他恰逢人生壮年，风华正茂，正是施展才华的大好时机，在20世纪70年代末，他的面塑进入了艺术创作的巅峰期。

当时，汤夙国在两年内露了两次脸，一次是国家领导人出访，要以面人汤的面人作为国礼。他一气儿塑了四个面人，美院教授罗工柳从日本买回的金粉，侯一民院长陪他到木器厂定做木匣。

另一次是1979年，他与吴冠中、韩美林、郑于鹤（泥人张的徒弟）一起，在中国美术馆，搞了一个四人联展，在美术界引起了轰动。也正是这次展览，让汤夙国扬了名。国内一家大的传媒报道《面人汤又回来了》。

汤夙国的夙愿

可以说，正是汤夙国的努力，加上赶上了改革开放时机，才使面人汤又获得了新生。

20世纪80年代后，汤夙国的独门儿面塑，不但多次在国内展览，而且先后到加拿大、美国、日本、毛里求斯、新加坡、马来西亚等国家展览，在美国的麻省，还专门给汤夙国办了个面人陈列馆。

中国的面塑艺术通过面人汤的作品，被国际艺术界所认识。汤夙国作为面人汤的第二代传人，也算为中国的民间艺术争了光。

2006年，我采访汤夙国的时候，他还对我说，他苦恼的就是面人汤的独门儿绝技如何继承。

记得当时，他拿出一张1935年的老报纸京城《实报》让我看，上面登着一篇介绍面人汤的报道，这可以说是有史以来第一个介绍做面人艺人的报道。在这篇报道里，就提到汤子博没有徒弟，独门儿绝技面临失传的感叹。

汤夙国对我说："几十年过去了，现在真正能继承面人汤艺术的没有几个人了。因为面人汤的面塑是真正的艺术品，跟我们常见的面人有所不同，搞面塑必须有扎实的艺术功力，懂得历史文化等方面的知识，此外，还得有一种为艺术献身的精神。"

我特能理解汤夙国步入暮年的忧虑，由于他是美院雕塑系的“科班”出身，对我们通常所说的面人，有着与常人不同的艺术理解，所以才发出这样的感叹，但是，您如果把汤夙国和他父亲汤子博的面人，跟现在的面人一对比，就会发现其差异了。

汤夙国是2015年去世的，活了八十二岁，也算高龄了。还是他活着的时候，即2000年，汤家的祖籍所在地北京通州区，为了开发中华大运河文化，投资建立了面人汤纪念馆。这之后，他作为面人汤的传人，申请国家级非物质文化遗产成功，中国文史出版社出版了他主编的《汤氏艺术》一书。

1998年，我第一次采访汤夙国先生的时候，他对我说：“以我现在的精力，我还能创作一批精品，我把生命预支十年，到2008年，北京举办奥运会前，把历届奥运会开幕式的精彩场面，用面塑搞一个大型回顾展，此外还想把古代散文名篇记录的有名场景如‘夜宴桃李园’‘虢国夫人游春图’等搞成面塑。我还想写一部《面人汤传奇》。”

他那时可谓雄心勃勃，但人不能跟岁数抗争，毕竟他那时已经是“奔七”了，虽然他后来见证了2008年北京奥运会，但他跟我说的那些愿望并没实现，《面人汤传奇》只写了一半，他就去世了，留下了遗憾。

但是可以让他在地下欣慰的是面人汤的独门儿绝活儿传了下来，他的侄女，即汤金章的女儿汤铃作为第三代面人汤的掌门人、面人汤纪念馆的负责人，将面人汤的绝活儿和文化传承下来。

汤铃告诉我，她的儿子汤米也对面塑产生了兴趣，开始上手了。

汤米1989年出生，典型的新生代，走的是汤夙国的路子，即美术“科班”，在上海工艺美院毕业后，又去意大利佛罗伦萨美院学艺术设计。

汤铃说，汤米将来要接她的班，成为面人汤的第四代传人。

看来面人汤的独门儿绝技，后代有传承了。

打鼓儿的

这行当也有打糖锣的，不过都是卖儿童们喜欢的各种玩具。他们挑着担子走街串巷，小鼓儿一响孩子们就知是干什么的来了。他们的担子非常有特色，一头儿是荆条筐，里边放着各种玩具，而上边是纸糊楼架子糊的纸

海为写意并题于京城马家楼

『鬃人白』

六十年独守一门儿

皇城根儿下

藏品能办博物馆

白大成，因为制作鬃人而扬名，人称“鬃人白”。作为北京民间艺术的名人，我跟他认识有三十多年了，当初他家还住在新街口，后来新街口拆迁改造，他才搬到了什刹海的东官房。

“鬃人白”是个古道热肠的老北京人。因为做鬃人需要具备丰富的戏曲知识，他从20世纪60年代开始，便收藏一切有关戏曲的文物。

他的收藏主要分两大块。一是戏曲，包括戏装、道具、盔头、髯口、冠带、戏码儿、刀枪把子、脸谱、皮影、戏单儿、海报、剧照等。这一类藏品有上万件，20世纪80年代，他曾在恭王府花园搞过个人收藏展。

二是民间玩具，这一类藏品也相当丰富，我曾在他家看过春秋时代的小哨儿，那是一个陶制的小猴，造型古朴，看起来不起眼，却有一定的文物价值。

20世纪90年代，当时的北京宣武区（后来与西城区合并）在湖广会馆，建立了戏剧博物馆。建馆初期，藏品有限，他们得知白大成手里有很多戏剧方面的藏品，便找他赞助。

他二话没说，便拿出自己的一些藏品，在新开馆的展厅，举办了开馆后的首次中国戏剧收藏展。

我认识白大成的时候，“文革”结束不久，百废待兴，国家实行改革开放，给各行各业带来生机，但处于商品与艺术边缘的民间手工艺产品，却迟迟无人问津，使得一些民间老艺人的产品没有销路，生活处境艰难。同时这些身怀独门儿绝技的民间艺人多已进入老年，他们的手艺无人承传，面临即将失传的尴尬境地。

在这种情况下，白大成挺身而出，一方面，利用自己在工艺美术界的影响，为一些民间老艺人的独门儿产品寻找销路，组织一些民间手工艺的对外交流；另一方面，积极主动地找一切机会，宣传民间手工艺的老艺人，希望得到政府有关部门的重视。

我正是在这种时候，认识白大成的。因为我当时在《北京晚报》主持“京味报道”专版，所以，白先生特别想与我结识，几经周折，他联系到我，邀我到他家深谈。

记得在一个月内，我前后到他家数次，聊老北京民间的老玩意儿，聊老艺人的处境，聊他的独门儿鬃人。

通过深入采访，我先后在《北京晚报》，发表了《抢救北京老玩意儿》等几篇整版的报道，随后，又采写了“葡萄常”“花儿金”等多篇报道。

这些报道在社会上引起很大反响，当时《北京晚报》在市民中的影响很大，《北京晚报》报道后，其他报纸和电台、电视台也纷纷跟进报道，这些报道对后来政府采取措施抢救和扶持民间老艺人的独门儿绝活儿，起到了十分重要的作用，现在细想起来，其实，这些也有白大成先生的一份功劳。

对老北京兔儿爷情有独钟

在举办北京奥运会之前的2002年年底，组委会向全世界征集奥运吉祥物。白大成看到这个消息后，坐不住了，一连给我打了几个电话，找我聊天。

白先生一说找我聊天，我准知道他有什么事。果不其然，一见面，他就说出了北京奥运吉祥物的事儿。

原来奥运组委会向全世界征集吉祥物的消息公布后，几个月的时间，组委会就收到来自国内外的吉祥物设计方案上万种，却偏偏不见北京民间艺人们有什么动静。

白大成心想，2008年奥运会可是在北京举办，盼了几代人，终于有这么一天，无论从哪方面说，北京的民间艺人们也该拿出自己的设计方案，在这个世界盛会上露露脸呀。想来想去，他想到了老北京人中秋赏月时的吉祥物兔儿爷。

让兔儿爷当2008年北京奥运会的吉祥物，这是多有意义的事儿呀！他把自己的想法对我和盘托出。

说起兔儿爷，现在北京的年轻人已然有点陌生了。但在老北京，这位爷可是家喻户晓。每到中秋节的前几天，北京的四九城到处可见兔儿爷摊。

那会儿的北京人，家里甭管多穷，当老家儿的也要给孩子请个兔儿爷，拿回家摆着，讨个吉利。

兔儿爷是吉祥喜庆的象征物。当然，您走遍全国，在外省市见不到这位爷的形象。兔儿爷是北京独有的民间玩意儿。兔儿爷是怎么来的呢？这得从中秋拜月说起。拜月的习俗是从周天子每年秋分祭月的礼仪传下来的。在“天子”那儿月亮是月神，在民间则有“嫦娥奔月”的美丽神话。

嫦娥是月宫里的美女，所以拜月神就成了女性的专利。老北京有“男不供月，女不祭灶”的民俗。从前北京人中秋拜月供桌上，挂的却是“兔儿爷码儿”。

这种“兔儿爷码儿”，说白了就是月神的神像。上面印有银脸太阴星君（月神）像，以及广寒宫前金色玉兔人立捣药的图形。

这种“兔儿爷码儿”早已失传，白大成曾在几年前，仿照故宫《紫禁城》杂志的封面画过一张。

我曾查阅了相关的民俗方面资料，发现在清代以前，民间拜月供月的图案里，没有兔儿爷的形象。这说明玉兔变成兔儿爷是清代以后的事儿。

兔儿爷是怎么来的

清代的《北京岁华记》记载：“市中以黄土抟成曰兔儿爷，着花袍，高有二三尺者。”最早的兔儿爷还跟玉兔捣药有关，后来成了戏剧里的人物形象，人形兔脸，三瓣嘴，长耳朵，顶盔束甲，足蹬厚底靴，带着纛旗，骑着猛虎青狮。后背插着一把宝盖式的伞，有如威风八面的将军。

白大成先生对我介绍，兔儿爷最早是由太庙里的俩太监做的。

这俩太监一个叫塔子，另一个叫讷子。他俩守庙平时没什么事，又喜欢京剧，觉得玉兔的形象很可爱，便拿黄泥仿照戏剧中的武将形象，捏了几个人形兔首的小玩意儿。

这种小玩意儿看上去挺可爱，很快流传到民间，艺人们觉得这个形象很好，便仿照它的样子做起来。

民间艺人有着丰富的想象力，玉兔越做，在它的身上加的玩意儿越多，有骑虎的，有骑麒麟的，有骑狮子的，有挎刀的，有背箭的。大家觉得玉兔一年到头在广寒宫里捣药，平时没人过问，只有到中秋节才想起它来，所以应该让它更威风一些。

这么一威风，就不能再叫玉兔了，北京人的尊称是爷。兔儿爷这个名儿就是这么来的。

北京人好琢磨，玉兔变成了兔儿爷，一人怪寂寞的，应该给他找个伴儿，于是，又出现了兔儿奶奶。

当然从威风劲儿来说，兔儿奶奶可就差多了。但她陪着兔儿爷，又增加了许多祥和气氛。

如今北京人过中秋，已经见不着兔儿爷摊儿了。当然，老百姓现在谁还拜月呀！但人们还没把兔儿爷忘喽。

前些年，政府提出抢救民间老玩意儿，人们又把兔儿爷从“广寒宫”里请了回来。不过，现在的兔儿爷，已经成为真正的北京民间工艺品了。兔儿爷也不光是泥捏的了。

各种材料塑的兔儿爷，在工艺品柜台上一站，确实挺提气的。

这位爷被来北京旅游的国内外游客，带到世界各地，现在已经是隔着门缝吹喇叭——名（鸣）声在外了。许多国外游客逛北京买纪念品，专门淘换兔儿爷。

因为身披锦袍、面带憨态、温和善良的兔儿爷具有一种亲和力，所以白大成想到了拿它当北京奥运会的吉祥物。

把兔儿爷变成鬃人

白大成是京城做鬃人的民间老艺人，人称“鬃人白”。为什么“鬃人白”对兔儿爷情有独钟呢?

他对我说了句大实话：老北京人没有不喜欢兔儿爷的。他小的时候，每到八月十五，家里就摆着兔儿爷。它也是那时孩子们最喜欢的玩意儿之一。

白大成后来专攻鬃人这一独门儿。鬃人多是戏曲中的人物，但他是一个好琢磨的人，现在愣把兔儿爷也做成了鬃人，应该说是他的创新发明。

白大成家里有个挺大的展示柜，里面摆的除了戏剧鬃人外，还有形态各异的大小兔儿爷近百件。

他对我说，凡是有关兔儿爷的资料和图案，他都收集。现在他手里有不重样儿的兔儿爷形象50多种。

在北京举办2008年奥运会之前，白大成跟蔚县的民间艺术家任玉德合作，花了三个月，用纸浆做了一个一米多高的兔儿爷。

这位兔儿爷是按故宫收藏的兔儿爷形象做的，后来陈列在新东安地下一层的老北京一条街上，摆了有几年，让南来北往的游客认识了北京的这位“爷”。

白大成跟我说，兔儿爷是北京的玩意儿，它的喜兴、善良、活泼、生动和祥和，与奥运会“团结、友谊、和平”的宗旨相吻合，所以，他们曾想让兔儿爷做奥运会的吉祥物，但这只是北京民间艺人的一个心愿，最后北京奥运会的吉祥物选的是“国宝”熊猫。

跟熊猫相比，北京的兔儿爷是显得土了一些，认知度当然没有熊猫高，所以“兔子”把吉祥物的位置让位给了“熊猫”，而且它的变形、卡通化和符号化，也便于世界人民所接受。

对此，白大成还是认同的。他对我说：“兔儿爷参加奥运会吉祥物的竞选，主要是让人们认识一下北京还有这样一位爷。可以说这个目的达到了。”

北京鬃人的正宗传人

白大成的出名主要还在他的鬃人。鬃人是北京所独有的民间工艺品。

鬃人均以戏剧人物为主，做法独到。鬃人不光是摆设，还能把它放在铜盘上，轻轻地敲击盘子，鬃人便随着铜盘声有节奏地转动表演起来。所以，老北京人把鬃人又叫作“铜盘人”或“盘中好戏”。

鬃人适合表演武戏，如京剧《八大锤》《三岔口》《大闹天宫》等武生戏中手持棍棒刀枪对打的场面。

老北京的鬃人是由民间艺人王春佩首创的绝活儿。王春佩没有传给外人，独家经营。

鬃人身高约九厘米，设计巧妙，制作精致，头和底座采用胶泥脱胎，用秫秸做身架，外裹彩衣、内絮棉花，然后勾画脸谱，描绘服饰，其形象与戏曲舞台上的人物别无二致，亦有异曲同工之处。

鬃人之所以能在铜盘中转动，奥妙在人物的底座，它的底座粘着一圈猪鬃，猪鬃长二三厘米，不细看，瞅不出来。

正是借助鬃毛的弹性，稍微振动一下，他就会自行转动表演，当然这里所说的表演，人物是只转动并不舞动的。

随着鬃毛排列角度的不同和敲盘力量的大小，鬃人不仅能正转，还能反转，由于底座儿是用胶泥做的，重心又低，所以鬃人在转动中互相厮打、碰撞，也不会倒。

这一绝活儿很受人们喜爱，1915年，王春佩的鬃人曾经在巴拿马万国博览会上，获得银质奖章。他也因此出了名，20世纪30年代，美国商人曾以高薪聘请他赴美行艺，但王春佩舍不得离开北京，没有成行。

老艺人王春佩去世后，他的儿子王汉卿继承父业，把这绝活儿接过来，但是北京解放前夕，百业凋零，民不聊生，鬃人世家终因生意萧条而被迫停业。

1958年，轻工部举办工艺美术展览，为了挖掘北京传统民间工艺，特地请王汉卿制作了几件鬃人参展，当时想请王汉卿继续搞鬃人，但此时王先生已有固定工作，所以没有继续做鬃人。

眼瞅着北京的鬃人要断桩，当时20多岁的白大成把这门儿艺术接了过来。

白大成从小喜欢绘画和戏曲，尤其爱玩民间的老玩意儿。1958年，他因病从北京航空工业学校休学在家，有一次，路过王春佩的儿子王汉卿的门脸，被橱窗里展示的鬃人所吸引，并且着了迷。后来，一个偶然的机会，他结识了一位也会做鬃人的李先生，从他那里学会了做鬃人的基本功。

以后，白大成结识了中国美协的副秘书长、中国美术馆研究馆员李寸松先生，李先生见他痴迷鬃人，便把他引荐给了王汉卿。

王汉卿家住南池子，当时六十多岁，见白大成酷爱鬃人，非常高兴，把他父亲王春佩传下来的制作鬃人的工艺流程和绝活儿，毫不保留地传授给了白大成。

王汉卿在北京解放后，主要以修理无线电为主，做鬃人只是搂草打兔子——捎带手儿。他的后人也没有做鬃人的，等于白大成把王春佩先生做鬃人的独门儿手艺继承下来了。

鼓楼庙会的一景儿

白大成做鬃人，可不是玩玩而已，他是把这独门儿的手艺当"饭碗"的。受过王汉卿的亲自传授后，他在继承王氏鬃人传统技艺的基础上，又有所创新发展。

王春佩制作的鬃人较多地保持了皮影戏的艺术风格，筒式身子，服装用色纸制作，衣裤不分，云字头勾画，制作较为粗犷。白大成对这种锥形体的鬃人进行了大胆改革创新，添了双腿，使人物更显潇洒俊美，突出其舞台效果。

与此同时，他把过去鬃人的纸衣换成了绸缎，并在绸布的背面裱上一层宣纸，使鬃人的外形更加挺括，衣裤分开制作，做工和画工都更为精致。且在人物造型、脸谱设计上都更接近京剧舞台人物形象。

除此之外，白大成制作的鬃人，更加强调场面和场景的营造，比如他制作的《大闹天宫》，孙悟空带领群猴，对阵天兵天将，人物达30多个。

1960年，白大成就取得了制作鬃人的个体营业执照。当时国家还不允许有个体户，这种执照是政府特批的，白先生说，整个西城区也没几个这种执照。

1964年，白大成在鼓楼庙会上，制作出售鬃人绝活儿，成了一景儿，并且见了报纸。北京人重新见到了久违的鬃人，自然觉得新奇。人们争相购买收藏，从此“鬃人白”的大名也叫了出去。

让“盘中戏”有声有色

在京城民间艺术家中，白大成属于比较活跃的人物。1979年，他的鬃人参加了在中国美术馆举办的首届全国民间工艺美术展，这之后，他的作品又在全国民间艺术精品展、昆明世界园艺博览会、上海世博会等多项活动中展出。

白大成的鬃人曾多次赴法国、英国、以色列、美国、新加坡等国家展览，受到外国人的喜爱。

1997年，白大成先后两次应邀参加在耶路撒冷举办的国际手工艺博览会。法中友协、西班牙博物馆、英国收藏家等都收藏了他的鬃人作品。

白大成几乎每年都应邀组织民间艺人，参加地坛庙会的民间手工艺人表演。1997年，他与中央电视台，策划了恭王府中秋赏月会和中国首届国际民间手工艺周等大型活动。

2007年，白大成的鬃人被列为北京市级非物质文化遗产保护名录，并且被政府批准为传承人。2010年，由于他在非遗保护方面做出的成绩，荣获了北京市“非遗保护贡献奖”。

白大成的儿子白霖1979年出生，受父亲的熏陶，从小就对鬃人产生了兴趣。大学毕业后，他放弃了稳定的工作，回到父亲身边，潜心学艺，并且利用自己所学的知识，跟父亲创办了以鬃人为主题的家庭博物馆，在什刹海地区打出了知名度。

像父亲一样，白霖对鬃人的制作精益求精，他的作品不但受到来北京旅游的游客青睐，还被中国美术馆，以及日本、法国、美国、瑞典等国家博物馆收藏。

2012年，白霖率队参加了新加坡春节庆典和“春到河畔”活动。2017年，他受邀参与了中国驻美国大使馆“欢乐春节”活动。

2010年，白霖的鬃人被北京市西城区授予区级非物质文化保护遗产传承人。“鬃人白”可谓后继有人。

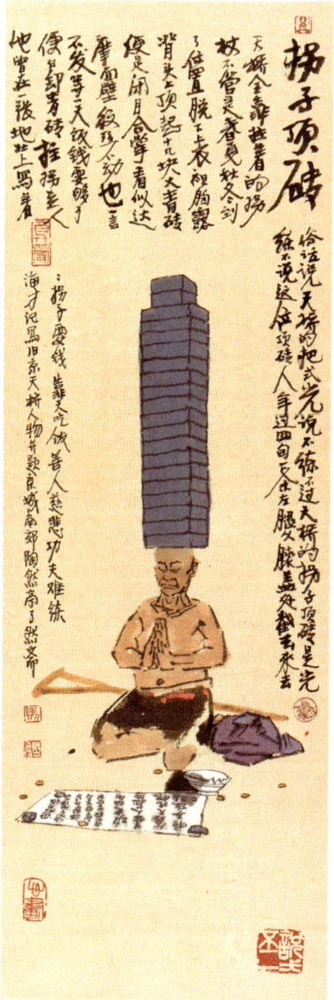
拐子顶砖
拐子要钱 靠天吃饭 善人慈悲 功夫难练

裕庸

用草编出九龙壁

打瓢卖货图
画于京华

努尔哈赤的后人

老实巴交、说话慢声细语的裕庸，掏出来的名片上，赫然在名字前，加上了“爱新觉罗”四个字。

谁都知道爱新觉罗是皇族，但是，眼前的这位裕庸先生，大裤衩大背心，戴着深度眼镜，胖乎乎的脸上带着谦和的微笑。这股子淳朴厚道劲儿，很难让人联想到曾经显耀过的皇族。

裕庸可不是攀高枝儿，翻翻族谱，他的祖上是努尔哈赤15子多铎，再往下续，是多铎八子费扬古。

裕庸的大爷（爷爷的哥哥）叫裕厚，被皇上封为“奉恩将军”，派往沈阳守军。裕厚没儿子，裕庸的父亲过继给了裕厚。这么算起来，裕庸当然属皇族。

不过，裕庸从小就没拿自己的“贵族”出身当回事儿。大清帝国早就玩完了，翻这些家谱不能当饭吃。

人要在社会上立足，还得自己长本事。这是他父亲活着的时候常说的一句话。

这句话能让裕庸记一辈子。

心里的艺术之梦

裕庸的父亲叫裕振民，俗姓名金世铎。他是个挺有本事的人，早年办过华北影片公司，当过小报记者，为北京的地下党组织做过情报工作，不幸的是他英年早逝。

裕庸十几岁时，父亲和姐姐前后脚告别了人世，母亲带着他这个独生子，生活境况可想而知。

父亲去世那年，裕庸正在北京13中念书。母亲没工作，为了养家糊口，他中学没毕业，便到北京教学仪器厂当了学徒工。

他以为学徒能长本事，哪知进了工厂，自己却被领导“特殊照顾”了一下，当了翻砂工。

在工厂干过的人都知道，翻砂工是最苦最累的工种，当时，人们吃饭要用粮票，工人是按工种发粮票的，一般工人一个月是30多斤，翻砂工则是40多斤。由此可知这活儿是多么不轻省。

裕庸内秀。别看他平时少言寡语，其实他是哑巴吃扁食——心里有数。他干的是翻砂工，但是却心有不甘，因为他从小就喜欢画画儿，所以一门心思憋着当工艺美术家。

这灵感和心气儿，是从王爷墓地的石雕石刻那儿来的。

敢情裕庸小时候，家住在西郊的门头村，那儿离礼王爷坟挺近，他儿时没事儿便到坟地上摸那些石佛石兽，幻想有一天自己也能刻出这样精美的石雕。

后来他开始自己练绘画，鼓捣点小玩意儿，梦想着自己能成雕塑家。没想到自己没当成雕塑家，却玩起了草编。

跟“齐大麻子”学艺

说起来，还是1962年时候的事儿，当时，湖南长沙的民间艺人易正义，在北京团城搞了个草编展览，他饶有兴致地跑去参观。

易先生在展览的场地，手里拿着棕榈叶，现场进行编制。几片棕叶在他的手上，上下翻飞，不一会儿就编出形态各异的小动物和昆虫，让他惊羡不已。

裕庸越瞧越喜欢，直截了当，要拜易正义为师。易先生被他的执着劲儿所感动，破例收他为弟子。

师傅领进门，修行在个人。裕庸在易先生那儿学了几手绝活儿，可是慢慢地发现易先生教他编活的材料纯是棕榈叶。这种材料产自南方，北方很少。他要想在草编技艺上搞独门儿，必须得搞新材料。

诸位有所不知，草编是一种纯民间的手工艺品。虽说都叫草编，可南方跟北方的草却不是一码事儿。

南方的草编以棕榈叶、竹叶、蒲草为主，北方的草编以马莲、麦秸秆为主。

老北京的街头常见有草编艺人，他们挑着担子，在街头设个小摊儿，旁边放一瓮水，把马莲浸湿，现用湿马莲编一些小玩意儿，让小孩儿们拿去玩。

裕庸经过多方打听，得知朝阳门坛口儿营房，有位叫齐玉山的老爷子，在解放前编过马莲，于是他便登门求教。

齐老爷子当时已六十多岁，在北京钢丝厂当勤杂工，有二十多年没编过活儿了。

不过他看裕庸心诚，而且非常看重自己的玩意儿，就是因为这个，老爷子又把扔了二十多年的技艺捡了起来，在裕庸虔诚讨教下，教了他几招儿。

裕庸对我说：“这位齐老爷子也算是位奇才，他的手非常灵巧，马莲在他手里一绕两绕，很快就能编出个螃蟹、螳螂，活灵活现，虽说都是拍子活，却有真功夫。”

齐玉山，外号“齐大麻子”，解放前，以编马莲为生。我在中国博物馆曾看到过一幅街头草编艺人的老照片，照片上的那位编马莲的就是这位爷。可惜他的草编技艺现在已经失传。

裕庸本想拜齐玉山为师，被老爷子婉言谢绝。他说现如今谁还学这个，我编给你看，不过是让你开开眼。

后来，裕庸进玉器厂学琢玉，再没跟老爷子联系。在后来，听说老爷子已经作古了。

草编北海九龙壁

裕庸从教学仪器厂出来，又在玉器厂干了二十多年，虽然琢的是玉，但他一直没把草编给扔喽。

后来，他发现草编这一京城的民间工艺已经面临失传，自己跟老艺人学了几手绝活儿，如果不把它拾掇起来，再过一二十年，恐怕京城就找不出这样的艺人了。

正是出于此念，他毅然放弃了琢玉，一门心思鼓捣起草编来。

裕庸的草编技艺，可谓是南北两派的融合。他的独到之处在于原材料的创新。

过去草编多用湿料，编出来绿莹莹的挺水灵，但不易存放，一过冬，草便干了，当然编的玩意儿也看不得了。

现在他编活儿用的都是干料，凡是跟草有关的，都让他派上了用场。

编龙蛇，他用棕榈叶；编龟和螃蟹，他用马莲；编小鱼和昆虫，他用玉米叶；做昆虫的翅膀，他拿葱皮蒜皮；做古建的梁檩，他用菖蒲；做水纹、波浪，他拿麦秸。

干料的特点是造型好，不长虫，能持久。

裕庸的工作间，悬挂着爱新觉罗·毓邑题写的横幅“钰华草堂”。

在“草堂”，我看到他编的北海九龙壁，长1.2米左右，高有50厘米，非常逼真。他编的蝈蝈儿、蛐蛐儿、呱嗒扁儿、青蛙、蜻蜓，栩栩如生。

怕这门艺术失传

眼下，裕庸的草编在京城算得上独门儿了，他的功夫在于现场表演，即席成活儿。

从1990年后，裕庸不但常在庙会和展览会上献艺，而且应邀两次赴美赴欧献艺表演，其草编艺术受到国际友人的喜爱。

裕庸对我说：“出一趟国，开阔一次眼界。到了国外，我才感觉到北京应该有反映自己城市特色的民间工艺品，而能反映北京特色的民间工艺现正在逐渐消失，有的已经失传。我想在草编上再下功夫。争取能把这门艺术传承下去。”

2004年，我采访裕庸的时候，他正琢磨用草编做长城、天坛等旅游纪念品以及比较实用的宫灯。后来，这些草编工艺品都成了北京奥运会的旅游产品。

裕庸已经年逾古稀，以他的身板儿，还能干十年二十年。但眼下，京城搞草编民间工艺的独此一人，单枪匹马，他未免觉得孤单。

他对我说：“前几年，我曾带过几个徒弟，跟我学了几年，可是干这个的确不赚钱，自己养活不了自己，于是都改行干别的去了。我的两个儿子倒是学美术的，可他们对草编并不感兴趣。干草编这门工艺，得耐得住寂寞，而且从心眼里喜欢才行。靠它养家甚至发财是不现实的，这也许是人们不喜欢干的原因。”

为了使这门民间工艺不失传，看来还需要各方人士大力支持才成。

赵殿明

用小木棍儿『盖』天坛

舊京風情拉大鋸圖
九六年三月畫於東城趙家樓
拉大鋸扯大鋸姥姥家唱大戲
兒時的歌謠至今難忘今題此圖

玩起微型木雕忘乎所以

赵爷，大号赵殿明，我当年采访他的时候，六十八岁。人精瘦，爱说爱笑，笑起来，露出被烟熏黑的两颗门牙，一对小眼极有神，说话沙哑嗓，北京人也称烟酒嗓。

赵爷平生有两大嗜好，一个是烟，一个是酒。他说，离开烟，他就没了灵感；离开酒，他便没了激情。正是这两样，托着他搞微型古建的心气儿。

说起来也怪了，赵爷抽了几十年烟，喝了几十年酒，五脏六腑愣没落下毛病，年年体检，身体的各项指标都属正常标准。

大夫看着他的黑牙，听着他的烟酒嗓，对人解释道，这并不能说明烟酒对人的身体没伤害，只能说他身体有免疫功能，并且也得益于他的精气神。

确实，赵爷天生是个“乐天派”。什么忧啦愁啦，二两酒下肚，都给“冲”得烟消云散，只要进了自己的木雕工作间，鼓捣起微雕来，啥事儿都没了。

一人做了一口棺材

赵爷算是老北京，老家顺义杨镇，父亲老实巴交，就他这么个儿子。老家儿（父母）淳朴，没有太多奢望，当然也有望子成龙之念，不过，所谓“成龙”，最大的心愿就是让儿子当木匠。

当木匠？这是哪一出儿呢？

敢情赵爷的父亲年轻时，学了仨月木匠，师傅嫌他笨手笨脚，把他赶出了作坊。所以老爷子不蒸馒头蒸（争）口气，赌誓要让儿子当木匠。

赵爷小学毕业考上了北京15中，为给父亲争气，初中毕业就进了北京钢铁研究院下属的工厂当了木匠。

赵爷在工厂主要是学做机械模型。他的师傅阁贵茂喜欢古建，常带赵爷逛公园。

逛公园不是玩，而是看古建的木结构，一来二去的，赵爷对古建的木结构产生了兴趣。

师傅领进门，修行在个人。赵爷拜师学艺，做了十几年机械模型，识图绘图，再难做的木工活，到他这儿也手拿把攥。赵爷去过不少地方，远至包钢，近至顺义农村，走到哪儿都是锛凿斧锯，跟木头打交道。

他的木匠手艺出过不少彩儿。当年他下放到北京的顺义农村时，有一年，村里一位老人患急病去世，老人生前最大的遗愿是死后土葬。土葬要有棺材，可当时找不到卖棺材的地方，村里也没人会做。

有人想起了赵爷，但请赵爷得有酒。那位老人的儿子炒了两个菜，请赵爷喝酒。二两酒下肚，人家对他说老实话：“您是有名的巧木匠，不是什么都能做吗？给老爷子打口棺材，您有这本事吗？”

这后一句话有点将他的意思。赵爷不吃葱不吃蒜，就吃将（姜）。这一将，还真灵。赵爷撇了撇嘴说：“你们还别给我找打下手的，只要把木料给我备好就得。”

他还真不含糊，不到一个星期，一个人愣做出一口棺材来，村里人无不惊叹。棺材做完，赵爷一人抬不动，找了四个小伙子帮忙翻了过来。

赵爷后来对我说：“这口棺材让我挣了30块钱。”

那年头，一个公社干部一个月工资不过30多块钱。赵爷戏称，做了一口棺材，当一个月的公社干部。

赵爷还建过一座桥，那年，他跟着40多个民工修公路，修到一半，遇到一条大沟，必须要建一座木桥。施工的技术员为这座桥嘬了牙花子，找赵爷要主意。

赵爷的眼睛一眯，笑着问他说：“有酒吗？”

技术员心领神会，赶紧给赵爷买回两瓶酒。

赵爷四两酒进肚，来了灵气，连夜画出了木桥的图样。这座桥现在还在走车过人。

酒后做了三把小提琴

只要喝了酒，赵爷的艺术灵感就来了，手也透着巧。

那年，他在皮革机械厂当木工。一次，赵爷在酒后跟几个徒弟侃大山，一个徒弟戏言：“师傅，你做过木模、做过棺材，有一样东西你肯定做不出来。”

赵爷笑道：“你说吧，只要你能说得上来，我就能做得出来。”

徒弟说："小提琴你会做吗？那可是出声的。"

赵爷一拍桌子说："给你师傅买酒去！"

工厂技校有个学生的父亲是提琴厂的技师，赵爷让这位学生把提琴的图纸借来，他照着图纸，吭哧吭哧，一气儿做了三把，让徒弟叹服不已。

不过，这回赵爷却透着谦虚。他对徒弟说："甭替我吹，看我做的小提琴往那儿一摆，跟名家做的琴差不多，但一拉就差着行市了。好的小提琴拉出的声有穿透力，我做的却只能拉出音来，做小提琴是单一功，这三把琴您练着玩还对付。用它上台演出拿大奖可就坏了醋。"

赵爷的倔劲儿上来，也七个不服八个不忿儿的，但是在活儿上，碰到高手，也有"低头"的时候。

那年，他在北京工艺美术厂，带着两个徒弟做龙舟。当时，他做龙头，徒弟做龙尾。

活儿快干完了，工艺美术厂的技师瞧着笑了："你这龙头怎么像虎脑袋呀？"

赵爷一听这话，细瞧也觉得不对劲儿，敢情做兽活儿，甭管木匠还是石匠，都讲究"愁龙喜凤傻狮子"。

那位技师见赵爷认栽，说了一句话："你要是把龙头上的嚼肌往下落几分，龙就出神了。"

就是这句话，让赵爷恨不能当场下跪拜他为师。

在小屋“建”四合院

赵爷从1985年起，利用业余时间开始鼓捣古建模型，他用平时喝酒的钱，买了不少古建园林方面的书。

用他的话说：“买这些书当馒头嚼。一边嚼，一边把木头锯成火柴棍儿，当原材料。”

当原材料干吗？他把这些柴棍粗细的小棍儿，当柱子、檀条、椽子、檐子、屋脊，组装成楼台亭榭。

这些楼台亭榭做出来，最初是自己摆着玩，后来，朋友们看了都夸好，赵爷开始认真琢磨微型木雕了。

1989年，他照着老照片做出来的崇文门城楼，受到了园林专家的好评，专家介绍他加入了北京古建园林协会。

有一次，古建园林协会开会，协会的头儿对赵爷说：“你把微缩木雕拿来让大伙瞧瞧。”

“好呀！”赵爷不怕现丑，没过几天，带来几组亭子让大家欣赏。单士元、罗哲文等大师看了大加赞叹。

单士元是故宫博物院的著名专家，当时已经年过八旬，他对赵爷说，“我研究了一辈子古建，见过真园子，也见过图上的园子，没想到你把它变成了室内的摆设。你接着干吧，这些微缩景观将来会走出国门。”

这句话，像点亮赵爷心中的一盏灯，从那儿起，赵爷把一切外活儿都推了，没日没夜地干起了北京景观模型。

干吗这么赶罗呢？

赵爷说：“现在北京城正在进行大规模的危房改造，许多老胡同、老门脸将要拆迁，我要跟危改抢时间，争取把老房子都做成微缩模型保存下来，留给后人。”

赵爷的住房并不宽绰，原来是工厂宿舍，只有13平方米，后来他自己接出一个小棚儿，正好有个过道，能支两张床，他和老伴儿总算有了住的地儿。

他干活的地方不足两平方米，天上地下摆的都是木料和模型。旁边就是厨房，老伴炒菜做饭，烟熏火燎，只得把他请出去喝酒。

就是在这么狭小的空间，赵爷用一根一根细小的檀条和椽子按古建的盖楼盖房程序，做出了明清古建一条街、老北京的牌楼、老胡同儿、东岳庙、天坛祈年殿、颐和园的知春亭、大戏楼、四合院、城门楼、老园子愉园等一大批古建模型。

您别看他住的屋子小，他在这小屋还接待过近千位老外，其中有瑞士、法国驻华使馆的官员和大使夫人。

这些老外看了他的古建模型惊叹不已，有的开高价要买了收藏。

赵爷连连摆手，对这些外宾笑道：“谢谢您赏脸。不过这些‘房子’‘院子’您看行，买可不行。我怕您拿不动。”

憋着要“建”老北京城

赵爷是高级工艺美术师，玩了几十年模型，做模型的独门儿绝技，在京城也小有名气，但他对自己的每件微雕作品都精雕细刻，一点儿不敢马虎。

就拿他做的微雕祈年殿来说吧，他整整花了两年时间。

他告诉我说，祈年殿上有许多小窗户，装这些小窗户可费了劲儿，您想那窗棂像铁丝那么细，要一点一点地组装。

有一次，夜里2点多，一组窗户，他装了十几遍还装不上，气得他连抽了自己几个大嘴巴，老伴儿睡着半截觉，以为他跟谁打了起来，一看他在跟模型较劲儿，赶紧爬起来，给他倒酒。

他喝了酒，消了气，灵气也跟着有了。

由打迷上古建模型，赵爷几乎长在了自己的工作间。老伴儿过生日，对他说："你一年到头不出门，陪我到商场买点儿东西吧。"

他陪老伴儿奔了商场。老伴儿挑选商品时，他说我出去抽支烟。

他在商场门口，一边抽着烟，一边脑子里琢磨活儿，突然来了灵感，撒腿就颠儿。回到家又干上了，害得老伴儿在商场找了他俩小时。

喝了酒，赵爷爱跟老伴儿抬杠，老伴儿比他小十四岁，半嗔半怨地对他说："下辈子再也不找木匠了。"

他哄老伴儿说："别价呀，找瓦匠，盖了楼盖了房，连块砖头都剩不下。找木匠，还能剩下刨花和锯末呢。"

赵爷特幽默，酒后吐真言："我现在越活越年轻，没有七十多岁的感觉。拿我的眼神来说，你别瞧眼睛小，却一点儿不花。

人身上的零部件越用越好使，用哪儿哪儿棒。微缩景观上的小人，有半个火柴棍大小，我老伴儿用放大镜瞧都晃脑袋，问我是怎么做出来的，我说，我拿酒气吹出来的。”

赵爷现在每天8点钟起床，吃了早饭就干活，中午喝二两，闷一小觉，下午接着干，晚饭喝二两小酒，一气儿干到凌晨三四点钟，天天如此连轴转。

他憋着用自己的这双巧手，把老北京城都“微缩”下来。不过，到那时，他家床底下的空酒瓶子得拿车装了。

王文永

把掼跤玩到了法国

跤手沈友三
天桥跤手沈友三生于北京广安门内牛街自幼好习武练跤长大成人后在父辈们的指引而进入天桥撂跤场早在清代有善扑营民
国后称买也跤
称练跤或撂
跤在天桥跤
场上沈友三
有不俗的成
绩时至今
日老北京们说
起天桥都要说
天桥跤手沈友三
海方记写旧京天桥人物并题

老北京人爱玩掼跤

掼跤是老北京留下来的玩意儿。早年间，在胡同里长大的孩子，没有几个不爱或不会玩掼跤的。当然有的拿它当强身健体和竞技的玩意儿，有的只是比画比画，玩玩而已。

那会儿，民间自发的跤场遍布四九城，有的胡同能出几个练家子凑一个摔跤队，以跤会友，到别的胡同去比赛。

时过境迁，现如今北京人玩跤的已不多了。不过跤场还有几个，比如南城华声老天桥双德全和他的弟子开的跤场，北城马贵宝老爷子和徒弟开的跤场等。

您也许不知道，就在掼跤在京城默默无闻、玩跤的人越来越少、濒临失传的时候，它在法国、在欧洲却成了香饽饽。

中国跤现在欧洲已成为许多年轻人强身健体、防身竞技的必修课。北京人所喜爱的掼跤在欧洲扎了根。

掼跤来自满族

老北京人为什么喜欢掼跤？因为北京的掼跤来自满族，当年，京城的内城主要住着旗人，所谓的老北京人是“八旗子弟”就是这么来的。

掼跤是满族的传统体育运动。老根儿在“白山黑水”之间的满族男人，自幼尚武，掼跤是习武的基本功。

满族人执掌清朝政府后，在民间大力提倡掼跤，不但一般百姓玩跤，就连清朝的皇帝、王爷、贝勒在年幼时也要练跤。

您也许知道康熙皇帝智擒鳌拜的故事。

康熙自幼练跤，正是利用跟人掼跤的机会，突然下手把鳌拜拿下的。

康熙当了皇上以后，每年到木兰“行围”。表面上看皇上是去避暑，其实是搞统一的多民族国家的民族政策。

“行围”期间，蒙古、西藏、新疆等少数民族的头领齐聚一堂，皇上举行宴会，在宴会上要进行“相扑”（满语“布库”），也就是掼跤比赛，胜者由皇上亲赐奖品。

此举被列为“塞宴四事”之一。另“三事”是“诈马”（幼童赛马）、什榜（蒙古乐曲合奏）、“教駣”（音：交条，即套生马驹，并且驯服、控骑）。

清朝，有全国性的武艺比赛，胜者被视为“武状元”，比赛主要是三个项目：骑术、射术、掼跤。正因为清朝对掼跤非常重视，所以内务府设有善扑营。

善扑营分善扑、善射、骗马三项技艺。善扑的扑是相扑，也就是掼跤手。

善扑营的掼跤手，不但为皇上设宴表演技艺，皇上出行时，也随护军等作为随侍。用现在的话说，善扑营的掼跤手，经常给皇上和王公大臣当保镖。

比如清咸丰年间，恭亲王代表清政府，跟英法联军进行谈判时，就是由善扑营的跤手当护卫的。

由此可知，掼跤在老北京受到的重视程度。

掼跤有许多讲究，一些术语在民间流传后，也变成了俗语，比如“扑虎”“跳黄瓜架”“得合勒”等。

京城玩跤的高手多

老北京人练掼跤的以满族在旗人为主，比如老天桥的宝三、宝善林就是旗人，他的满族姓是爱新觉罗氏，正经的皇族。

到法国玩跤的王文永也是旗人，属汉八旗。老家辽宁锦州，老祖跟吴三桂进的北京。王文永的父亲王振中就是练武术的，他的八卦掌打得很出色。

满族文化在“进关”以后，渐渐地被汉文化所融合。满族人喜欢掼跤，汉族人喜欢武术，在满汉文化的交融中，这两种民间武艺也相互借鉴和影响，许多汉族人热衷于掼跤，许多满族人也喜欢武术。

清代最后一批有等级的跤手（也叫布库）瑞五、乌尔衮、姚秀等，在20世纪30年代还健在。这几位爷都是旗人，其中乌尔衮在南城开了个跤场，胡同里的许多孩子跟他练过跤。

京城大玩家王世襄当年就跟乌尔衮乌八爷学过跤，碑拓收藏家、原瀚海拍卖公司的总经理秦公、说相声的孟凡贵等，年轻时都是磕过头拜过师的掼跤手。

借钱去法国赛跤

说这话，那还是2005年的夏天，我在北京朝阳门外一栋普通的居民楼，采访了京城有名儿掼跤名家王文永先生。

当时，王文永已经七十二岁，但常年玩跤，让他身体格外健壮，老爷子精神矍铄，看上去，比实际年龄至少年轻十多岁。

我到他家时，他正打点行囊，准备去法国。

原来他的法国徒弟邀老爷子到巴黎，为俱乐部的一场比赛当技术指导。

我抓了个空当儿，跟老爷子聊了起来。

那些年，老爷子没少往欧洲跑，当时他是全欧洲摔跤首席教练兼总顾问。

为什么王文永能在欧洲扬名了呢？

这话得从多年以前说起，那还是1994年，在法国巴黎，举办了国际市长杯中国跤邀请赛，当时的市长还是希拉克。参加这次邀请赛的有法国人、美国人，也有中国台湾人。

组织者之一是入了法国籍的一位中国人。他最早是练柔道的，因喜欢中国跤，便把中国跤带到了法国。

摔跤邀请赛开锣之前，这位法籍华人通过朋友知道北京有个掼跤高手王文永，很想结识，于是就给王文永发了一封邀请函。

王文永接到邀请函，心里犯了嘀咕：不去吧，就失去了一次传播中国跤的机会；去吧，他是靠退休费生活的人，哪儿能一下拿出几万块钱的路费？

他的朋友得知此事，劝老爷子去，并慷慨相助。老爷子对我说，实不相瞒，第一次去法国，飞机票都是赊的。

帮他买机票的主儿知道他到法国玩跤，是为北京人露脸的事儿，对他说您先飞着去，机票钱您有了再给，没有，只当是我为传播中国跤做了贡献。就这样，王文永带着两个徒孙奔了法国。

老爷子还真不含糊，俩徒孙在市长杯中国跤邀请赛上，拿了两个冠军。

在法国待了半个多月，王文永跟不少练家子切磋过掼跤的技艺，使人们对中国跤有了新的认识。

“法国爷”给“北京爷”磕头

王文永万万没想到，回国不久，一天下午，一个三十多岁的法国人和一个叫李建的中国人，冒冒失失地来到他家。

法国人叫让·利克，李建是他的翻译。一进门，让·利克就对王文永说：“老师，我是来给您磕头（拜师）的。”

王文永没弄明白是怎么回事，正跟李建说话的工夫，让·利克却把垫子铺好，“咣咣咣”给王文永磕了三个头。

您想人家老外都磕了头，王文永能不受着吗？王文永赶紧把让·利克扶了起来，让老伴儿炒了两个菜。吃饭的时候，李建道出原委。

敢情这位让·利克是法国的柔道教练，王文永在法国讲中国跤的时候，他曾在一边看过王文永的中国跤表演，喜欢上了中国跤。

后来，让·利克到北京，看过几位练家子的技艺，觉得还是王文永的跤法实战性强，所以特地前来磕头。

王文永心想，既然受了人家三个头，也不能让他白来一趟。

吃了饭，王文永便在他家，教了让·利克几招儿跤法，对他重点说了说“四步麻辫”。

谁知这几招儿让这位洋徒弟开了窍，当天晚上，这位“法国爷”舍不得走了。

王文永好客，就让出一间房，让他住下了。谁知这位“爷”闹觉，夜里两点多钟，王文永睡得正香，却被咚咚的脚步声惊醒了，起来一看，敢情让·利克正在屋子里满头大汗地练功，合着这位“法国爷”一宿没睡。

王文永被他的精神感动了，第二天又教了他两招儿，爷儿俩练完了，王文永的老伴儿给他们吃自己做的炸酱面。

这位“法国爷”尝到了甜头，对王文永说：“师傅，您家的炸酱面真好吃，干脆我就住您家吧。”

徒弟的话说出来了，师傅能往外轰他吗？他对洋徒弟说：“得，你要是不嫌弃这房子窄巴，就踏踏实实地住着。”

嘿，这位洋徒弟在王文永家这一住就是一个多月，自然跟王文永学了不少玩意儿。

“法国爷”倒也局气，临走时，交给王文永一万四千块美元，说这是住宿费和伙食费。

王文永一听这话乐了，对让·利克说：“我是把你当徒弟才教你的，收这钱不是打我脸吗？”

“法国爷”按照西方人的规矩，坚决让王文永收下。王文永哪儿肯收这钱，最后还是把钱退了回去。

王文永为了让“法国爷”记住北京人的德行，又到食品店给他买了几斤大顺斋的糖火烧，让他带回了法国。

给洋徒弟起中国名

这位“法国爷”一直记着这位北京的师傅，回国不久，便给王文永发来一封邀请函，告诉他的中国师傅，他在法国成立了一个中国跤俱乐部，请老爷子赴法当教练和顾问，路费和食宿他全包了。

这一趟时间不短，王文永不会说法语，专门请了一位叫丁锡钵的人给自己当翻译。他对法国徒弟提了几个条件：一是到法国传授中国跤必须是正宗的，不能加柔道。二是在法国要吃中国饭，不能吃洋饭。三是在俱乐部一天只教四节课，钱不钱的不考虑。法国徒弟一一答应照办。

于是王文永在1995年奔了法国，在那儿一待就是几个月。

老爷子对我说，他没想到中国跤在法国那么吃香，学跤的人报名踊跃，最小的六岁，最大的六十来岁，有近千人跟他学玩跤。

金窝银窝不如自己家的草窝。在法国教了几个月的跤，老爷子想吃老北京的炸酱面和油饼了，尽管法国的生活条件优越，徒弟也苦劝他多待些日子，他还是归心似箭，回到了北京。

转过年，那位法国爷让·利克二次来到北京，跟王文永切磋跤技。

师徒二人已然混熟，王文永对他说：“你的法国名字叫着绕嘴，既然我收你为徒，我给你起个中国名吧。”

“法国爷”听了很高兴，对王文永说：“这可真是太好了！”

于是，王文永给他起了个中国名叫欧华龙。欧华龙又在王文永家住了一个多月。王文永为了让欧华龙对中国跤多长点见识，带着他到其他城市转了转，摔了几场跤，让这位法国徒弟开了眼。

在异国遭人“叫碴呗儿”

两年以后，当年邀王文永赴法参加市长杯中国跤比赛的那位法籍华人来到北京，告诉王文永巴黎要举办第二届市长杯比赛，邀他再次参加。因为有徒弟欧华龙在法国相助，这次王文永赴法的签证手续没怎么费神，他带着火车头中国摔跤队20多个小伙子奔了巴黎。

这些跤手都是王文永的徒弟和徒孙，在参加的八个级别比赛中，拿了六个冠军。

王文永没想到，这次赴法发生了一个小插曲。原来有位在法国教中国跤的华人，看到许多年轻人热衷于柔道和散打，于是他把中国跤增加了手上的击技动作，改为“手搏”。

玩了一辈子中国跤的王文永，得知中国跤在法国被“改良”了，心里有些不悦。

他本来就性情刚烈，说话直来直去，尽管是在异国他乡，他也要维护中国跤的“尊严”。

在一次玩中国跤的朋友聚会上，他坦言：中国人在外国传授中国跤，应该把原汁原味的中国跤技法传授给外国人，不能投其所好，随意糟践中国跤的精髓，中国跤就是中国跤，绝不能改良。

岂知他的这番话，让有些人感到不受听，于是一位在法国玩跤的华人出了个主意，提议让王文永跟参赛的美国队教练翁启修单练一场。

用北京话说，这是在跟王文永“叫碴呗儿”。翁启修是美籍华人，三十多岁，身体非常强壮，而且恰在当年。而王文永虽说是摔跤高手，但已是奔七十岁的人了，岁数不饶人，自然处于下风。

王文永心里明白，这是那几位把中国跤改为“手搏”的人在跟他叫板：你不是说中国跤厉害吗？找个高手较量一下，如果王文永输了，还有什么可说的。

王文永明知这几个人是想让他在众人面前现眼，但他并没含糊，是骡子是马拉出来遛遛吧，他应了这场“跤局”。

翁启修的功夫不软，他是“花蝴蝶”的徒弟。早年间中国式摔跤分为四派：北派、蒙古、京派、南派。“花蝴蝶”是河北保定人，是南派跤王敬一平的徒弟。敬一平也是著名武术家，所以南派的跤法里，糅进了不少武术功夫。

“花蝴蝶”早年间名气不小，跟京派的掼跤家宝三齐名，1949年去了台湾，以后又去了美国，在美病故。现在中国台湾和美国的中国跤法大都属这一派。

俗话说，行家一伸手，便知有没有。王文永穿上褡裢，跟翁启修一交手，就知道翁启修跟他动了真的。

人家动真的，您再客气，那不赔等着吃亏吗？王文永也玩起了真的。

翁启修起脚使了个狠招儿，压住了王文永的胳膊，王文永顺势给了他一个“脑切”（绊子），翁启修一下趴在地上了。

翁启修年轻气盛，起来还要摔王文永，没等他站稳，王文永又使了个“别子”，把他放躺下了。

这两下把翁启修彻底摔服，从此翁启修跟王文永交上了朋友，翁启修拜王文永为大师，每年从美国给他寄书刊和衣物，这是后话不提。

在国外的酒桌上翻脸

再说那几位“叫板”的人，见王文永把翁启修摔倒，而且让翁启修心服口服，也算从王文永这儿，见识了中国跤的厉害，当下他们也不敢多说什么。

赛后，组织者邀王文永和摔跤队队员到欧洲各地观光，翁启修也陪同前往。走到芬兰的赫尔辛基，他们来到一家中国餐馆吃饭，席面上了两瓶洋酒，王文永不喝洋酒，只喝饮料。

那位叫板的华人连喝了两杯酒，酒酣耳热，一不留神把心里话说了出来。

他举着酒杯对王文永说："王老，有句话您别不爱听，别看您和您的徒弟现在摔外国人，中国摔跤再有五年不普及，外国人该摔你们了。"

王文永一听这话，脸立刻变了，把手里的玻璃杯一摔，对他说："这可是在人家的家门口儿，你说什么呢？中国是摔跤之乡，有的是摔跤人才，我在中国是数不上的，你中国屎还没拉干净呢，怎么能替洋人说话，你不是中国种儿吗？"

这番话当场把那位给说闷了，这顿饭不欢而散，王文永心里憋着火儿回了国。

为什么王老爷子会发这么大的火儿呢？不光是因为那位华人说了那番话。他心里清楚，那位华人说的是实情，中国跤现在在国内确实不吃香，再不抢救再不发展，将来有一天真得挨外国人摔。但这话由那位华人嘴里说出来，让他寒心。何况他知道，这位华人正憋着把中国跤改为"手搏"。

当然这些都属于他们个人之间的看法。

不想让中国跤"变味儿"

王文永老爷子，是一位有极强的民族自尊心的人。他曾对我说："中国的许多好玩意儿在国内不受待见，拿到国外去人家都当宝贝，而且把它变了种儿，变成了人家的玩意儿，人家再拿到中国来，有些中国人反倒把这当成了宝贝。”

明朝末年，技击家陈元赟把中国跤带到了日本，在日本收了不少徒弟，后来日本人把它改成了柔道。

20世纪70年代，一个天津摔跤手到俄罗斯教徒授艺，没几年，就把中国跤改成了“桑搏”。中国跤一改名就成了人家的。

20世纪90年代，有人知道王文永在欧洲传授中国跤，也曾劝说他把它改为“手搏”，王文永当然不会同意。

他对我说：“我能把中国老祖宗留下来的玩意儿，就这么让它灭了吗？门儿也没有。不瞒你说，我之所以到法国到欧洲传授中国跤，就是不想让中国跤灭种儿。有我这个老头子在，他们想把中国跤变成‘手搏’就难。”

但让王文永这些中国跤的高手感到遗憾的是，国内对中国跤不够重视，光他们这一代跤手着急没用，因为他们毕竟老了。

王老爷子说：“中国式摔跤现在还不是全运会的正式比赛项目，只参加全国民族体育运动会，而国内的一些比赛，也都是民间筹资来搞的。”

一方面不受重视，另一方面摔跤要吃苦，现在城里人都是独生子女，谁舍得让孩子练这个？王文永曾在北京办过中国跤俱乐部，后来因为没钱又招不上学员而名存实亡。

1997年，在“新月”公司的资助下，他们曾在北京搞了一个“新月杯”中国式摔跤国际邀请赛，报名者寥寥无几，这件事让王文永想起来很寒心。

王文永是金宝生的徒弟，我采访他时，他已经七十多岁了，而宝三的大徒弟陈金泉、二徒弟马贵宝也都70多岁了。

王文永告诉我，平时跟这些同辈的老跤手见了面儿，他们都不愿提摔跤俩字，因为说起来太让人伤心。

他们这些老人真担心有朝一日，中国跤后继无人。老爷子感慨道，练摔跤是最经济的体育健身活动，不用花钱，只用一个褡裢就够了。过去北京有多少跤场呀？光朝阳区至少就有200多个。现在呢，练的人太少了。

直到2010年，王文永老爷子还在为扩大中国跤在国际上的影响力而奔走。他说服了法国徒弟欧华龙，在法国注册成立了全法中国式摔跤武术俱乐部，他当总教练和顾问。

他对我说：“法国已正式承认中国式摔跤。现在法国练中国跤的有几万人，俱乐部的教学点分布在十几个城市。每个教学点都把我师傅金宝生的大照片，跟大成拳师王乡斋的照片摆在一起，法国人也认王乡斋。学员上垫练跤之前，先得给我师傅鞠躬行礼。”各教学点每年要搞一次比赛。当时他去法国传授中国跤时，已经是七十多岁的老人了。为了传播中国跤，舍弃了在家颐养天年的乐趣，乘飞机、坐汽车，天上地上来往奔波，多辛苦呀，但他乐此不疲。

王老爷子对中国跤有着特殊情感，不让他玩跤，好像生活缺点儿什么。玩嘛，他也从中获得了无穷乐趣。

差点儿被狼叼走

练摔跤的人都讲义气。人在江湖，故事自然很多。王文永的一生就带有很多传奇色彩。

王家算是老北京人，王文永的父亲入的是皮行。在老字号“美新”皮货庄学的徒。

当时他们家住蓝靛厂，日伪时期，日本人修西苑机场，他父亲被抓去当劳工。1943年全家人逃荒到了张家口。

王文永哥儿仨姐儿仨。大哥让国民党抓走当兵，后来没了下落。弟弟和一个妹妹饿死了，最后就剩下他和一姐一妹。

苦出身苦日子，使他从小养成了独立性格，而且好打抱不平，宁折不弯。

他12岁那年，他哥跟母亲顶嘴，而且对母亲不敬，他看着不顺眼，一气之下拿着擀面杖，照他哥哥脑袋就是一下，脑袋顿时开了瓢儿，他怕父亲打他，独自跑到西山去背煤。

在张家口时，家里遇了险，夜里，山上的野狼潜进了屋，一家人都在炕上熟睡，野狼闪动着眼里的贼光，扑到炕沿，一爪子把他哥给开了膛。

王文永一声惊叫，毫无惧色，翻身下了炕，抄起一条板凳向狼砸去，野狼吓得仓皇而跑。

哥被狼咬，母亲为此连急带吓而死。没辙，父亲带着几个孩子，从张家口回到了北京。

父亲当了缝鞋匠，日子依然苦哈哈，一家人经常是吃了这顿没下顿。

王文永小的时候，捡过煤核儿，拉过小襻儿，富人家出殡，他打过执事，也当过小力笨儿。凡是苦孩子混饭吃的碎催差事，他都干过。

跟父亲学练八卦掌

北平解放那年，王文永十六岁，跟着大人们去中南海挖河清淤，工程结束，他进了造纸厂当工人，以后到公安学校培训，分到北京仪器厂当警卫，日子这才渐渐好起来。

王文永十四岁那年，家搬到了东直门外东中街。当时北京还没解放，地区实行的是保甲制。一天，他拎着小篮子去买杂和面儿，好不容易排队买回几斤，半道上被保甲长的儿子给抢走了。

他回到家，拿着捅炉子的火筷子，找保甲长的儿子玩命，谁知那主儿会武术，结果他让人家暴打一顿。

他父亲对他说，光有蛮勇，没有功夫不灵，你跟我练八卦掌吧。从那年开始，他跟父亲练起了八卦掌。

家里穷，经常饿肚子，王文永二十岁才长到一米五儿，个子又矮又瘦，解放后，他到工厂当了工人，也结了婚，能吃饱饭了，才开始蹿个儿，一气儿长到一米八儿。

块头儿大了，仪器厂的老钳工刘云看他是摔跤的好苗子，开始教他摔跤，因为有八卦掌的底子，他玩跤很快就入了门。

为玩跤闹出“婚变”

掼跤讲究技巧，光有力气不行。1956年，王文永第一次参加在官园举办的北京市摔跤比赛，他让对手连摔了三局，摔得他连东南西北都不知道了。

回到家，他把在跤场上挨摔的事，告诉了父亲，他父亲抽了他一个大嘴巴，抻掇他出去给王家门丢人现眼。

这次挨摔，让他羞辱难当。真所谓知耻而后勇，从此，他暗下狠心，一定要在毯子（摔跤时用的）上苦练真功。

王文永每天一下班，就直奔跤场，不仅不顾家，而且吃得还多。这时他媳妇不干了，劝他别再这么玩命。

他却把媳妇的劝告当耳旁风，每天依然“长”到了毯子上，他媳妇气急了，跟他说：“你要是再练，咱们就离婚。”

虽然他对媳妇有感情，但他更舍不得离开摔跤的毯子，于是他咬着后槽牙对媳妇说：“不让我吃，不让我喝，行；不让我练跤，门儿也没有！你要非让我离开摔跤，那咱们就离婚！”

王文永的媳妇，老家是河北徐水，她当过兵，年轻那会儿，性格真率刚直，当时正有孕在身，一听这话，一狠心一跺脚，真就离开了王文永。

小两口儿因为王文永不顾家而离了婚，说起来也是摔跤惹的祸。

离婚以后，王文永在跤场上撒了欢，苦练一年，功夫大长。

1957年，王文永第二次参加北京市摔跤比赛，他一连摔倒了十几个对手，获得了轻量级冠军。

这时，离了婚的媳妇听说王文永得了冠军，又念起他的好儿来，通过结婚介绍人的穿针引线，王文永心眼也活泛了。

媳妇来信告诉他生下的小孩已经会走道儿了，长得十分可爱。他看到媳妇寄来的照片，动了怜子之心。

这时，他父亲也劝他说："你练摔跤，也不能没有后呀，赶快把媳妇接回来吧。"

他一想父亲说得在理，再说看在孩子的分儿上，也别再跟媳妇置气了，于是他又跟媳妇复了婚，把她和孩子从徐水接回了北京。

五获北京市摔跤冠军

王文永拿到北京市摔跤冠军以后，自然在京城摔跤圈儿里成了名人。

当时，京城玩跤的人还很多，众星捧月，他在厂子警卫班当了班长，以后，又当上了北京市工人摔跤队的队长兼副教练。

在20世纪50年代，北京市职工摔跤队在摔跤界赫赫有名，教练是王德英，他是北京体育大学的教授。

当时，王文永才二十二岁，正是摔跤的黄金年龄，所以哪儿有比赛，他就带着工人摔跤队的人马去过招儿。

王文永曾连续五年获得北京市摔跤比赛冠军，在全国摔跤比赛中，也取得过第三名和第四名的成绩。

值得一提的是，他参加1962年的北京市摔跤比赛，对手是蒙古族的乌鲁西。

这位乌鲁西，当时是二十多岁的小伙子，体格十分健壮，有内蒙古“草原雄鹰”的美誉，而王文永当时已经快三十岁了，是五个孩子的父亲。

那会儿，正赶上20世纪60年代初的“三年困难”时期，人们吃不饱饭，身体的营养也跟不上，王文永的体重由134斤掉到124斤，跟乌鲁西在力量上悬殊挺大。

赛前，《北京晚报》登出文章《老将王文永挑战内蒙古神鹰乌鲁西》。这无形中对王文永是一种压力。

在开赛前，北京市体委的负责人给他打气儿，媳妇还现给他淘换了一只活鸡炖了，他连汤带骨头都嚼了。

赛场设在北海体育场，6000人的位子座无虚席。王文永抖擞精神，披挂上阵，连战三局，终于赢了这场比赛。

老父亲觉得儿子给他露了脸，给他买了一斤酱羊肉一斤烙饼犒劳他。

金宝生门下的“十三太保”

1957年，王文永正式拜金宝生为师。金宝生住东直门外十字坡，跟宝三是同一时代的掼跤高手。

金宝生是清末二等布库张敬武、外号“神跤张八”的徒弟。金家的祖上是有钱人，住着一个挺大的四合院，王家离金家不远，所以跟金宝生抬头不见低头见。

王文永正准备到天津参加比赛，在胡同口碰上了金宝生。

得知王文永要参加全国摔跤比赛，金宝生把王文永叫到家里，教了他两招儿。

王文永没想到这两招儿，在比赛时都用上了，而且出奇制胜。王文永这时才感觉到金宝生跤法的厉害，于是从天津比赛回来，他带着重礼到金家拜谢，并诚恳提出拜金宝生先生为师。

金宝生看王文永心诚，而且也挺有出息，便答应了王文永。

收王文永为徒后，金宝生腾出两间房，让他一家人都住进来，每天教他练功。

王文永能连续五年拿冠军，与师傅的指教不无关系。

滴水之恩，当涌泉相报。王文永是个讲义气的人，直到他临终也不忘师傅的恩情，他在北京搞的摔跤俱乐部，是以师傅金宝生命名的。

在法国当教练，他也让洋弟子们，每天给金宝生的像行礼。

1957年，王文永和12个小年轻，在引荐师叶天林、马忠禄的操持下，在白魁老号举行了拜金宝生为师的仪式，京城玩跤的人称他们为“十三太保”。

这13位按岁数排列，老大是徐文会，原来北京电子管厂工人。老二于崇福，原起重工兼朝阳区摔跤队教练。老三曹增云，起重工，老北京摔跤队队员。老四黑荣，回民，北京肉联厂工人。老五米文明，北京电子管厂工人。老六管朝禄，起重工。老七邢德福，北京化工二厂工人。老八赵增瑞，电子部职工，老北京摔跤队队员。王文永是老九。老十许金龙，首钢开火车的司机。老十一张玉祥，起重工。老十二张铁春，北京电子管厂工人。老十三毛文瑞，起重工，他的年龄最小，我采访他时是2006年，当时已经奔七十岁了。

“十三太保”到晚年都玩不动跤了，我2006年采访他们时，13位爷已经有五位“走”了，而且健在的八位，真正玩跤的只剩下王文永了。

当时王文永在跤场上，还比较活跃，2017年，八十多岁的老九王文永，也告别了人世。岁月无情，“十三太保”已经成为京城跤界的一个符号了。

没上过学却写了四本书

说实在话，王文永的中国跤，能玩到他生命的最后实属不易。

“文革”中，玩跤的王文永也是一个风云人物。1966年的夏天，在那个燃烧的“造反”岁月，北京仪器厂也成了“热窑”。

当时厂子里的造反派打派仗，其中一拨造反派把厂子食堂给烧了，此事惊动了当时中央“文革领导小组”的陈伯达和北京市革委会主任谢富治。

王文永当时是工厂警卫班的班长，因为劝阻造反派点火，跟造反派动起手来。后来他被叫到当时的北京市革委会。

谢富治拍着桌子对他训话，他觉得自己很冤，明明保卫的是国家财产，却挨了一顿批。

玩跤的王文永血气方刚，气恼之中，把桌上的玻璃板打碎，还扇了谢富治两个嘴巴。因为这，他被打成了现行反革命，被判了十五年大刑。

他蒙冤受屈，蹲了十一年大狱，直到1978年才落实政策。后来，厂里给他平了反，恢复了公职，他又重新回到仪器厂。这时的工厂对他委以重任，让他搞基建，他一直干到1985年，才提前退休。

1993年，在京的一些人士召开中国摔跤研讨会，人们想起这位老北京队的教练，请他参加。在会上，他才得知目前中国式摔跤的现状，这让他这个老队员感到震惊。

王文永觉得自己的体力还行，应该把扔了十多年的玩意儿拾掇起来，为中国式摔跤传下去做一点贡献。

从1994年到他去世，他除了创办中国式摔跤俱乐部，七赴法国传授中国式摔跤技艺，而且为了给后人留下资料，他配合教学，写了《中国摔跤名人录》《中国摔跤近代史》《中国摔跤功夫》《一代跤王》等专著，虽然没钱出版，但这些书将成为今后人们认识中国摔跤的珍贵史料。

王文永先生玩了一辈子跤，讲义气、重德行。多年习武，又粗通文墨，他收藏了不少古董，其中那王爷写的“胜文神武”的匾是金丝楠木的，很珍贵。

他手里还藏有十八般兵器，经人鉴定是清代遗物。几年前，他出书没钱，秦公看了他的这些宝贝，劝他拍卖。他怕别人笑话，没舍得出手。

在跟王文永先生的交往中，我觉得他是一位古道热肠的老北京，而且也是有自己独门儿绝技的摔跤高手。

要知道，在20世纪五六十年代，京城的摔跤高手如云，王文永能在众多名跤手中出类拔萃，连续五年获得北京市摔跤冠军，您想他在摔跤上能没有点独门儿绝活儿？

好在王文永有远见，在生前身体好的时候，把自己摔跤的独门儿绝活儿，都作为教学用的教材录了像，我们在老爷子离世后，依然能看到他跤场上的风采。

武荣璋

打着冰盏儿吆喝

大酒缸就是北京街头一种酒铺与众不同的就是酒铺一进门就是几只酒缸酒缸都是埋入地下缸盖都漆成大红色酒缸里的酒就是当
大酒缸
时人们爱喝的烧酒店里还备几种简单的小菜儿切一盘酒菜几文钱就能美美的喝上一顿小酒经济实惠受到不少平民百姓的喜爱开这种酒铺的掌柜多数都是山西人

什么人玩什么鸟儿

武爷，大号武荣璋，十多年前，我认识他时，他刚满七十岁。

七十？“人生七十古来稀”。武爷不像七十岁的人。单看他脸上的精气神，告诉您，五十岁拐弯儿，您也许不会起疑。

瘦，真的，现在城市里像他这么瘦的主儿不多。清癯的脸上戴着一副深度近视眼镜，大褂一穿，有点儿像老北京“命馆”（专门算命的地方）的相面先生。

但武爷不会相面，他天生好唱。虽说奔七十了，可他一天到晚像只快乐的百灵。只要有机会，他便引吭高歌，清脆的歌喉，敢把那些专业的男高音比下去。

您还别说，连着好几届了，武爷在北京市中老年卡拉OK大奖赛上，拿过大奖。

称武爷是玩家，有点儿牵强，但他的确好（音号）玩，而且有自己的独门儿。

见他的头一面，他就跟我说：“刘先生，您无论如何也要瞧瞧我收藏的玩意儿。”

“您都藏些什么宝贝呀？”我笑着问他。

“多了，准保让你开眼。”武爷几乎用央告的口吻对我说，“瞜瞜去吧。不会让你虚走一遭儿的。”

他们家住通州，当时城铁“八通线”还没通呢，我又没汽车，跑一趟得半天。我有些犹豫。

“得了，您还是别跑了，回头，我带几样您看看吧。”武爷后来让了步。

几天以后，武爷拎着小包来找我。我猜出他是来跟我显摆家里藏的宝贝。果不其然，没聊几句，他便急不可待地打开了小包儿。

“刘老师，您上眼吧。”他说得非常郑重其事。

“武先生，您慢着点儿，回头您的宝贝摔在我这儿，我可赔不起。”

我看他手忙脚乱的劲儿，未免有点担心。当然，我在没看到他的那些“宝贝”之前，一直以为他带来的不是玉器，就是瓷器。

“宝贝”都是用旧报纸包着，里三层外三层。我心想这一准是多么值钱的物件。及至打开包儿一亮相，我扑哧乐了：敢情包儿里包着的是一把剃头刀子。

再打开一个包儿，是把唤头。又打开一个包儿，是个镗锣，还有一个扇铃，锈迹斑斑，还有火镰。

唤头，现在的年轻人恐怕不知它为何物了。早年间，理发剃头的走街串巷，登门给人拾掇“门脸儿”，要打唤头。

所谓唤头，就是一种响器，是用长铁片焊在一起，然后用另一根铁条，从中间一插，用力向上一提，铁与铁摩擦，发“噌噌”的声音。

人们一听这声儿，就知道下街的剃头匠来了，想拾掇脑袋的，便把理发匠招呼进院。自然这东西属老年间的玩意儿，现今市面儿上见不到了。

物以稀为贵。这些当年不起眼的家伙什儿，现在瞅见了，当然觉得新鲜。

我笑道："武爷，合着这就是您收藏的宝贝呀！"

"是呀，这些年，我四处淘换这些老年间的玩意儿，像什么耳挖勺了，鞋拔子，小脚老太太穿的鞋了，老头戴的帽盔儿了，夜里起夜用的夜壶了。我那儿一大堆呢。"武爷告诉我说。

我明白了，萝卜白菜，各有所爱。武爷这也叫收藏呀！玩嘛。大俗才有大雅。说不准再过若干年，唤头能上拍卖会呢。

真是，您还别以为这是玩笑。什么叫物以稀为贵呀？收藏的意义恐怕就在这儿呢。

老北京有句话：武大郎玩夜猫子，什么人玩什么鸟儿。当然这有点儿贬义，用在武爷身上不合适，不过，多少也是这么个意思。

在天安门广场唱了半宿

其实，武爷玩的是瘾。人世间，什么是生活的极致？用北京人的话说就是过一把瘾。

过瘾，说白喽就是一种高级享受。玩家，其实也是过瘾。

以武爷的生活条件，让他玩玉玩瓷玩古画儿，他似乎没这种底气。但他找到了适合自己玩的东西。他也能过瘾。

什么瘾呢？他好唱。

好唱，也有瘾。跟抽烟喝酒一样，抽着喝着上了瘾，您一天不让他抽不让他喝，他得憋得恨不能想去跳楼。这就是瘾，武爷也如是。

您一天不让武爷唱两嗓子，比一天不让他吃饭还难受。不唱，他心里总是没着没落的。

他天生有副好嗓子。您不让他唱，那不是逼他跳楼吗？

那天，武爷到我家做客。聊着聊着，他的瘾来了："刘先生，您听我给您唱两口儿吧。"

"唱两口儿？您唱什么呀？"

"我给您来两口儿吆喝。真的，您听听。"

"吆喝？"我纳着闷儿问道。

"是呀，您听我学侯宝林先生的卖菜吆喝。"

他站起来，咳嗽了一下，清了清嗓子，吆喝起来："香菜辣蓁椒哇，沟葱嫩芹菜呀，扁豆茄子黄瓜架瓜，买大海茄、买萝卜、红萝卜、卞萝卜嫩芽的香椿啊，蒜来好韭菜！"

您再听卖西瓜的："吃来呗，闹块咧。杀着你的口儿甜咧，两个大咧，吃来呗闹块尝啊！"

那嗓子，震得我耳朵直嗡嗡。我赶紧把他拦住了："武先生，您过两口儿瘾得了，我们楼下有心脏病人。"

一听这话，他才意犹未尽地收了口儿。

第二天一早，住楼下的谭先生见了我问道："昨儿，您家来卖西瓜的了吧？"

我听了不禁哑然失笑。

"不好意思，让您受惊了。"我赶紧解释道。

“哎呀，闹得我一宿没睡踏实，您没觉得窗户框子直颤呀！”谭先生笑着说。

这不能不说武爷嗓子的功夫。

武爷不是等闲之辈，他的嗓子唱出了名。从1993年起，武爷便在东单公园教人们唱歌。他说，这些年跟他学过歌的有上万人。

后来老爷子居然拉起一支人马，组建了“不老的歌声”歌舞团。唱着不过瘾的时候，手舞足蹈，边舞边唱，他自任指挥。

武爷有一绝，他能把好听的曲子，重新填词儿，戏言“旧瓶装新酒”。

这些新词儿紧跟形势：迎接香港回归，他便编回归的词；申办北京奥运会，他便编申办的词，倒也合辙押韵。

那年，首都市民在天安门广场举办香港回归庆祝活动，他率领的“不老的歌声”歌舞团，在中国博物馆门前，一直唱到午夜。

老爷子的尊容在电视里频频闪动，真是过足了瘾，露了大脸。

可惜后来东单公园清理违章建筑，把武爷他们唱歌的地方给“淹”了。从那时起，武爷换戏了，由男高音改玩老北京的吆喝了。

打冰盏儿和“八不语”

武爷算是老北京，起小生活在西四一带。他父亲武殿甲，解放前在西四做小买卖，卖电料电器。

武爷从小就好唱，学过京剧，也学过大鼓。像那些世居胡同的老北京人一样，他对打冰盏儿留有深刻印象。

说到冰盏儿，四十岁以下的北京人也许不知道它是何物。

其实，冰盏儿是直径约三寸的两个小铜碗，但它可不是盛东西用的，而是敲着听响儿的家伙什儿，准确地说，它是给老北京叫卖配乐的响器。

冰盏儿是黄铜制成的，外面磨得光亮，敲击发出的声儿清脆悦耳。老北京的许多响器，是用黄铜做的，如摇铃、串铃、小锣等。

打冰盏儿，行话不能叫敲，而叫打或掂。一只手拿着两个小铜碗，拇指夹在当中间，一上一下地掂，发出清脆的叮当声，让人听着悦耳，所以老北京管这叫打冰盏儿。

从前，北京做小买卖的下街串胡同，都讲究吆喝。不同的行当有不同的吆喝。

吆喝，不是扯着嗓子干喊，讲究有辙有韵，而且还是配上不同的响器，以增加其韵味儿。

有时响器还能代替吆喝，比如下街剃头的，手里要拿着唤头；打小鼓儿的（收古董旧货的），手里要拿着小鼓儿。唤头和小鼓儿一响，甭吆喝，人们便知道剃头的和收古董旧货的来了。

老北京城，一年四季都有不同的吆喝声，但有些买卖不吆喝，从前京城有“八不语”之说，哪“八不语”呢？有卖掸子的、修脚的、剃头的、绱鞋的、劁猪的、锔碗的、行医的、粘扇子的。

为什么这些行当不吆喝？主要是因为它不好吆喝，或者说吆喝出来不是那味儿。

比方说卖掸子的，如果吆喝：“哎，买掸子哟，好大的掸子！”掸子与胆子同音，您一听卖胆子，不把您吓出个好歹来吗？

卖鞋的也不能吆喝，鞋与邪同音。您吆喝卖邪，那不找挨瞪吗？

这“八不语”的行当，只能用响器“使活”，一敲响器，别人就能知道。

想为老北京吆喝正名

打冰盏儿是老北京人常听的吆喝响器。春夏秋冬，一年四季都能听到打冰盏儿的叫卖声。

打冰盏儿的推着双轱辘的小车。车上两边是带木锥子的玻璃格子，一边放着四季常见的杏干、桃脯干、海棠干、苹果干、杏干糖、蜜罐糖、果丹皮、山楂糕等零嘴儿。另一边放着糖豌豆、带色的兰花豆、五香花生仁什么的。

车的中间是五六个陶瓷罐子，后来有的用玻璃罐。这罐里的东西，随四季的变化而变化。

春天有果子干儿、玻璃粉等；夏天有酸梅汤、冰激凌、雪花酪、汽水等；冬天有糖渍蜜饯、温桲、炒红果、玫瑰枣、山里红汤、糊子糕等。

卖鲜果的吆喝，一般不打冰盏儿，只有卖干果的才打冰盏儿。所以后来，打冰盏儿的成了卖干果的专有名词。

过去，北京人一听是打冰盏儿的，甭问，准是卖上面说的那些零嘴儿的。

王渔洋的《都门竹枝词》里，有一首单道这打冰盏儿的：

曾问西山见凳凌，
于阗白玉色峻嶒。
樱桃已遏茶香减，
铜碗声声唤卖冰。

解放以后，特别是近二十年，下街做小买卖的，吆喝不讲究韵味了，当然冰盏儿这种响器也销声匿迹了。

武爷的父亲是买卖人，所以，武爷从小就在买卖地儿瞧稀罕。

胡同口儿有家干果局（即专卖干果的商店），夏天做冰激凌，他常常帮着伙计打下手，看着他们打冰盏儿吆喝，也跟着学几句。

虽然小小的冰盏儿给他留下难忘的记忆，但那会儿，他人小，没机会玩那叮当作响的物件。

这几年，怀旧之风渐起，许多商家开始恢复老北京的玩意儿，模仿老北京的吆喝，成了即兴添趣的表演。

餐馆、庙会、开幕式，甚至电台、电视台的曲艺节目等不同场合，不断有人表演老北京吆喝。

武爷听着，觉得有些吆喝出来的不是味儿，一是很多词儿和口儿不对，二是吆喝时短了响器。

老北京的叫卖，可不是捂着耳朵、歪着脖子生喊，应该是卖什么吆喝什么，而且得配上响器。

他是老北京，他觉得自己得为老北京的吆喝正名。于是，他开始回忆和整理老北京的叫卖，并且四处淘换冰盏儿。

四处寻找大胡子

寻找冰盏儿可让武爷费了神，您想现如今做买卖都不讲究叫卖了，谁手里还藏着冰盏儿呀?

武爷转了潘家园，再转古玩城，接着再转厂甸、官园。一晃儿，四五年过去了，他把京城卖旧货的地方转了个六够，也没淘换到冰盏儿。

以至于后来，旧货市场练摊儿的，都认识了武爷。只要武爷一到，大伙儿便拿老爷子开心，今儿告诉他找到了，让他明儿来拿。

武爷实诚，第二天，一大早赶头班公交车，颠儿颠儿地来了，结果人家拿出俩喝粥用的铜碗。

“是这个吗？”人家问他。

武爷哭笑不得地说：“您这种碗，我们家好几个呢。我要它干吗？”

过几天，有人又告诉他，找到冰盏儿了。武爷又急赤白脸地赶过去，到那儿一瞧，是西藏供佛点蜡的蜡碗，又白遛了一趟腿。

不过，武爷不急也不恼，他坚信心诚石头也能开花，不信世上找不到冰盏儿。

如此这般，武爷为找冰盏儿掉了七八斤肉。但武爷的脾气轴，执拗劲儿上来，不到黄河不死心，有点儿老北京人说的“气迷心”。

后来，琉璃厂有个古玩商见他为找冰盏儿快神经了，动了恻隐之心，告诉他，有位杨爷手里有冰盏儿。

“真的？此人住哪儿？”武爷快给这个人跪下了。

古玩商告诉武爷：“此人每天早上到景山遛弯儿，有八十多岁，留着大胡子。”

武爷第二天便奔了景山，见了留胡子的就打听，一连找了几位大胡子，人家都不姓杨。

他在景山一带，一连找了十几天大胡子老头儿，闹了不少笑话。

后来，几经周折才找到杨先生，敢情老杨只有五十多岁，并没留胡子。

不过，老杨手里确有一对冰盏儿。武爷见了真是喜出望外，拿着它便爱不释手了，跟老杨说多少钱都买。

物以稀为贵，最后他花了700元钱，把这对冰盏儿买到手。

700元人民币，在20世纪90年代，相当于他当时一个月的退休金，但武爷一点儿没打愣儿。

掂着冰盏儿唱京韵大鼓

自从有了冰盏儿，武爷可就闲不住喽。他一天24小时，冰盏儿不离手，一边练着打，一边整理老北京的叫卖。

不到半年时间，他手里拿着冰盏儿，不但能一弹、二掂、三磕、四碰，打出十来种悦耳动听的节奏，而且还能耍几套花活，如空中抛碗、苏秦背剑、张飞骗马、赵云救主等。

一对冰盏儿在他手里游刃有余。穿上唐装或大褂，再配上他抑扬顿挫的吆喝，他的冰盏儿表演确实够味儿。

武爷挺谦虚，整理出叫卖声，便四处找老北京人试听，有时见大街上，坐着几位上岁数的老爷子晒太阳，他笑不叽儿地走过去。

“老几位正歇着呢。”

“是啊。您这是……”那几位老头儿瞅他有点神叨，打量着他，纳着闷儿问道。

他却一本正经地掏出冰盏儿让人看：“老几位见过这东

西吧？”

“吆喝，这不是冰盏儿吗？”

“新鲜嘿，这玩意儿可老没见了。”那几位老头儿接过冰盏儿，相互看了看。

“您老几位待着也闷得慌，您听我侍候您一段。”

武爷透着谦和，把冰盏儿要过来，清了清嗓子，唱了起来：“吊炉烧饼扁又圆，油炸的麻花脆又甜，粳米粥贱卖一子儿一碗，煎饼大小您老看看，贱卖三天不为是把钱赚，所为是传艺啊，我的名字叫武荣璋……”

“行嘿，够味儿！”几位老人拍起了巴掌。

一位老者眯缝眼睛，看着武爷说：“够味儿可是够味儿，您唱的这是刘宝全的京韵大鼓，不是吆喝呀？京韵大鼓怎么跟这冰盏儿连到一块儿了？”

武爷笑道：“嗨，让我给改良了。我不为别的，只求俩字：京味儿。”

武爷有这功夫，他能自己编词儿，只要有韵，他便张口就来。

“武爷，您给来段‘卖布头’。”我笑着对他说。

“想听这段了？行，我侍候您一段。”

武爷拿出了冰盏儿，先表演一番，然后吆喝起来：“这块吆喝，吆喝是贱了，就是不打价哩啦，这块本色白呀，它怎么那么白呀，它气死头场雪，不让二路霜，亚赛过复兴的洋白面哩吧，买到您老家里就做被里去吧。哎，这块布呀，是禁洗又禁晒，禁铺又禁盖，禁拉又禁拽，是禁蹬又禁踹……再给您换一块黑的，哎，这块是德国青，哎，这块德国青啊，它怎么那么黑？它怎么这么黑，气死张飞不让李逵，亚赛过唐朝的黑敬德哩吧，在东山送过炭，西山挖过煤，开过两天煤厂子卖过两天煤了，它又当过两天煤铺的二掌柜的吧。这块德国青，真正德国染儿，真正是德国人他制造的这种布儿的，外号叫三不怕，什么叫三不怕，不怕洗，不怕淋，它不怕晒呀，任凭您怎么洗，它也不掉色呀！面子有多宽，布匹儿有多厚，多么快的剪子都铰不动它！”

“您这是相声里的贯口活儿呀！”我听了哈哈大笑。

武爷一本正经地说：“是啊。这一段是我相声里学的。不过，让我又给艺术化了。”

“嘿，您可真有高的！”我说。

会100多种吆喝

一来二去的，武爷已经整理出近百种叫卖的吆喝。

有卖小金鱼的：“哎嗨！大小哎小金鱼嘞，大小小金鱼嘞！”

有卖蛤蟆骨朵儿的：“蛤蟆骨朵儿，大田螺蛳嘞哎！”

有卖豌豆黄儿的：“哎，这两大块儿嘞哎，哎两大块嘞，小枣儿混糖儿的豌豆嘞哎！哎两大块嘞，哎这摩登的手绢呀，你们兜也兜不下嘞哎，两大块嘞哎嗨哎，哎，这今年不吃呀，过了年见了。这虎不拉打盹儿都掉下架（价）儿嘞哎！”

有卖鲜花的："摘花嘞嗨摘花儿，哎，摘一蝴蝶梅来呗！""哎大芍药嘞，哎，买一杨妃的芍药花啊！"

有卖清水杏儿的："清水嘞，杏儿嘞不酸嘞！粘了蜜嘞，里头还有个小鸡儿嘞！"

有卖樱桃的："哎樱桃，大个儿的是樱桃，那小个儿的都赛过李子。赛李子，樱桃！"

有卖菱角的："鲜菱角哎嗨哎，我卖哎老菱角哎鲜菱角嘞！藕哎白花藕哎，老鸡头啊才上河啊！"

有卖香瓜的："甘蔗味儿的，买好吃的羊犄角蜜的竹叶青的一窝猴儿的芝麻叶的旱甜瓜嘞！"

有卖葡萄和枣儿的："哟葡萄甜嘞，这枣儿是郎家园的尜尜枣儿嘞，买枣儿有鲜尝！"

有卖酸枣儿的："哎老虎眼的酸枣儿嘞，赛虎眼的甜酸枣儿嘞！"

有卖沙果、梨的："小东山的这个白梨啊，南山道的那个大沙果哎！卖果子，都卖你们16个大钱儿嘞！"

有卖山里红的："大山里红啊，还两挂！"

有卖柿子的："南瓜儿大的嘞，不涩的嘞，涩了还要管换的嘞！"

有卖高桩柿子的："高桩儿嘞，柿子哎，涩了换嘞！"

有卖小金橘儿的："金橘儿哎，青果哎，开口胃哎！"

有卖冰核儿的："甜甜的冰核儿嘞哎！"

有卖雪花酪的："冰镇的凌嘞雪花的酪，好喝凉的你来尝尝口道，让你喝来你就喝，熟水白糖桂花多！”

有卖生豆汁儿的：“甜酸嘞，豆汁哦！”

有卖熟豆汁儿的：“粥，豆汁粥！”

有卖冰糖葫芦的：“葫芦冰糖的，蜜嘞糖葫芦，还有几串谁砸锅去！”

每种吆喝都各有不同，老北京的有些吆喝，地域特点很明显，比如糖葫芦，北城吆喝出来又是一个味儿：“蜜嘞哎嗨哎，冰糖葫芦嘞哎唉！”

武爷不但把这些吆喝都熟谙在心，张嘴就来，而且还要带上冰盏儿掂出来的“家伙儿点儿”。

其实，老北京的许多吆喝，是没有配器的，但武爷把它艺术化了。

凤凰卫视和中央电视台，分别把武爷打冰盏吆喝的表演，录制了节目。武爷告许我，凤凰卫视录了他80种吆喝。

他的打冰盏儿叫卖表演，让人感到亲切自然，听着是味儿，看着过瘾，使老北京人唤起许多往事的回忆，也让年轻人耳目一新。

从2000年开始，武爷就在家里待不住了，先是颐和园搞民俗活动请他出场，接着地坛春节庙会又请他表演。随后，北京首届唐装节、新东安茶文化节、大兴西瓜节等，都邀武爷前去助兴。

出了名以后，武爷更忙了，五一旅游黄金周，西山大庙会邀武爷连演五天。

武爷为了表演生动，除了带着冰盏儿，还特意买了两个西瓜。人们一边吃西瓜，一边听他打冰盏儿，倒也是一种享受。

在吆喝中找乐儿

武爷住在首都机场附近的温榆河边，进一趟城，要坐两个小时公交车。

虽说每次表演叫卖，口干舌燥，累得不善，但他乐此不疲。

他有两绝，一上公交车，两眼一眯就能睡一觉，十次有八次坐过了站，当然他也成了小偷“照顾”的对象，先后让小偷偷走五个包。

其实，钱包里没什么值钱的东西。“丢就丢了吧，小偷也得吃饭呀。”武爷倒挺想得开。

有几次，他还特地往包里塞几块钱。干吗？他说：“别让小偷偷个空包儿，给他留个车费！”

武爷还有一绝，他身上不离泻痢停。外出吆喝，唱累了就喝自来水，经常跑肚，肚子一疼赶紧吃两片药。

饶是这么折腾，武爷的身子骨儿愣没大毛病。也许跟他爱唱有关，最新研究出来的最佳养生方法和长寿秘诀，就是唱歌。

要知道唱歌是气功呀！成天吆喝，成天唱，武爷练的是气功。

他的话：“只要嗓子眼痒痒，我就开唱，什么忧愁烦恼都唱没了，也把病魔唱跑了。”

唱，让武爷有了独门儿，也让武爷感到了生活是那么有滋有味儿。

老北京有句话：老要张狂，少要稳。干吗老要张狂呢？因为人一上了岁数，特容易有一种孤独感。人一孤独，就容易忧郁，人一忧郁，心里就容易添病。

为什么现如今患老年痴呆症的越来越多了呢？就是因为有些老人太孤独了，把自己封闭起来。

别说一个大活人了，就是一只鸟儿，您总把它关在笼子里，不搭理它，十天八天的，它也得弯回去（死）。

武爷爱唱，唱出了乐子，不过他有一样儿不好，光顾唱了，不顾家。

其实，武爷的身后也是个大家庭，他有四个子女，三个孙子呢。

有一次，我给他家打电话，他老伴儿接的，我问武爷上哪儿去了？

他老伴儿在电话里没好气儿地说："他上哪儿去，我哪儿知道。他一天到晚不着家。"

听得出来，老伴儿对他饶世界吆喝，有点儿想法。自然，武爷的隐私，咱也不好深问。

我担心这老先生吆喝着吆喝着，把家给吆喝没了。

"不会，都老夫老妻的了，没那么多事儿。"武爷嘿嘿一乐，对我说，"孩子们都大了，各有各的家，也各有各的活法。我有个好身体，不给孩子们找麻烦，难道不好吗？人老了，就得自己找乐儿；不自己找乐儿，就会给自己找病。哪个好呀？"

我觉得他的话有些道理。

这老郎神真是太有意思了，他活出了自己的人生乐趣，也活出了自己的精气神。当然，他也在用自己的好嗓子，给我们的生活带来欢乐，给京城的民俗文化添了不少彩儿。

武爷像只不老的“百灵”。他呀，真有高的！

图书在版编目（CIP）数据

独门儿 / 刘一达著. — 北京 ：北京十月文艺出版社，2019.7

ISBN 978-7-5302-1900-3

Ⅰ. ①独… Ⅱ. ①刘… Ⅲ. ①随笔—作品集—中国—当代 Ⅳ. ①I267.14

中国版本图书馆 CIP 数据核字（2018）第 275003 号

独门儿
DUMENER
刘一达 著

出　版　北京出版集团公司
　　　　北京十月文艺出版社
地　址　北京北三环中路 6 号
邮　编　100120
网　址　www.bph.com.cn
发　行　新经典发行有限公司
　　　　电话（010）68423599
经　销　新华书店
印　刷　北京盛通印刷股份有限公司
版　次　2019 年 7 月第 1 版
　　　　2019 年 7 月第 1 次印刷
开　本　880 毫米 ×1230 毫米　1/32
印　张　14.5
字　数　280 千字
书　号　ISBN 978-7-5302-1900-3
定　价　58.00 元
质量监督电话　010-58572393
如有印装质量问题，由本社负责调换。